Luísa
O bebé que veio da montanha

Isabel Prata Duarte

LUÍSA

O BEBÉ QUE VEIO DA MONTANHA

Romance
2013

Luísa – O bebé que veio da montanha
Isabel Prata Duarte
 iprataduarte@yahoo.com
www.isabelprataduarteautora.blogspot.pt
www.amazon.co.uk/Luisa o bebe que veio da montanha
Versatile - www.versatileonline.com

© 2013, Isabel Prata Duarte
Reservados todos os direitos.
ISBN 97898998006018
O presente romance não segue as regras do acordo ortográfico.

À memória da minha mãe,
com quem aprendi a gostar
de leituras que contam vidas.

As montanhas, vejo-as iluminadas, ardendo no grande sol
amarelo
As vertentes algodoadas de neblina, lembro-as suspendendo
árvores nas nuvens
As matas, sinto-as ainda vibrando na comunhão das sensações
Como uma epiderme verde, porejada.

Vinicius de Morais, "O Vale do Paraíso"

Capítulo I – Lua-de-Mel na Montanha

Ruídos difusos e abafados impediram-me de continuar o passeio pelo jardim da minha infância, à procura de uma árvore centenária em cujo tronco retorcido nos escondíamos, para fugir do guarda que nos queria tirar a bola. Estava a ser um sonho agradável, mas não me custou acordar, pois à medida que ia emergindo para a realidade continuava a sentir-me uma pessoa feliz. Que querem, há épocas assim, em que a felicidade está nos sonhos e na vida. Para além do dinheiro que falta, do excesso de trabalho, das saudades dos amigos distantes, temos a sorte de nos sentirmos felizes. E eu estava numa dessas épocas, queria aproveitar enquanto durasse.

Estiquei-me tanto quanto consegui dentro dos lençóis frescos, saboreando o conforto da cama e preparei-me para me levantar. Já estava só, ouvia-se o barulho do chuveiro, o Afonso, mais madrugador do que eu, tomava duche. Os sons que me haviam despertado continuavam, agora mais nítidos, certamente vinham da sala do pequeno-almoço do hotel, pois ouvia-se tilintar de talheres e o rumor abafado de vozes.

Era a nossa primeira noite naquele hotel, chegáramos já tarde, depois de uma viagem de avião e de comboio que nos conduzira até ali, uma pequena vila encravada nos Alpes franceses. Estávamos em lua-de-mel. O nosso casamento acontecera na praia por ideia minha, a lua-de-mel na montanha era o desejo do Afonso que nem se intimidara por estarmos em pleno Verão e portanto não haver possibilidade de encontrarmos vestígios de neve.

- Não faz mal, - dissera ele - vamos fazer passeios e deixar-nos impregnar por aquela paisagem grandiosa. Estou cansado de cidades e de praia, quero apreciar contigo um local que nos deslumbre e nos aconchegue ao mesmo tempo.

Tendo em conta que ele procurara sempre atender aos meus gostos, mesmo os mais excêntricos, eu só podia aceitar esta proposta. E na verdade, por amor, naquela época eu teria ido para qualquer lugar, até mesmo para alguma aldeia recôndita do Alaska com temperaturas negativas no Verão e paisagens extensas de estepes e ursos. E assim ali estávamos, prontos a descobrir aquela aldeia e, da minha parte, a estrear-me em caminhadas pela montanha.

O Afonso saiu da casa de banho, trazendo consigo um manto de cheiro bom, a gel de duche e foi um prazer olhar para o seu corpo magro e bronzeado. Pensei, deliciada, que ele era o meu marido e ia poder apreciá-lo assim toda a vida. Reparou no meu olhar admirativo e deixou cair a toalha que trazia enrolada à cintura, revelando a marca branca dos calções de banho nas ancas estreitas e firmes. Aproximou-se, desviou o lençol, debruçou-se sobre mim e com gestos suaves tirou-me a t-shirt de dormir que voou para parte incerta. Borboletas agradáveis começaram a viajar pelo meu corpo, agora descoberto. Fechei os olhos para sentir mais intensamente os seus lábios que percorriam o côncavo da minha barriga, subindo lentamente até aos seios que já estavam com os mamilos duros, expectantes, vibrantes de antecipação. Quando o Afonso fechou a boca sobre eles e a sua língua atrevida brincou com o biquinho, primeiro ao de leve, depois mais forte, não consegui continuar quieta, abri os braços, abri o corpo e conduzi para dentro de mim aquele homem lindo e atraente, o meu homem!

Era perto das onze horas quando saímos do hotel, dispostos a explorar a vila. Passeámo-nos pelo pequeno centro, pelas ruas pedonais estreitas com casas antigas, quase todas restauradas, passando pelo posto de turismo para confirmar a caminhada pela montanha programada para o dia seguinte. Reserváramos, ainda de Lisboa, duas caminhadas, a primeira de nível fácil, para aquecer, como dissera o Afonso e a segunda de dificuldade média, bem como um percurso de iniciação ao *rafting*. Iniciação era para mim, porque o Afonso já tinha alguma experiência, não era a primeira vez que fazia umas férias de montanha. Eu colocara-o à vontade, tinha-lhe dito que não me importava nada se fizesse algumas actividades sem mim, o que era verdade, mas ele não aceitou:

-É a nossa lua-de-mel, não te vou deixar nem por umas horas. – afirmou, peremptório – E estás com um brilho de felicidade nos olhos, ainda aparece algum francês observador e atrevido a seduzir-te: *"Olá bela Louise, rreparei que o seu márrido parrtiu para a montanha, deixou-a aqui sôzinha e perrdida, mas n'ayez pas de problème, je suis là, sou um belo francês à sua disposition…"* – O Afonso disse tudo isto com sotaque francês exagerado e brincalhão. Depois voltou à sua voz normal:

- Não, não troco a mulher por umas horas de luta com águas agitadas. Vamos os dois à iniciação, já sairemos de lá suficientemente molhados, tenho a certeza.

Ri-me, pelo prazer que me davam as expressões de amor do Afonso e também porque, a propósito de franceses atrevidos, me lembrei de Pierre, o doce francês que conhecera junto ao Mediterrâneo, há uns anos atrás e que tivera o efeito de me despertar para a vida numa época em que me sentia longe do amor. Eu estava de férias com o Miguel, a Sandra e mais um grupo de amigos, o Pierre fazia uma tournée pelas vilas de praia, com o seu grupo de teatro popular francês. Entusiasmavam os veraneantes com uma representação patriótica sobre a revolução francesa e a execução de Maria Antonieta, acabando as noites ao som da Marselhesa. Um francês sedutor, uma portuguesa a precisar de ser seduzida, o resultado foi uma história de amor breve e intensa, uma daquelas memórias que nos fazem sorrir para dentro, com ternura.

Hoje, passeando por aquela vila encravada num vale de onde se avistavam montanhas por todos os lados, aos pés da qual se estendia um plácido lago azul, não haveria sedutores que movessem a jovem portuguesa, porque estava rendida ao amor e tinha ao seu lado o homem que queria, junto de quem se sentia eterna e capaz de enfrentar o que viesse. E o Afonso, que só conhecia a história do Pierre por alto, fruto dos comentários brincalhões dos amigos, quando alguém se lembrava de evocar as aventuras irresponsáveis dos nossos verões dos vinte anos, sabia que não havia o menor risco de que alguém me levasse, francês, holandês, italiano… Naquela época podiam ser minhas as palavras de Florbela Espanca:

"Para os teus beijos, sensual, flori!
E amendoeira em flor, só ofereço os ramos,

Só me exalto e sou linda para ti!" [1]

Quando saímos do posto de turismo vimos um comboiozinho daqueles que percorrem os centros das cidades em marcha lenta, transportando os turistas de um lado para o outro, permitindo-lhes visitar os pontos mais importantes e reentrar de seguida para continuar o percurso. Decidimos subir e lá fomos, no meio dos veraneantes, conhecer a cidade que, em algumas ruas e praças, parecia uma cidade de bonecas, muito limpa e arrumada, preparada para rodar filmes de época. As montanhas imponentes que, no lado norte da cidade, parecia estarem muito perto, mesmo à mão de semear, delimitavam o espaço e davam-me uma leve sensação de claustrofobia, eram barreiras ao olhar que me faziam imaginar dificuldades para sair dali e alcançar campo livre, mesmo sabendo que havia uma estrada boa, que vira do comboio à aproximação da cidade.

Divertimo-nos a entrar e sair do comboiozinho: visitávamos os locais assinalados no guia turístico e voltávamos a entrar, para chegar ao ponto de interesse seguinte. Comentei que desta forma não nos preparávamos para a caminhada planeada, mas o Afonso objetou que o nível de dificuldade do passeio era suficientemente baixo para não ser preciso mais preparação do que aquela que fizéramos em Lisboa, nos últimos meses. Ele parecia um miúdo traquinas a sair e entrar do trenzinho e a acenar aos transeuntes que geralmente lhe correspondiam com "adeuses" e sorrisos, principalmente as crianças e os adolescentes.

Saltámos o almoço, porque o pequeno-almoço no hotel fora substancial e só parámos à hora do lanche, quando nos instalámos numa esplanada com uma tábua de queijos, dois crepes *sarrasin*, vinho tinto da terra e dois doces maravilhosos,

---

[1] Florbela Espanca, *"A tua voz de primavera"* (excerto)

creme *brulée* e crepe de gelado com frutos silvestres, iguarias que saboreámos devagar. Era uma refeição que nos serviria também de jantar, pois no final da tarde estava marcada uma reunião de preparação da caminhada do dia seguinte, com o guia, e decidíramos que à noite íamos a um espetáculo que víramos anunciado durante o nosso passeio e que nos parecera interessante, sobretudo porque era apresentado num castelo medieval e havia a recriação do ambiente dessa época.

No dia seguinte, às 9 da manhã, lá estávamos, com o equipamento e o lanche que nos tinham recomendado numa mochila, roupa confortável e as botas de caminhar no corpo. Já conhecíamos de vista os nossos companheiros montanhistas que, como nós, haviam estado presentes na reunião do dia anterior. Mas fora tudo muito rápido, pois à boa maneira francesa a reunião fora pontual, directa ao que interessava e breve, sem divagações sociais, que ficaram reservadas para as horas em que iríamos estar juntos, a percorrer os caminhos da montanha. Ainda assim esse primeiro encontro fora o suficiente para agora nos cumprimentarmos alegremente, desejando bom dia e trocando palavras simpáticas de encorajamento para o esforço que íamos iniciar. O grupo de caminhantes era formado por cerca de vinte participantes e dois guias, um era um rapaz de aparência muito jovem, teria pouco mais de vinte anos e outro era um homem mais velho, de cerca de trinta anos, que tomou a liderança do processo. Um pequeno autocarro levou-nos para fora da cidade, até ao início do parque natural, de onde partia o trilho que íamos percorrer. E lá fomos, em fila, o guia mais velho à frente e o jovem atrás, a fechar a peregrinação.

Para mim era uma estreia absoluta. Em tempos eu fora bastante desportista, experimentei vários desportos, até me fixar no voleibol, durante a adolescência. Fiz parte da equipa da escola e de uma equipa federada, com a qual participei em muitos torneios por todo o país. A partir de certa altura o jogo tornou-se menos interessante, muitas das minhas amigas saíram, acabei por desistir e a actividade física deixou de ter um lugar importante na minha vida. Já na Faculdade, com os amigos, participei em algumas corridas na cidade, para as quais fazíamos treinos de preparação com mais conversa do que verdadeiro esforço. Dançar pela noite dentro era o nosso desporto favorito, que eu praticava o suficiente para me manter na forma que desejava. Mas, provavelmente, na dimensão do inconsciente, mantive a atracção pelo desporto, pois os meus namorados mais permanentes eram todos desportistas empenhados. O Zé, o namorado com quem estive mais tempo, antes do Afonso, era um apreciador de corridas urbanas, frequentava o ginásio várias vezes por semana e jogava futebol sempre que podia, com um grupo de amigos. O Afonso era também um desportista, mas preferia as atividades ligadas ao contacto com a natureza e tinha o hábito de fazer frequentemente caminhadas por sítios recônditos, em Portugal ou no estrangeiro. Desde que eu o conhecia lembrava-me de ele ter ido caminhar em Sintra e na Gardunha e de ter participado numa subida ao Pico, nos Açores, para a qual se preparara durante bastante tempo. Para ele o que estávamos a fazer ali era um passeio, eu sabia que ele baixara a fasquia para me permitir acompanhá-lo.

Ao avançar pelos caminhos da montanha, ora ao lado ora atrás do Afonso, na frescura da manhã, que cheirava a natureza jovem, renascida e intocada, eu começava a compreender a atração por aquelas jornadas, a sentir o contacto profundo que podiam gerar com o que de mais primitivo existe em nós. O contacto com a mãe natureza que, como dissera o Afonso, ao

15

propor esta lua-de-mel, nos aconchega e nos deslumbra ao mesmo tempo.

À medida que progredimos para o interior do parque natural a paisagem foi mudando. Primeiro atravessámos uma zona com floresta bastante densa, o trilho passava por entre as árvores, que faziam uma sombra protectora e o ar enchia-se com a chilreada dos pássaros e cheiros agradáveis, odores a pinheiros e a erva ainda húmida de orvalho. Depois o caminho começou a subir, as árvores foram-se tornando mais dispersas e deram lugar a arbustos, e rochas. Dessa forma o horizonte alargou e era possível ver a vila que ficara para trás, os cumes longínquos das partes mais altas da montanha e algumas povoações aninhadas em pequenos vales rodeados de encostas. Nas zonas mais verdes havia gado a pastar, sobretudo vacas, com sinos ao pescoço, como colares vaidosos que espalhavam notas musicais esparsas no silêncio grandioso que nos acompanhava.

O esforço físico tornara-se mais exigente, por isso todos nos concentrávamos em manter o ritmo e até o ruído das conversas quase se extinguira. O guia mais velho seguia à frente e o mais novo ora atrás ora no meio do grupo, atento às pessoas que precisavam de encorajamento. Iam dando algumas explicações sobre os locais e sobre a paisagem. Faziam-no de uma forma entusiasmada, destacavam a beleza da paisagem, a pureza do ar e a preservação do parque natural. Via-se que eram pessoas apaixonadas pelos caminhos que percorriam e ambientalistas convictos, daqueles que sabem que os homens não têm planeta suplente e é preciso tomar conta do único que nos foi dado.

Depois de uma subida íngreme, o caminho aplainou, voltaram árvores e começámos a ouvir o som de água a correr, primeiro ao de leve, depois mais forte, enchendo o ar. Numa curva do caminho, sem que ninguém tivesse dado ordem para tal, o grupo da frente estacou, uma exclamação de surpresa saiu em coro das pessoas paradas. Apressámo-nos a atingir aquele ponto e todos ficámos suspensos por momentos, a admirar aquele recanto maravilhoso da paisagem: num desnível acentuado do terreno, formava-se uma queda de água que alimentava um lago de uma enorme transparência e placidez, de margens verdes e convidativas. Espalhadas pelo verde havia duas ou três mesas rudimentares, feitas de troncos, com bancos corridos à volta, à espera dos viajantes cansados e esfomeados. Depois da paragem súbita provocada pela surpresa, os caminhantes apressaram o passo em direção ao lago. Muitos pousaram as mochilas desfizeram-se rapidamente dos sapatos e das roupas e mergulharam no lago com gritinhos de reação à frescura rija da água. Os guias aproximaram-se da margem e mantiveram-se vigilantes, enquanto os banhistas tomavam duches debaixo da cascata e nadavam alegremente.

Após o banho espalharam-se as merendas pelas mesas de madeira e ficou provado que o ar da montanha abre o apetite... No final, de dentro das mochilas dos guias saíram dois milagrosos termos de café, que foram o remate perfeito para aquele almoço alpino.

Depois de um período de descanso subimos apenas mais um pouco, até uma escarpa avançada que fazia um miradouro, de onde era possível abranger a montanha em grande parte da sua extensão. As máquinas fotográficas e os telemóveis registaram mais aquela perspectiva espectacular e começámos a descer, por um caminho diferente da subida, mais curto, que nos conduziu muito rapidamente de volta ao ponto de partida, onde nos esperava o autocarro. Devo confessar que me recostei no banco almofadado com um enorme prazer. A experiência fora magnífica, a montanha é imponente na sua grandeza, mas é dura, sentia-me estafada, foi reconfortante o contato com a "civilização" do autocarro climatizado.

À tarde, após um período retemperador no quarto do hotel, sentámo-nos numa esplanada do centro, a comentar alegremente o passeio. O Afonso queria apostar comigo sobre a segunda caminhada programada, achava que eu ia desistir a meio, pelo ar estafado que me vira no regresso.

- Tu queres é ganhar uns euros à minha custa, mas podes tirar o cavalinho da chuva – dizia eu – eu sou perfeitamente capaz de me superar, por muito estafada que esteja e ir buscar forças a reservas profundas, insuspeitadas.

- Então não precisas de ter medo da aposta, quem ganha uns euros és tu – objectava ele.

Estávamos nesta conversa quando vimos chegar o nosso guia mais velho que se aproximou e perguntou se podia sentar-se

- Claro! - respondemos em uníssono, pois tínhamos simpatizado com ele.

Perguntou como nos sentíamos, se já tínhamos recuperado do cansaço, ao que o Afonso respondeu, ainda a meter-se comigo:

- Estamos recuperadíssimos, aqui a Luísa partia já para a montanha, se eu a deixasse.

Dei-lhe um carolo. O guia sorriu, amável e entrou na brincadeira:

- Eu fico sempre muito satisfeito quando posso entusiasmar pessoas que estão a fazer as primeiras experiências. Como cliente ela estimula-me mais do que tu, um veterano da montanha.

- Vês, vês? – acompanhei as palavras com um gesto "bordaliano" – Sou mais estimulante do que tu.

- Nisso estamos de acordo – ironizou o Afonso para o guia – Ela também me estimula mais do que tu.

Trocámos mais algumas piadas tolas e depois o nosso guia que se chamava Paul disse que trazia uma missão, quando nos encontrou: queria convidar-nos para jantar em sua casa. A familiaridade do convite surpreendeu-nos, mas ele explicou: era casado com uma portuguesa que, quando soubera que havia no grupo um casal de jovens portugueses, lhe pedira para nos conhecer. Ela às vezes ficava muito nostálgica do país, passava períodos em que tinha saudades de tudo, da língua, da comida, das pessoas. A companhia de compatriotas, com a vantagem de sermos quase da mesma idade, era um prazer a que ela não queria resistir.

- E longe de mim contrariá-la, quero-a calma e feliz – disse Paul, com um sorriso alegre – está à espera do nosso primeiro filho.

Demos-lhe os parabéns, fizemos as perguntas do costume, "de quantos meses?", "é menino ou menina?", "já tem nome?" e aceitámos ser um dos desejos daquela mulher grávida. Mulher que se revelou ser uma rapariga muito simpática, nada uma grávida auto-centrada e cheia de pequenas manias. Pelo contrário, muito descontraída, tal como o Paul. Chamava-se Teresa e era do Algarve, de Olhão. Profissionalmente era veterinária, fazia parte de uma equipa que trabalhava nas montanhas, ocupando-se da fauna selvagem, em recuperação e do gado, espécies que nem sempre tinham coexistência pacífica. Confessou-nos que tinha muitas vezes saudades do seu Algarve natal, especialmente do sol e do mar.

- Há dias em que sonho com o calor, sabem, até me aquece o corpo, é como se sentisse aquele abafado maravilhoso dos meses escaldantes do Verão, quando nem durante a noite arrefece.

Conseguia percebê-la, também sou uma apreciadora de calor e de mar, tinha dúvidas se conseguiria viver entalada naquela região montanhosa.

- Foi o Paul que me trouxe para cá. – explicou a Teresa - Conhecemo-nos em Erasmus, depois voltámos cada um para a sua terra. E mais tarde reencontrámo-nos.

No jantar estava também um outro casal amigo deles e o guia mais jovem, que se chamava Jean-Michel. Foi um serão divertido, não muito longo, pois eles tinham trabalho de manhã cedo, para nós é que seria um dia de descanso, sem actividades radicais. Este encontro com uma portuguesa grávida, longe da nossa terra natal, foi também um acontecimento premonitório: eu ainda não sabia, mas estava a inaugurar uma época da minha vida em que os bebés iam estar em toda a parte. O filho da Teresa e do Paul fora apenas o primeiro.

Poucos dias depois, já feita a segunda caminhada, que foi bastante mais exigente do que a primeira, mas em que nos internámos de uma forma muito mais integral na montanha, tivemos a iniciação ao *rafting* e, mais uma vez, lá fomos pela manhã, preparados para exercícios custosos. Era outra estreia, para mim, fazendo assim com que o início da minha vida de casada acabasse por trazer consigo uma coleção de novas experiências. Ri-me sozinha com este pensamento, pensei que, com esta lua-de-mel estafante, talvez o Afonso estivesse a preparar-me para a dureza do casamento. Afinal quase todos os casados de longa duração que conheço dizem que é difícil e requer esforço! Como subir uma montanha ou descer um rio agitado? O futuro me diria!

No final da experiência de *rafting*, quando saímos da canoa para a margem, estávamos encharcados até aos ossos. O meu cabelo, embora estivesse apanhado, escorria água e sentia gotas penduradas nas pestanas. O Afonso, também bastante molhado, olhou para mim e desatou a rir. Abraçou-me carinhosamente:

- 'Tadinha, está mesmo encharcadinha! Ficas linda assim, meu amor.

Eu estava acima de tudo com frio e com vontade de despir aquela roupa que pingava água, mesmo por dentro da protecção supostamente impermeável, e foi o que fiz. Fiquei com o bikini e estendi-me ao sol, na verdura da margem, a sentir o calor penetrar o meu corpo, conduzindo-me devagarinho de novo ao conforto.

Quando voltámos para o hotel já estávamos mais apresentáveis e secos. O Afonso agarrou na minha mão e foi todo o caminho silencioso. Depois daquele acesso de ternura à saída do rio, estava estranho.

Ao final da tarde, de novo na esplanada do centro da vila, onde estávamos a ficar cliente habituais, o Afonso, com um ar sério, disse que tinha uma coisa para me dizer. Olhei-o, curiosa:

- Eu sou doido! – disse ele.

- Bom, isso já sabemos, não é novo. Mas gosto de ti na mesma, deixa estar – brinquei.

- Não, falo a sério, sou mesmo doido! Esta é a lua-de-mel mais maluca de sempre! Montanhas, *rafting*, ar rarefeito, esforço físico, nós os dois estafados!... Quando devíamos estar deitados em espreguiçadeiras, numa praia de areia dourada e mar azul, debaixo de um toldo, a beber caipirinhas e a preparar-nos para as noites de amor.

Abri mais os olhos, sem saber como reagir. Esta viagem fora proposta por ele, onde queria chegar com esta conversa? "Maridinho, não me baralhes", pensei. Ele continuou:

- Como é que me aturas?

- Não te acho assim tão difícil! Quer dizer, agora estás a confundir-me.

- Desculpa. Mas estou a sentir-me parvo! Tu gostas de praia, estamos em lua-de-mel, é Verão! E eu trouxe-te para esta vila, no lado oposto das coisas que tu gostas mais e das coisas que as pessoas costumam fazer nestas ocasiões. E isto porquê? Porque tenho um "trauma", porque a minha mãe passava as férias todas na praia – as de Verão e as de Inverno – e sempre me irritou tanto amor pela praia... acho que foi por isso. Mas é idiota! Meu amor, já chega de vida saudável! Vamos sair daqui, vamos para as espreguiçadeiras, dormir a sesta, fazer amor toda a noite, acordar tarde e tomar o pequeno-almoço com vista para o mar.

- Não é preciso, eu gosto desta vilazinha, gosto de todo este verde...

- És capaz de jurar que a ideia de ir para junto do mar não te agrada?

Ri-me:

- Claro que me agrada! Mas e a ti, agrada-te? Estamos os dois...

- Eu quero ver-te sair do mar como uma sereia! E hoje de manhã parecíamos dois ursos molhados.

Não resisti mais a este arrepiar caminho do Afonso. Era a primeira vez que lhe via um lado mais inseguro, em que de repente duvidava de uma decisão que antes lhe parecera certa. "Estou casada há uma semana, subi montanhas, desci rios e já tenho uma nova perspetiva sobre o meu marido", pensei. "Caramba, não preciso de tantas novidades"

Deixei-me levar para a praia com mais prazer do que confessei, até para mim própria. Como foi uma mudança repentina de planos não tivemos muitas possibilidades de escolher, para caber no nosso orçamento. Acabámos por ir para uma das ilhas baleares, Menorca, que não conhecíamos mas que se revelou um pequeno paraíso preservado no meio do Mediterrâneo. E o Afonso tinha razão, a partir daí a nossa viagem ficou muito mais parecida com o que habitualmente representamos como lua-de-mel. Não estivemos tão parados como ele anunciara, porque nenhum dos dois gostava de estar apenas parado, demos grandes passeios pela praia e pela ilha, vimos enseadas azul-turquesa, ruínas romanas, cidadezinhas brancas cuidadas... E ficámos à noite na varanda, a sentir a brisa quente das noites de Verão, com uma lua de Agosto magnifica que iluminava com reflexos prateados o mar tranquilo que se estendia à nossa frente.

Mais tarde, ao recordar aquela lua-de-mel variada, não conseguiria dizer que preferi uma das partes. Gostei sobretudo de estar com o Afonso e de ter tempo para tudo. Porém, em *Menorca*, foi onde consegui reencontrar o sentimento de eternidade dos apaixonados, aquele que nos chega quando nos sentimos plenamente satisfeitos e felizes, depois de fazer amor com a pessoa certa.

No regresso a Lisboa, quando descemos com os nossos tróleis a rampa das chegadas do aeroporto, parámos, estarrecidos: logo em frente, por detrás do recinto onde os agentes de viagens esperam os seus clientes, estava um grupo enorme e embaraçoso, à nossa espera. O Miguel e o Vasco, o meu irmão, perdidos de riso, seguravam a meias uma cartolina enorme onde se liam em grandes letras os nossos nomes e a frase "welcome back". Junto deles, acenando ridiculamente, estavam a Sandra, a Antónia, o Manuel, a Joana, a Rita e até o Daniel e a Julieta. Parecia a chegada da seleção de futebol depois de ter ganho algum jogo internacional. Nós só estivéramos três semanas fora, mas abraçaram-nos efusivamente, como se não nos vissem há anos, provocando uma vozearia risonha que se destacava no ruído normal do aeroporto, já de si bastante barulhento. Olhei para o Afonso, porque a maior parte destes doidos eram os meus amigos, com medo que se sentisse demasiado invadido, mas ele também tinha entrado na brincadeira e distribuía pancadinhas nas costas de uns e de outros, dizendo do prazer de os reencontrar. Finalmente lá se acalmaram e alguém explicou que a ideia da recepção partira do meu irmão Vasco, um *habituée* de recepções aeroportuárias à sua equipa de futebol preferida, que convencera todos que a irmã e o marido eram tão importantes – pelo menos para aquele pequeno grupo alvoroçado – como qualquer equipa de futebol. Organizaram-se e ali estavam, a receber-nos ao melhor estilo VIP, deixando-nos divertidos, mesmo que um pouco enleados.

Fomos dali jantar à casa do Miguel, onde tinham deixado tudo preparado, só tivemos de passar pela loja das *pizzas*, que já estavam encomendadas. Foi um belo jantar, onde tivemos de explicar como é que começáramos a escalar montanhas e acabáramos a banhos no quente Mediterrâneo. Na verdade não explicámos nada, inventámos uma desculpa qualquer sobre estar a chover na montanha e termos ficado com saudades do sol, seria difícil perceber as razões verdadeiras que se prendiam com experiências pessoais do Afonso, não havia necessidade de explicar.

Capítulo II – O casamento é afrodisíaco?

O que posso contar sobre aquele primeiro ano de casamento? Para ser honesta uma das vivências que ficou mais fortemente marcada na minha memória daquela época foi a festa de sexo que vivi com o Afonso. Ao contrário do que me diziam maldosamente as minhas colegas do colégio, casar não diminuiu a atracção nem o desejo. Ainda é com um arrepio de gozo que me lembro das noites e dos fins-de-semana de amor, das manhãs de domingo em que voltávamos para a cama depois de um lauto pequeno-almoço, fazíamos amor até ficar exaustos e adormecíamos de novo, para acordar apenas com o toque do telefone ou a luz forte da janela.

O Afonso gostava de começar o amor em sítios arriscados, no carro, no elevador, quando eu estava ao telefone... Eram brincadeiras que remetiam para outras épocas da vida, em que "curtir" era uma atividade de risco, podíamos ser descobertos a qualquer momento. Eu censurava-o, dizia para ele parar, esperar, mas na verdade havia uma excitação agradável associada àquelas experiências furtivas que aumentava o prazer quando por fim chegávamos a um sítio "seguro" e podíamos amar-nos sem medo de ser apanhados. Eu também tinha um gosto especial, agradava-me fazer amor vestida e acabar toda desalinhada. De preferência na sala, no escritório ou na cozinha, em qualquer lado fora do quarto. Excitava-me profundamente quando o Afonso me levantava a saia e desviava as cuequinhas sem as tirar, ou quando o seio se soltava do soutien sem que este sequer se desapertasse. Quando eu ou ele chegávamos a casa e o outro já lá estava adorava que a primeira coisa que fizéssemos fosse agarrarmo-nos um ao outro e fazer amor, no chão ou no sofá da sala, às vezes no *hall* de entrada, sem tirar a roupa, como se fosse urgente, como se a excitação não pudesse esperar. Mas também gostava da libertação dos corpos, o Afonso tinha um corpo magro e ligeiramente musculado e às vezes bastava-me olhá-lo para ficar pronta para tudo. Sentia o meu próprio corpo atraente, gostava de ser esguia, sabia que as minhas pernas eram compridas e elegantes e gostava sobretudo da enorme compatibilidade que havia entre nós, tinha um sentimento de completude muito forte na minha relação com o Afonso incluindo, ou naquele tempo sobretudo, no sexo.

Algumas memórias desse ano são fora do comum. Nunca me esqueci de um dia em que estávamos na sala com a televisão ligada, começámos na brincadeira e acabámos a fazer amor no tapete. Na televisão o programa mostrava acontecimentos relacionados com a celebração de um feriado nacional e quando cheguei ao orgasmo, enquanto todo o meu corpo estremecia, abri os olhos e vi na minha frente, no ecrã da sala, um membro do governo, em grande plano, discursando empolgadamente! Foi bizarro, o homem parecia que estava dentro da sala e por momentos tive uma experiência paranóica, senti-me espreitada.

- Que horror, isto tira o entusiasmo a qualquer um, ainda bem que acabámos! – exclamei, inquieta

O Afonso não respondeu logo, saboreava o prazer. Mas depois brincou, observando os aplausos pouco convictos dos adeptos do orador entusiasmado:

- Se nos pudessem ver conseguíamos mais aplausos do que este destruidor do país! Merecíamos mais, de resto! – E começou a acenar como quem agradece aplausos imaginários.

Eu apressei-me a levantar e sair dali. O grande plano do rosto tenso daquele homem com uma expressão solene e artificial, foi um anti clímax quase instantâneo que tirou a magia ao momento, mesmo com o humor do Afonso. Nunca mais fiz amor com a televisão ligada!

Também me lembro de noites em que decidimos imitar os filmes e utilizámos comida e champanhe como acessórios para o amor. Era difícil beber sem entornar pelos recipientes de que tentámos servir-nos, mas a comida, essa, temperada pelos fluídos dos corpos, ficava realmente excitante. Depressa compreendemos que era uma coisa que devíamos fazer na cozinha ou noutro local igualmente fácil de limpar, se não queríamos guardar para sempre recordações visíveis dessas loucuras!... Por causa das nódoas o melhor mesmo era terminar na banheira, num banho quente de espuma, acabando de beber o champanhe em copos ajuizados.

Criámos o hábito, inspirado no nosso trabalho comum, o teatro, de fazer representações eróticas que apimentavam as noites e nos permitiam libertar a criatividade. Construíamos fantasias em que éramos personagens tímidas ou atrevidas, apaixonados ou à procura de relações de uma só noite, mais sensuais ou mais românticos, o que resultava em caminhos para o prazer bastante diferentes. O final é que era quase sempre parecido, os dois abraçados e satisfeitos, muitas vezes mais cansados do que aconselhava o dia de trabalho que nos esperava pela manhã.

Não sei se o trabalho foi prejudicado com este entusiasmo, mas suspeito que até foi beneficiado. A verdade é que passei a fazer as minhas actividades diárias de uma forma muito mais concentrada, evitando os tempos mortos ou aqueles cafés de meio da tarde em que ocupamos sempre mais tempo do que planeámos. Queria estar disponível, para os finais de dia de prazer sem sombras, prolongá-los enquanto conseguisse.

Na escola as minhas colegas mais velhas eram uma espécie de diabinhas coscuvilheiras que faziam piadas ora sobre o meu aspecto magro e cansado depois da lua-de-mel, ora sobre a aparência satisfeita de mulher bem alimentada, na esperança de saberem como estava a ser a minha nova vida.

- Aproveita este tempo de recém-casada para comer bastante - dizia uma, cheia de subentendidos na voz apologética - porque o que é bom acaba depressa.

Eu olhava-a, meia parva, sem saber o que responder. Muitas vezes, quando estávamos no meio destas conversas, chegava outra colega que perguntava do que estávamos a falar.

- Estava a dar uns conselhos de mulher mais velha à Luísa - respondia a primeira. - Ela anda com um ar tão radioso que devemos preveni-la do que pode acontecer, não achas?

E se eu esperava mais sensatez da parte da segunda colega, rapidamente via a expectativa desfeita: ela ria-se e juntava mais uma ideia maluca:

- Tens razão. Não se deve deixar a juventude na ignorância! Luísa, tu sabes que estatisticamente os adultos solteiros têm mais sexo do que os casados? Principalmente do que os casados que têm filhos?

- Cientificamente comprovado? – brincava eu, pois se me mostrasse aborrecida só aumentava a vontade de me picarem - então já sei, nada de ter filhos até estar devidamente saciada, não é? Mas ouve lá, como é que nascem os segundos filhos?

- Oh, sem grande problema. Eu não disse que não têm nenhum, disse que têm menos! Sabes que basta uma vez?

Geralmente nem me dava ao trabalho de responder a perguntas deste género:

- Vocês querem é tirar nabos da púcara! Mas o que se passa entre mim e o meu Afonsinho é *private*, ok?

- Não contas nem um bocadinho? Vá lá, ele é bom? Rápido ou lento? Fazem coisas esquisitas? De manha à tarde e à noite, tipo antibiótico?

-É isso. O sexo no princípio é como antibiótico, três vezes ao dia e depois fica como o período: uma vez por mês...

Frequentemente tive de as pôr na ordem, ameaçando sair dali se não mudassem de assunto. Mas quer quisesse quer não, qualquer coisa do que elas diziam ficava retido no meu subconsciente e contribuía para a sensação de que devia desfrutar dos momentos actuais tanto quanto conseguisse.

A Dra. Celeste, a dona do Colégio Maria Rita, que não tinha comigo as mesmas familiaridades brejeiras de muitas das minhas colegas e ignorava os meus projectos de prazer continuado, puxava bastante por mim. Além de ser professora eu era sua assistente, o que significava trabalhar muito próxima dela. Quando não estava a dar aulas tinha um gabinete com uma porta que comunicava directamente com o dela e era eu que tratava de uma grande parte dos aspectos organizativos. Apesar das dificuldades do País, o colégio mantinha um bom nível de inscrições e nesse ano fora necessário acrescentar uma turma no 5o. ano, pois mais alunos do 4º decidiram continuar.

Havia pois bastante trabalho, o que era uma bênção no tempo que o país atravessava.

Por aquela época a Antónia vivia a sua primeira gravidez e encontrávamo-nos com frequência. A empresa dela mudara para instalações novas, perto do meu colégio e almoçávamos juntas pelo menos uma vez por semana. Sem isso é provável que fosse difícil mantermos a proximidade antiga que eu detestaria perder. Com o Miguel continuava a ter actividade conjunta, mantinha a minha colaboração com o grupo de teatro Arena e, mesmo fazendo mais trabalho em casa, por minha conta, tinha de participar em ensaios e assistir a várias representações das peças para ter uma perspectiva do que estava bem e do que precisava de ser alterado nos textos. Com a Antónia o que tinha em comum era mesmo a amizade, crescêramos juntas, os nossos pais moravam no mesmo bairro, andámos nas mesmas escolas do 1º ano até ao 12º. Separámo-nos à ida para a Faculdade, porque fomos para áreas muito diferentes, ela para engenharia informática, eu para línguas e literatura. Mas como continuávamos a viver perto isso não foi problema. O que nos obrigou a esforçar-nos mais para nos mantermos em dia uma com a outra foi o trabalho, depois acrescentado pelos casamentos, primeiro o dela e mais tarde o meu. A mudança de instalações da empresa onde a Antónia trabalhava fora uma novidade maravilhosa que nos facilitava bastante a vida.

Um dos nossos primeiros almoços ocorreu pouco depois de eu ter voltado da lua-de-mel, com a gravidez da Antónia ainda a não se notar muito, pelo menos por fora. Por dentro, quer dizer, na perspetiva da própria, havia diferenças, como as calças apertadas, o peito maior e uma moleza nova, que nunca sentira, que lhe dava vontade de fazer sestas a qualquer hora do dia. Eu não via nenhum desses sintomas, mas via algo mudado na minha amiga, ela que antes era uma rapariga simpática mas um pouco dura, ganhara uma doçura inocente, estava mais suave em tudo, até nos gestos.

Estava grávida de três meses e meio, começava a deixar-se invadir pelo entusiasmo, até ali mantivera-se em suspenso, primeiro a aguardar a confirmação da gravidez, depois a deixar passar o tempo, para ter a certeza de que tudo correria bem nesta fase inicial. O espírito prático e decidido da Antónia vacilara perante a experiência desconhecida, fora visitada pela insegurança e pelo medo, como se quando os acontecimentos passam do sonho para a realidade houvesse qualquer coisa de inquietante que nos bloqueia o optimismo.

Conversámos imenso, não nos víamos assim, a sós, há algum tempo e tínhamos muita conversa para atualizar. A Antónia pôs-me ao corrente de alguns acontecimentos ocorridos na minha ausência de lua-de-mel. Fiquei pasmada quando me disse que o Miguel e a Rita estavam a namorar. Era bastante inesperado, especialmente tendo em atenção que eu trabalhara com ambos durante muito tempo, num *atelier* de teatro para adolescentes, ligado à instituição social de que a Rita fazia parte e, para além da simpatia natural de ambos, nunca vira nenhum esboço de atração. Para não falar da cena que o Miguel me fizera no dia do meu casamento, quando decidiu criticar-me por estar a casar com o Afonso em vez de retribuir a sua paixão por mim.

- Se calhar envolveu-se com a Rita para tentar esquecer-se de ti. E para não se sentir tão sozinho. Penso que ele andava a ficar perturbado com todos nós a encarreirarmos a nossa vida amorosa e ele a continuar com relações ocasionais.

- Talvez... Quero acreditar nisso, porque a Rita é minha amiga, não gostava que ele a magoasse.

31

- Ela é linda, ele pode mesmo ter-se apaixonado por ela, agora que teve de desistir de ti.

- Talvez...

Sinceramente não me sentia muito convencida. E fiquei preocupada com a Rita, ela já tivera dores suficientes, precisava de alguém que a tratasse bem e visse o seu valor, para além do deslumbramento da beleza física. Entretanto a Antónia mudara de assunto e falava-me de si própria e do seu estado. Sentia-se muito feliz, ainda mais porque desta vez os pais estavam a apoiá-la com carinho. A mãe não só começava a resignar-se com o estilo de vida da filha, tão diferente do dela própria, como ficara entusiasmadíssima com a perspetiva de um neto. Era como se a novidade lhe tivesse ligado um botão qualquer, do amor por bebés. Não deixava de ser estranho, quando nos lembrávamos do que ela pensara sobre o casamento juvenil da Antónia e como mantivera um distanciamento delicado da vida dela, desde essa altura.

- Então estás muito contente! – observei.

A Antónia sorriu, com uma expressão tímida que era nova nela:

- Estou. Quer dizer, tenho alguns medos. Sonhos maus, há dias sonhei que o meu filho tinha nascido com uma grande cabeça e que os médicos nunca mais me diziam que ele estava bem, que era normal. A minha ansiedade crescia, eles não me diziam nada, foi tão forte que acordei...

- Acho que é normal esse medo, ouvimos falar disso quando se fala de gravidez.

- Mas é mau. Esperava já estar mais tranquila, por esta altura... Tenho esperança que passe. O Manuel está entusiasmado e a minha mãe, vê lá, já me apareceu com umas roupitas, tive de a proibir de começar a fazer compras interminavelmente. Felizmente não tem muito tempo livre...

- Espantoso, nunca imaginámos que um neto ia derreter o coração distante da Dra. Cláudia!

- Pois não. Eu até lhe disse a medo que estava grávida, depois da reação que teve ao anúncio do meu casamento estava à espera de uma gritaria semelhante. Mas não, abriu muito os olhos e abraçou-me dizendo: "Oh filha, estou tão comovida, até tenho vontade de chorar". E era verdade, quando nos largámos estava com os olhos cheios de lágrimas, a minha mãe, só me lembro de a ter visto chorar quando morreu a minha avó.

- Que bonito!

- Pois foi. Mas é esquisito, nem parece a minha mãe. Se queres que te diga estou à espera que isto passe e volte a minha mãe viajante que larga tudo por uma reunião científica em qualquer parte do mundo. Entretanto tenho de a moderar, nem oito nem oitenta.

- Deixa-a apreciar a situação, como queres ter mais do que um filho podes sempre guardar o excedente. – brinquei – Ou guardas, para partilhar comigo e com a Sandra, qualquer dia atrevemo-nos a essa experiência, também.

A minha amiga fixou-me, perscrutadora, a tentar avaliar qual era a parte de brincadeira e a parte séria do que eu estava a propor, no que me dizia respeito. Deixei-a na dúvida, não intencionalmente, mas porque ainda não sabia claramente o que queria a respeito deste assunto. Como quase sempre, eu deixava a vida correr, o meu casamento era muito recente, ainda estava a habituar-me a esta nova forma de vida, não fizera planos a respeito de ter filhos, nem falara com o Afonso sobre isso.

Mas aquilo era uma conversa de mulheres, o que significa que os assuntos se encadeavam uns nos outros, por isso a minha observação passou ao de leve pela hipótese dos meus filhos e seguiu caminho para a Sandra, que voltara há pouco para Vila Real de Trás-os-Montes, para retomar o trabalho como professora, depois de passar as férias de Verão entre Portugal e Espanha, com o Joan, o seu namorado catalão. Tanto eu como a Antónia sentíamos que estava por pouco a decisão da Sandra de sair do país. Ela tivera a oportunidade de dar aulas na Universidade de Trás-os-Montes e recusara, com o argumento de que ficaria mais agarrada à cidade:

- Escolas secundárias há muitas por todo o país, faculdades há menos e estão saturadas de professores, nunca mais conseguia sair de lá. – comentara com a Antónia, a propósito dessa possibilidade.

Para a Sandra fora um golpe grande o fim da carreira aérea entre Vila Real e Lisboa. Sentira-se mais fechada, com a mobilidade muito diminuída e revoltada com a forma como eram desconsideradas as pessoas que viviam longe de Lisboa ou do Porto.

O que nem eu nem a António sabíamos, no dia daquele almoço, é que a vida da Sandra estava à beira de ter uma reviravolta inesperada que a conduziria por caminhos diferentes daqueles que estavam no nosso horizonte no momento em que saboreávamos uma sopa e uma tosta e bebíamos limonada, tagarelando sobre a nossa vida e a vida dos nossos amigos. Mas isso contarei mais à frente.

Capítulo III - O Miguel e a Rita

O namoro do Miguel com a Rita não me surpreendeu só a mim, a maior parte dos amigos nunca pensara nessa possibilidade e era opinião geral que não ia durar muito. A razão mais comum para expectativas tão baixas sobre aquela relação estava ligada ao conhecimento de que eles eram pessoas muito diferentes um do outro, em aspectos importantes. Não é que fossem como a água e o azeite, não chegava a tanto, mas estava lá perto. O Miguel estouvado, hiperactivo, envolvido em múltiplos projectos ao mesmo tempo. A Rita obsessiva do controlo e da organização, disciplinada de uma forma bastante rígida, dedicando-se a fundo a uma coisa de cada vez. Nas relações amorosas ele tinha a prática de relações curtas e leves, ela carregava consigo histórias de percas importantes e de deslealdades que a haviam deixado desconfiada e exigente.

Claro que entre os dois também havia pontos comuns. Ambos tinham pouca família em Lisboa, o Miguel era do Algarve, a Rita de Cabo Verde, país para onde a sua família tinha voltado após muitos anos de imigração em Portugal. Os dois tinham preocupações político-sociais do mesmo género, nenhum se resignava a deixar o mundo como o encontrara e estavam dispostos a lutar por isso. Sentiam-se na obrigação de intervir para mudar o que consideravam que estava mal. Foi por aí que se encontraram e se tornaram amigos.

Durante dois anos, na Associação "Preparar o Futuro" em que a Rita trabalhava como assistente social, eu e o Miguel orientámos um *atelier* de teatro para adolescentes de um bairro cheio de problemas. Conseguimos alguns objectivos interessantes na dinamização de miúdos que pareciam perdidos para qualquer actividade inteligente. Apresentámos dois espectáculos integralmente feitos a partir de ideias deles, que revelavam uma criatividade e capacidade de realização indubitáveis.

A Rita esteve sempre connosco, apoiou-nos e manteve o nosso entusiasmo nos momentos em que as enormes dificuldades de trabalhar com estes adolescentes quase nos levavam a desistir. Ela e os seus companheiros da associação pareciam ter uma reserva inesgotável de motivação e esperança que nos contagiava nos momentos duros, como por exemplo quando perdemos uma das melhores participantes porque ficou grávida com 15 anos ou quando um dos miúdos apareceu todo negro porque tinha levado pancada numa rixa de bandos. Ou nos dias em que apenas não conseguíamos fazer nada porque o grupo estava demasiado excitado e imparável.

Quando surgira o amor só eles poderiam dizer. Para além de tudo o que já referi havia ainda a extraordinária beleza da Rita e o charme do Miguel que, quando queria, sabia ser bastante sedutor, embora um pouco desajeitado. E havia a necessidade do Miguel de encontrar uma relação estável, naquela época em que o nosso grupo se estava a fragmentar em casais.

O namoro começou durante a minha lua-de-mel. A Rita ficara no meu lugar de assistente do Miguel no *atelier* de teatro algum tempo antes do meu casamento, porque estava a ser impossível para mim ter disponibilidade para tudo o que tinha para fazer e ainda organizar a festa e a viagem. O trabalho em equipa deve ter proporcionado a aproximação. As sessões decorriam uma vez por semana e muitas vezes saíamos tarde da associação, porque depois do trabalho com o grupo procurávamos organizar de imediato o que tinha sido produzido e criar a orientação para a sessão seguinte. Desde que eu namorava com o Afonso tinha tendência para ir para casa assim que terminávamos, deixara de acompanhar tão frequentemente o Miguel que ainda partia para algum dos bares onde era quase certo encontrar amigos. A Rita estava livre, é fácil imaginar os dois a beber um copo e a criarem maior intimidade a seguir àquelas sessões intensivas de trabalho.

Eu soube do namoro pela Antónia, vi pouco o Miguel naquele Verão, quase nem falámos ao telefone, o que era fora do comum na nossa amizade, convenci-me que estava zangado comigo e decidi esperar que lhe passasse. As circunstâncias do Verão também não ajudaram, andámos por locais diferentes. Após o nosso regresso de Menorca, o Miguel foi para o Algarve de férias e em Setembro, já eu estava de volta à escola, foi passar duas semanas a Cabo Verde. Mais tarde soube que tinha ido com a Rita e que fora uma viagem em que conhecera a família dela toda.

Foi em Outubro, quando retomámos o projecto do *atelier* de teatro na associação "Preparar o Futuro", que tive a oportunidade de ver o Miguel e a Rita como namorados e julgar à luz da realidade os meus receios sobre aquela relação. Porque tinha receios: o Miguel era o meu melhor amigo, a Rita era uma pessoa que eu admirava, pela sua resistência às

37

adversidades da vida, que nunca fora fácil para ela. O meu medo era que o Miguel magoasse a Rita, que um dia lhe voltasse a instabilidade e que a deixasse. A verdade é que quando recomecei a encontrá-los o namoro parecia correr bastante bem.

Ainda assim continuava a haver qualquer coisa que não me agradava, ambos pareciam diferentes comigo, muito mais reservados e distantes. No que dizia respeito à Rita pensei que talvez fossem ciúmes da minha amizade com o Miguel, ela sabia que ele era um dos meus melhores amigos, podia imaginar alguma proximidade excessiva que a excluísse. Mais tarde ou mais cedo esperava que mudasse de atitude, a realidade mostrar-lhe-ia que eu não era sua rival neste campo. Mas relativamente ao Miguel senti-me encolerizada, já era tempo de se deixar de parvoíces e voltar a falar comigo como antes. Era muito importante para mim a sua amizade e ofendia-me que mudasse daquela forma só porque eu me casara ou porque ele namorava com a Rita.

O Miguel acompanhava-me na vida há muito tempo, conhecera-lhe muitas namoradas, porém sempre tivera a sensação de ter um lugar especial junto dele. Ele era o amigo que se oferecera para dar uns estalos ao Nuno, o homem que me enganara, anos atrás. Era o amigo que me ouvia, quase tanto como a Sandra e a Antónia e aquele em que eu pensava quando, no decurso de alguma viagem, descobria coisas culturalmente interessantes e alternativas. Era o amigo que me dizia o que fazer quando eu estava perdida, ou que inventava ideias para me aliviar as tristezas. Eu sabia quase tudo sobre a vida dele e sentia muito fortemente que gostava de mim. Até os ciúmes que expressara da minha relação com o Afonso me tinham agradado. Gostara menos da espécie de declaração de amor na noite do meu casamento, mas compreendera. De certa forma sentia que esta história e estes sentimentos haviam sido traídos quando o Miguel começara a namorar com a Rita sem me dizer nada, nem antes nem depois, nem quando cheguei a Lisboa da lua-de-mel e fez aquele jantar de boas vindas na casa dele. Fora eu que lhe apresentara a Rita e que o levara para trabalhar com ela! Porque não me falara sobre o assunto? Nós os três, em conjunto com o Gustavo, também da "Preparar o Futuro", éramos uma equipa, que segredos eram aqueles?

Perante as mudanças de atitude de ambos quase desejava que o namoro corresse mal para voltar a ter o meu amigo disponível e que confiava em mim. Em alternativa tive vontade de deixar o projecto do *atelier* de teatro, como forma de marcar posição! Felizmente de seguida pensei que tinha de falar com ambos, para limpar a relação. O meu irmão Vasco, se soubesse desta sequência de pensamentos, diria que lá estava eu a ser a rapariga sensata e bem comportada que não conseguia deixar de ser. Ele desejava ardentemente o dia em que eu ficaria tão descompensada como ele! Mas ainda não seria desta vez, porque, especialmente com o Miguel, eu não queria ficar com coisas graves por dizer, desejava ser amiga dele para o resto das nossas vidas. Virar as costas era uma alternativa que poderia destruir essa possibilidade.

Não foi fácil apanhar o Miguel sozinho, mas um dia, à saída do ensaio do Grupo de Teatro Arena, de que ambos fazíamos parte, ele como actor principal, eu como assistente do encenador para a escrita, convidei-o para beber um copo e ele não teve como recusar. Olhou para mim do alto do seu robusto metro e oitenta, com uma expressão desamparada de quem se deixou encurralar imprevistamente e seguiu-me até ao bar de um hotel que ficava próximo da sala onde estivéramos a ensaiar, no centro de Lisboa. A sua reacção mostrou-me mais uma vez que ele não estava à vontade, como antes, tornou mais premente termos uma conversa.

Sentámo-nos num recanto do bar, cada um com a sua cerveja e uma taça de amendoins. Era quinta-feira, o ambiente estava calmo, havia dois casais de turistas, provavelmente hóspedes do hotel e um pequeno grupo de portugueses que discutia animadamente. No início ficámos em silêncio, tirando amendoins da taça daquela forma viciada como se podem comer aperitivos crocantes. Como não eram muitos ficámos rapidamente sem nada para fazer às mãos. O Miguel pediu outra taça ao empregado. Senti que um de nós tinha de começar a conversa antes que recomeçasse a azáfama. Por isso fui directa ao assunto:

- Estou chateada contigo, Miguel. Porque é que não me disseste nada sobre o teu namoro com a Rita? Nem quando regressei de Menorca, nem mais tarde. Tu e ela fizeram uma cortina de silêncio sobre o assunto, toda a gente sabia menos eu.

- Alguém te disse, não ficaste na ignorância!

- Disse-me a Antónia. Mas gostava de ter sabido por ti, para dizer a verdade. Senti-me encornada!

Levantou o olhar para mim, vivamente:

- Que estupidez! Não te disse porque não calhou!

- Não calhou? Desde quando é que só falas comigo se calha? O que é que isso quer dizer?

- Tu também não me informaste sobre o teu namoro com o Afonso!

Seria esta a questão ou apenas uma forma de voltar o bico ao prego? De qualquer forma não era verdade:

- Eu disse-te logo no dia a seguir a ter começado com ele! Ou dois dias depois, não me lembro bem, mas sei que foi rápido.

-Mas não me disseste antes e eu também trabalhava com vocês os dois. Surpreendi-vos no terraço no dia em que foram dormir juntos e disfarçaste...

- Miguel, nem eu percebi o que estava a acontecer, foi inesperado. E tu estavas com um grupo de pessoas, eu ainda não sabia o que era aquilo, como querias que revelasse a toda a gente um assunto tão íntimo? E se queres saber acho que estás a dar a volta ao assunto. Estás a chamar um acontecimento com imensos anos para te desculpares duma parvoíce que fizeste agora.

Riu-se, o que já era melhor sinal, de outra forma a conversa corria o risco de ficar muito tensa. Mas negou o que eu dissera:

- Não estou nada a dar a volta à conversa! Fiquei mesmo zangado naquela época. Tu e o doutorzinho eram um par tão desagradável para mim como eu e a Rita somos para ti.

- Então é verdade? Fizeste isto para te vingares? Mas foi há imenso tempo!

- A vingança serve-se fria! – disse isto e riu de novo, mitigando a agressividade da frase – No princípio não foi nada disso... No dia do teu casamento levei a Rita a casa. Estava a sentir-me ridículo por te ter feito aquela cena e estava a odiar o teu marido esquelético. Ela percebeu que eu estava em baixo e ficámos muito tempo a conversar sobre ti, sobre a vossa adolescência e a época em que estiveram na escola juntas. Chegámos à conclusão que nos conhecíamos desse tempo, dumas festas na vossa escola a que eu tinha ido. Eu disse que era muito estranho ter-me esquecido dela, pois sou observador e devia lembrar-me de uma rapariga tão espectacular. Então explicou-me algumas coisas sobre a vida dela, como era uma espécie de patinho feio e como se transformou numa mulher muito diferente durante os anos que viveu em Londres. E pronto, isto foi o princípio. Liguei-lhe no dia seguinte e a coisa aconteceu...

- Porque é que não me contaste? Não precisavas de te explicar, era só dizer-me. Nem ela me disse nada. Ficou esquisito.

- Nem sei bem porquê! Uma parte foi realmente desejo de te fazer sentir excluída como eu me sentira quando começaste a namorar com o Afonso. Depois senti-me culpado e já era por isso que não te dizia nada. Imaginei que te ias zangar comigo.

- O que deixou a situação cada vez mais estranha!

- Mas vês? Tu zangaste-te mesmo.

- Deves ter imenso medo das minhas zangas!

- Quando são sérias tenho.

- Diz antes quando te sentes culpado!

- Se calhar!... Olha lá e se esquecêssemos este assunto? Sentes-te esclarecida?

- Agora que já conversámos, sinto. Eu gosto muito de ti meu parvalhão! E gosto da Rita, não quero perder nenhum dos dois. Conta-me: como é que está a correr o namoro?

Juro que naquela altura já não estava em nenhuma parte do meu espírito o desejo de que a relação deles corresse mal. Sentia-me esclarecida, com esperança de reencontrar a amizade anterior com o Miguel. Infelizmente o que ele disse a seguir confirmou as minhas suspeitas sobre as razões do comportamento actual da Rita para comigo, uma reserva delicada bastante irritante:

- Corre bem, acho eu. Ela é querida, mas tem algumas manias esquisitas, obsessivas, precisa muito de rituais. Tento não dar muita importância a isso. Seria pior se vivêssemos juntos – hesitou, depois tomou coragem e continuou – Uma das manias é ter ciúmes teus. Como a nossa primeira conversa, digamos, preparatória, foi porque eu estava em baixo com o teu casamento, pensa que gosto de ti mais do que como amigo e de vez em quando atira isso para cima da mesa. Do lado dela talvez seja por isso que não te falou da nossa relação. Por ciúmes.

- Que parvoíce. Ela foi ao meu casamento!
- Pois...

Percebi que o Miguel não queria aprofundar a conversa naquele ponto. Também deixei cair. Por esta altura já tínhamos comido mais uma taça de amendoins e duas imperiais cada um. O bar animara à nossa volta, os hóspedes do hotel ao recolherem após o jantar paravam ali para tagarelar um bocado. Falavam-se várias línguas o que era uma das razões porque eu gostava daquele bar, dava-me a ilusão de viajar.

Contei ao Miguel algumas das peripécias da nossa lua-de-mel, incluindo o aspecto de ursos molhados, após a experiencia de *rafting,* que fizera o Afonso ter a ideia de deixar a montanha e ir para a praia. Ele contou-me as novidades sobre a sua vida de actor, ia fazer um filme, o que era a realização de um sonho antigo, sentia-se muito entusiasmado. Portanto o Arena ia estar algum tempo sem poder contar com ele, mas Daniel encorajara-o, o sucesso da carreira do Miguel era bom também para o grupo de teatro de que ele fazia parte como membro fundador. Sentia-me feliz por estar ali a conversar com o meu velho amigo, saíra-me um peso de cima e no regresso a casa levava um sorriso um pouco tolo nos lábios e o coração mais leve.

O Afonso dormia sossegadamente, deitei-me e aproximei-me dele, para me aconchegar. Ao sentir o meu corpo ajeitou-se, num movimento habitual. Interroguei-me se lhe devia contar esta conversa de reencontro com o Miguel. Ele sabia que eu não gostara da atitude do Miguel relativamente ao namoro com a Rita, mas nunca me queixei muito explicitamente porque as relações entre o Miguel e o Afonso eram complexas e não queria dificultá-las ainda mais. Antes do nosso namoro os dois davam-se bem, sem serem muito próximos. Dentro do Arena, a que ambos pertenciam, o Afonso era mais amigo do Amílcar e de outros colegas, o David e a Paula que, como ele, faziam teatro em acumulação com as suas vidas profissionais. Depois de começarmos a namorar, fez um esforço para se entender com o Miguel, mas este passou por uma fase de embirração, o que não facilitou nada. Felizmente essa fase terminou, pelo menos na forma exuberante dos primeiros tempos e entraram num período de maior cordialidade e mesmo alguma camaradagem. Eu queria que continuasse assim e até que melhorasse, eram os dois muito importantes para mim. Por isso decidi não contar ao Afonso a conversa daquela noite. Mas na verdade ele não preferiria saber? Se ele estivesse acordado quando cheguei talvez lhe narrasse de imediato pelo menos uma parte da conversa, quando ele me perguntasse onde é que eu estivera. No dia seguinte a oportunidade estaria perdida e ainda bem. Tive esperança que tudo voltasse ao normal e que mais tarde ou mais cedo nós os quatro, a Rita incluída, pudéssemos encontrar-nos sem a interferência de mal entendidos.

Capítulo IV – O Vasco e a Raquel

Há algumas coisas com que eu contava que estão prestes a mudar. Tenho tentado não temer demasiado isso, aceitar as mudanças e adaptar-me. Não me posso esquecer que eu própria mudei, para as pessoas à minha volta: estou muito mais ocupada, estou casada e muito virada para as experiências desse novo estado, sei que estou menos disponível, embora me custe admitir. A consequência é que em vez de ver as mudanças dos outros a chegar sou surpreendida por elas quando já estão praticamente instaladas.

Foi o que me aconteceu relativamente à minha própria família. Eu sabia que as coisas em casa dos meus pais não estavam fáceis com o meu irmão Vasco. Foi muito complicado para o meu pai aceitar que ele interrompesse o curso no final de quatro anos, apenas com as disciplinas de três anos feitas e decidisse começar a trabalhar em empregos mal pagos e pouco interessantes. Faltava-lhe o Mestrado que, no caso do curso dele, era integrado, o que significava que aqueles quatro anos lhe davam apenas uma certificação de licenciatura em ciências de engenharia, de cuja utilidade o meu pai, acertadamente, duvidava.

Para conseguir o acordo dos pais sobre parar a faculdade, o Vasco havia prometido tentar entrar para outro mestrado que lhe agradasse mais, mas chegou à conclusão que não era isso que queria e foi deixando passar o tempo. Não havia curso que lhe agradasse mais, confiou-me um dia. Não queria tirar curso nenhum, queria "fazer-se à vida", como ele dizia. Não lhe parecia que na época actual do país houvesse alguma vantagem em tirar um curso superior. Enumerava-me os desempregados com cursos superiores e com doutoramentos que conhecia ou de que ouvira falar, outros que viviam a fazer intermináveis pos-docs com bolsas de investigação que mal lhes davam para as despesas correntes. Eu argumentava com o facto de essas pessoas estarem a fazer coisas de que gostavam, considerava que essa era a vantagem actual dos cursos. Mas esse campo era também aquele em que o Vasco se apoiava, ele não conseguira encontrar prazer no curso que escolhera, tinha a sensação de se ter enganado e desinteressara-se. Portanto continuar não o conduziria a uma profissão de que gostasse. O meu irmão tinha uma insatisfação que evocava em mim o poema de Álvaro de Campos:

"Nada me prende a nada.
Quero cinquenta coisas ao mesmo tempo.
Anseio com uma angústia de fome de carne
O que não sei que seja"[2]

Neste panorama as posições extremaram-se, o ambiente tornou-se difícil, embora entrecortado por momentos mais

---

[2] Álvaro de Campos, excerto de *Lisbon revisited (1926)*

leves, pois o afecto na nossa família tem conseguido suplantar muitas vezes os maus humores e os problemas. E a minha mãe é uma distribuidora de afectos que parece inesgotável, ela nunca deixou que a zanga entre pai e filho atingisse proporções irreparáveis.

Até que um dia o que eu temia há algum tempo aconteceu: pouco depois do início de mais um ano lectivo em que não recomeçou a estudar, o Vasco chegou a casa e comunicou à família que ia sair do país. A empresa onde trabalhava estava a desenvolver um projecto na área da construção civil em Moçambique e precisava de pessoal para várias funções. O meu irmão candidatara-se e fora aceite. Impressionou-me que o tivesse feito sem dizer nada a nenhum de nós, nem a mim, a irmã mais velha em que quase sempre confiara, nem à mãe, com quem tinha uma relação menos conturbada do que com o pai. Nem ao Afonso, de quem gostava bastante e com quem acamaradara com facilidade. Emocionou-me pensar no meu irmão sozinho a tomar as suas decisões, eu que sempre precisei tanto de estar acompanhada a pesar os pros e os contras, senti que aquilo era uma forma de desamparo.

- Provavelmente aconselhou-se com os amigos – disse-me o Afonso quando lhe confidenciei o meu sentimento.

- Não é a mesma coisa! A família é a família, as pessoas com quem podemos contar sempre. Parte-me o coração pensar que o meu irmão não confiou em mim para o ajudar a tomar esta decisão tão difícil.

- Às vezes a família pode ser pesada, quando precisamos de decidir assuntos tão importantes como ir para longe. A família são as pessoas que mais facilmente nos podem prender e impedir de partir.

A experiência do Afonso era diferente da minha, a este respeito. A família dele, quer dizer, a mãe dele, era mais captativa do que a minha, ainda actualmente tinha dificuldade em aceitar que ele estava casado e tinha a sua vida independente. Ele precisara de lutar mais pela sua autonomia do que eu. Por isso percebia melhor este gesto de independência do Vasco.

Mas o mais difícil foi ver como a minha mãe ficou. Foi por ela que tomei conhecimento da decisão do Vasco. Veio ter comigo ao colégio uma tarde, levou-me de carro até junto do rio, em Algés e contou-me. Como de costume tentou não me carregar com as suas preocupações, mas enquanto conversávamos lado a lado, no carro virado para o rio, senti que a voz lhe tremia e que estava cheia de dúvidas e culpa, interrogando-se sobre o que tinha corrido mal com o Vasco, porque era tão difícil entender-se com ele quando sempre fora fácil fazê-lo comigo e com a Joana, a nossa irmã mais nova. Eu não sabia o que dizer-lhe, não tinha resposta para isso. Só podia estar ali, a ouvir a minha mãe, como ela me ouvira durante tantos anos. Prometi que ia falar com o Vasco. Tentei desdramatizar a situação, afinal nesta época tantos jovens estão a deixar o país, uns porque não conseguem arranjar trabalhos decentes aqui, outros porque querem alargar os horizontes. O Vasco sempre mostrara uma certa vontade de dar a volta ao mundo, certamente ir embora agora não era por causa da zanga, era a oportunidade de concretizar uma parte desse objectivo, era boa ideia aproveitar...

Nessa noite chamei o Afonso e fomos jantar a casa dos meus pais, quis aliviar a tensão, brincar com a Joana, conversar com o Vasco, consolar o meu pai que provavelmente precisava tanto de ser consolado como a minha mãe mas era incapaz de pedir. Ele era mais do género de se fechar, ficar com cara de mau durante um dia ou dois e não permitir aproximações fáceis. Felizmente quando estamos todos juntos ninguém resiste à alegria. Ao longo da noite fui observando a testa franzida do meu pai a descontrair, com as histórias engraçadas que o Afonso e a Joana contaram ao despique, cada um tentando provar que convivia com as pessoas com mais manias. Claro que as histórias do Afonso eram sobre os colegas e as da Joana sobre os professores, os coleguinhas são intocáveis! Uma deliciosa sobremesa feita pela minha mãe e pela Joana teve um efeito igualmente pacificador. Mais tranquila a respeito das possibilidades de resolver as zangas, fiz o Vasco prometer que ia almoçar comigo no dia seguinte, queria conhecer melhor os seus projectos.

Apareceu-me acompanhado por uma rapariga que me apresentou como sua namorada. Eu nunca a vira, nem sabia que o meu irmão namorava, sempre se mostrara bastante reservado nesse campo. Calculava que tivesse alguém, mas como mantinha sempre as distâncias e variava bastante nas amigas que levava a casa dos pais, imaginava que fossem relações inconsequentes. Por qualquer razão nesse dia decidiu assumir a namorada, que se chamava Raquel e era uma miúda redondinha, com um aspecto muito jovem e com a particularidade de ter duas ou três rastas no cabelo, várias tatuagens nas partes visíveis do corpo e usar roupa que poderia ter sido da avó dela. Durante o almoço percebi que era mais velha do que parecia, tinha a idade do Vasco. E, surpresa maior, fazia parte do seu projecto! Ou seja, iam juntos para Moçambique, pertenciam à mesma empresa e decidiram a emigração de comum acordo!

Eu já estava bastante agastada com o Vasco por ele não me ter dito nada do que estava a planear, perante este cenário caí das nuvens e fiquei ainda mais ofendida. Penso que o meu irmão percebeu a minha zanga e, para me acalmar e talvez porque também tinha a noção de que me escondera coisas demais, nesse dia contou-me longamente, com detalhes, como se desenvolvera e concretizara a ideia, qual Xerazade que procura evitar que lhe cortem a cabeça contando histórias durante mil e uma noites.

Conseguindo abstrair-me da pena que sentia com a ideia do meu irmão ir viver para tão longe, os planos pareciam consistentes e vi o Vasco entusiasmado pela primeira vez em muito tempo. Quanto à Raquel, no final do almoço já olhava para ela com outros olhos. Por um lado percebera que havia fortes probabilidades de ela vir a ser a minha cunhada, mãe dos meus sobrinhos, por outro lado, ao longo da refeição surgiu uma Raquel que tinha uma conversa interessante e sensata, para além da sua aparência estranha. Estava com imensa vontade de comentar a sua presença com o Vasco, mas ele não parecia disposto a ficar sozinho comigo, por isso tive de guardar para mais tarde os pedidos de esclarecimento a respeito do romance.

Quando nos separámos fui rapidamente trabalhar e não pude falar com ninguém sobre as novidades que acabara de saber, que me atordoaram durante o resto do dia.

À hora de saída, no caminho para casa, finalmente telefonei à minha mãe. Ao contrário de mim ela conhecia a Raquel, mas pensava que era mais um dos namoros rápidos do Vasco, tal como eu pensara inicialmente. Contei-lhe sobre os planos conjuntos de ambos – o Vasco não me pedira segredo, suspeito mesmo que pôr-me ao corrente tão abertamente fora uma forma indirecta de contar à mãe – e esperei pela reacção dela. Se fosse uns anos mais tarde, penso que não ficaria tão surpreendida, pois já estaria mais familiarizada com o que sentem as mães, mas naquela altura esperava tudo menos aquilo: a minha mãe ficou imensamente satisfeita, fez-me uma dúzia de perguntas sobre a minha impressão da Raquel e rematou aliviada:

- Filha, como fico contente por aquele destravado ir acompanhado! Vai ter quem tome conta dele, se alguma coisa correr mal!

Foi estranho! A minha moderna mãe, defensora da igualdade de género, reconhecidamente feminista, campeã da divisão de tarefas, alegrava-se por haver uma mulher que se propunha acompanhar o filho e, na sua louca fantasia materna, cuidar dele, o que me mostrava que o considerava incapaz de tomar conta de si próprio! Ela não ficara alegre por o Vasco ter companhia e dessa forma ficar menos sozinho, ou por ter uma namorada com quem se sentia capaz de se comprometer depois de tantos anos à deriva amorosa. Não, ela ficara contente porque imaginava a Raquel a fazer-lhe a comida, a tratar-lhe da roupa, a não deixar que ele andasse sujo e esfomeado. Como se fosse mãe dele. E revelava assim a sua fantasia do rapaz incompetente para a vida. Sem se aperceber disso respondia à pergunta que ela própria havia feito uns dias antes, na conversa comigo: "Porque é que com o Vasco tem sido mais difícil do que contigo e com a tua irmã?" Podia agora dizer-lhe: "Porque a nós, Mãe, consideras-nos desembaraçadas para fazer o que for preciso na vida e ao Vasco imagina-lo eternamente a precisar de ti ou de alguém como tu e só ficas tranquila pensando que uma mulher vai ocupar o teu lugar junto dele e evitar que morra de desamparo."

A minha mãe parecida com a minha sogra, o meu irmão a partir para África acompanhado por uma *hippie* desconhecida, o meu pai a amuar porque o filho não acabara o curso, era demais para mim naquele momento. Cheguei a casa e atirei-me para os braços do Afonso, só queria mergulhar no esquecimento que traz o sexo feito com alguém que se ama. Felizmente ele não se fez rogado, deixou-se levar para o tapete da sala, aceitou que eu o despisse e que lhe beijasse cada centímetro do corpo. À medida que a sua excitação visível aumentava a minha cabeça ficava mais livre de pesos, focada naquele momento magnífico em que o prazer subia. Quando o Afonso sentiu que eu estava perto de perder o controlo, afastou-se um pouco, obrigou-me a diminuir o ritmo, queria mais tempo, queria que eu me limpasse de todos os pensamentos que trouxera da rua e de que precisava de me desprender. Só depois voltou a aproximar-se, levantou-me as pernas, penetrou-me decididamente e levou-me às nuvens. Mas ainda não era tempo, afastou-se novamente, beijou-me, a sua boca exigente chupava e mordia a minha, as mãos acariciavam-me, o seu corpo mantinha-se afastado. Deixou-me completamente focada, já não havia mais nada a não ser nós os dois ali, num abraço excitante e interminável, até que ele disse: "pede-me" e eu pedi e finalmente ele deu-me, tudo, o sémen e o prazer final e o corpo dele em cima do meu e pensei que morria, mas não morri, o corpo ficou derreado e a mente limpa e clara, abençoado o amor, abençoado o homem que assim ama a sua mulher!

Capítulo V – A Sandra e o Joan

Em Outubro do primeiro ano do meu casamento, houve acontecimentos graves que precipitaram mudanças inesperadas na vida da minha amiga Sandra, acontecimentos a que eu só assisti de longe enquanto ocorreram, pois ela continuava em Vila Real e foi aí que tudo se passou.

A Sandra namorava com o Joan há anos, desde que se haviam conhecido em Amesterdão, durante a viagem que fizéramos juntas, eu, ela e a Antónia, logo a seguir ao últimos exames da Faculdade. Foi sempre um namoro à distância, porque ela vivia em Vila Real e ele em Barcelona, embora por vezes nos dessem a sensação que a força da sua paixão aproximara enormemente estas duas cidades. Passavam muitos fins-de-semana juntos, ora em Portugal ora em Espanha, compravam as viagens para o ano inteiro e planeavam as férias com precisão, conseguindo esticá-las de uma forma impressionante. Ainda assim havia períodos em que ficavam várias semanas sem se ver e às vezes sentia a Sandra cansada de tanto movimento. Se podemos dizer que todos nós temos uma natureza, a natureza da Sandra era sedentária e estável. Ela ligava-se aos locais e às pessoas e não gostava de mudar muito. Tolerava a novidade por amor aos amigos e amigas e agora tolerava este estilo de vida por amor ao namorado. Por isso percebíamos que suspirasse por uma vida mais tradicional, com um companheiro mais próximo e rotinas mais tranquilas.

Em Vila Real havia mais do que uma pessoa a lamentar a paixão ibérica da imigrante lisboeta. Ela era muito bonita: tinha olhos azuis, profundos, como um mar no qual muitos rapazes sentiam vontade de se perder. O cabelo loiro escuro tinha jeitos naturais e, apesar de não ser muito alta, o corpo era bem delineado, cheio nos sítios certos. Talvez a sua indiferença também contribuísse para aumentar a atracção, pois dava-lhe uma aura de mistério, uma mulher que se guardava para alguém ausente, qual Penélope esperando o seu Ulisses que aparecia de vez em quando para logo se retirar. A Sandra não tecia, mas lembro-me que fazia tricot, tinha criado esse hábito para ocupar as noites no Inverno rigoroso do Norte e todos já tínhamos alguma peça feita por ela. Durante a gravidez da Antónia tricotou casaquinhos e botinhas mimosos, em cores suaves e lãs fofíssimas, mimos que enviava pelo correio para Lisboa.

Porque é que a Sandra e o Joan se mantiveram naquele estado de namoro à distância durante tanto tempo, aguentando as idas e vindas intermináveis e os períodos de separação? Eu namorara menos tempo com o Afonso e já estávamos casados. Nenhum de nós encontrava uma explicação satisfatória. Para a Antónia era uma questão de confiança: eles teriam de decidir por um dos países e nenhum queria largar o seu e ir viver para o do outro porque ficaria com medo de perder a retaguarda se não desse certo. A Antónia pensava que namorar e casar eram coisas muito diferentes e que era fonte de desigualdade uma pessoa ficar na sua terra e a outra deixar tudo para trás. Eu concordava em parte com ela, mas parecia-me que a paixão daquele casal era tão forte que devia haver outros obstáculos, o medo de que não desse certo parecia-me fora da equação. Talvez por causa da minha própria experiência pensava que a Sandra tinha medo da sogra e genericamente da família do Joan e que enquanto vivessem assim, na indefinição, era um assunto que não tinha de a preocupar. Partindo para Barcelona seria impossível evitá-lo. E na realidade, caso decidissem viver juntos ou casar, toda a lógica apontava para Barcelona como a cidade a eleger. Vila Real nem sequer era a terra da Sandra, não tinha lá raízes e não nos parecia que quisesse fazer ali o resto da sua vida. O Joan era gestor, fazia parte de um sociedade que trabalhava em empreendedorismo e formação, era uma actividade que podia fazer em Portugal, mas não em Vila Real, era um meio onde provavelmente haveria pouco mercado para esta área. Sendo ele natural de Barcelona, onde vivia a maior parte da sua família, esta cidade aparecia como a escolha natural. Escolha que não conseguiram concretizar ao longo do tempo de namoro.

Foi no ano em que eu estava envolvida com a descoberta do poder afrodisíaco do casamento e a Antónia viradíssima para a sua gravidez que as hesitações da Sandra tiveram o seu fim. Brutalmente. Não foi por mail, como me acontecera uns anos antes. Foi ao vivo e pessoalmente, o que me pareceu mais decente da parte do Joan. Quando a Sandra me contou já os acontecimentos tinham passado, mas a sua voz ainda tremia ao descrever a conversa dolorosa em que o namorado lhe disse que era a última vez que vinha a Portugal, porque encontrara uma pessoa em Barcelona que gostava dele, de quem ele gostava e que estava perto. Foi um choque, mesmo que nessa altura um conjunto de atitudes diferentes das últimas semanas ganhasse sentido, como um puzzle cujas peças isoladas não dizem nada, mas encaixadas umas nas outras desvendam uma imagem clara e inequívoca. Foram as horas diferentes dos telefonemas diários, foram algumas falhas nesse ritual explicadas de forma evasiva, foi o adiamento da última viagem que a Sandra compreendeu, ao ouvir o Joan, odiando compreender.

A conversa de rompimento foi difícil e estranha. Quando acabou eles ficaram na mesma sala, um silêncio pesado baixou sobre ambos, foram para a mesma cama, cada um ocupando uma das pontas, no lugar onde tinham vivido tanto amor estava agora um gelo, o anterior espaço da intimidade parecia enorme, dividido por uma parede invisível mas espessa. A Sandra disse que a certa altura não aguentou e foi para o sofá do escritório, onde finalmente conseguiu dormir alguma coisa.

De manhã acordou com o Joan debruçado sobre ela, com um olhar triste e terno. Meio a dormir viu-o aproximar-se e beijá-la, a língua dele impôs-se dentro da sua boca, sugou-a esfomeado, trazendo de volta o sabor e a excitação familiares. Depois sentiu-o a acariciar todas as partes do seu corpo que ele sabia que a incendiavam, enlaçaram-se, ele penetrou-a com um desespero desconhecido, um prazer avassalador invadiu-a, naquele abraço a Sandra sentiu como se só naquele momento estivesse a passar de rapariga a mulher, apesar de toda a história que tinham juntos. Quando voltou à realidade, com o Joan a apanhar e vestir a roupa que estava espalhada no chão do escritório, viu no corredor a mala dele, enorme, com a mochila em cima, preparada para a partida.

Ele pediu-lhe desculpa, disse que quando a vira, assim a dormir sossegada, se lembrara com o corpo e a alma da paixão dos primeiros tempos e deixara-se levar. A Sandra, ainda dominada pela sensação extraordinária respondeu:

- Mas foi tão bom! Porque é que tem de acabar?

- Porque tu estás aqui e eu estou lá. É longe demais...

A Sandra não me contou o resto da conversa. Contou apenas que no fim o Joan saiu com a pesada mala e a mochila, levando consigo os objectos que fora acumulando naquela casa durante os dias felizes. Prateleiras ficaram vazias. O coração de Sandra ficou cheio de ódio, intensificado por aquele último momento, que fora como se o Joan ao deixá-la lhe quisesse mostrar o quão melhor poderia ter sido. Talvez ele não tivesse tido consciência disso, mas fora maldade, quase sadismo.

No fim, a minha amiga que não gostava de viagens, mas se dispusera a viajar por amor, foi abandonada porque o namorado não queria continuar a viajar para se encontrar com ela! Situação paradoxal que deixaria qualquer uma desorientada!

Veio-me à memória um momento muito parecido que eu vivera, quando o meu namorado do tempo da Faculdade, que tinha ido para Nova Iorque fazer um estágio, me enviou um *mail* dizendo que se apaixonara por uma colega inglesa e que queria acabar a nossa relação. Conseguia perceber o que a Sandra sentira porque me lembrava do desgosto imenso que vivera naquela época e como fora um acontecimento que me deixara à toa durante bastante tempo. Também eu, naquela altura, não me decidira a acompanhar o Zé. As hesitações pagam-se caro na vida, fora uma lição que eu aprendera com essa experiência, embora na verdade não tivesse sido suficiente para me transformar numa mulher decidida, mantinha-me a rapariga dispersa que sempre fora, apenas mais consciente dos riscos.

A Sandra teve uma reacção muito diferente da minha, que me surpreendeu. Talvez tenha sido a força do ódio que eu não consegui ter, porque fiquei demasiado dominada pela culpa de não ter acompanhado o Zé. Mas a verdade é que foi até uma reacção muito diferente do habitual nela própria. Como se naquele momento se tivesse estilhaçado a natureza tranquila da Sandra, que foi substituída por uma outra mulher que até ali vivera escondida dentro dela. Acabou o tricot – foi por isso que o bebé da Antónia só teve três casaquinhos e dois pares de botas de lã - e a Sandra saiu para a rua.

Nesse dia, depois de o Joan partir, vestiu-se e foi até ao centro, ao café-restaurante onde aos fins-de-semana muitos dos amigos que já tinha em Vila Real almoçavam habitualmente. Apesar de mal ter tocado em comida esteve por lá, com uma aparência bem disposta e livre. De tal modo livre que ao fim do dia voltou para casa com um dos rapazes que suspirava pelos seus olhos. Foi com uma certa vergonha, misturada de desafio que senti dirigido sobretudo a si própria, que ela me contou como, pela primeira vez na vida, fez amor com dois homens no mesmo dia, de manhã com o Joan e à tarde com o Jacinto:

- Pelo menos não saí do jota – ironizou – sentia-me muito pior se desse por mim a percorrer o alfabeto!

Depois mais séria, procurando justificar-se:

- Naquele dia precisava de ser o objectivo de alguém. E o Joan deixara-me insatisfeita, um orgasmo era pouco para a dimensão do que ele colocou em mim. Precisava de mais, em sexo e em relação! Quando estava com o Jacinto, não me senti nada inibida, foi estranho mas apetecia-me mesmo, a relação com ele era nova, estava limpa, senti uma ternura infinita por ele e senti-me desejada.

- Amiga, não penses que te estou a julgar. – disse eu – Para mim o que fizeres está bem feito. Só quero que fiques bem! Preocupa-me que estejas aí sozinha e não poder ir ter contigo. Vem cá abaixo assim que puderes

- Eu não estou sozinha. A relação com o Jacinto tem continuado. Ele está praticamente a viver cá em casa...

Confesso que não fiquei mais tranquila a respeito do bem estar da Sandra, com esta noticia. Parecia-me demasiado rápido, iniciar uma nova relação no mesmo dia em que se acabou com um namoro de seis anos. Dormir com o Jacinto ou com quem ela quisesse parecia-me apesar de tudo menos estranho, uma mulher rejeitada pode precisar de se assegurar que ainda é desejável e ter algumas relações esporádicas pode ser uma forma de o fazer. Mas deixá-lo ir viver lá para casa? Praticamente ou efectivamente? Dessa forma a Sandra não estava a dar a si própria o tempo de fazer o luto de uma relação antes de iniciar outra, estava a fingir que não existira separação... E além disso quem era este homem? Eu visitara várias vezes a Sandra em Vila Real e não me lembrava dele, de onde aparecera e como se metera a alta velocidade na cama e na vida dela? Restava-me esperar que fosse como um pássaro de arribação, de chegada rápida e estadia curta, para que a minha amiga não corresse o risco de ficar ainda mais magoada.

Para além do Jacinto, outras coisas mudaram. Acompanhada por ele, o estilo de vida da Sandra transformou-se: poucas eram as noites que ficavam em casa, passou a acompanhá-lo nos hábitos de saídas nocturnas e de festas. Só o facto de Vila Real não ter assim tanto movimento a impediu de ficar mais agitada.

Tudo isto se passou entre Outubro e Novembro do ano do meu casamento. No Natal, finalmente, a Sandra apareceu em Lisboa. Vinha mais magra e tinha ganho uma ruga de tensão na testa. Nessa semana de férias ficou a dormir no escritório da nossa casa que era também quarto de hóspedes e que já tinha servido de refúgio a muitas almas inquietas. Nos primeiros dois dias quase se limitou a dormir, eu e o Afonso saímos para trabalhar de manhã e ela ainda ficou na cama e no regresso encontrei-a de robe, limitara-se a sair da cama para se estender no sofá. Depois o descanso deve ter exercido a sua acção reparadora e ficou mais activa, embora continuasse a haver qualquer coisa nela que estava diferente, uma preguiça que eu não reconhecia como sendo da Sandra. Quando lhe falei disso, aproveitou a oportunidade para fazer a revelação chocante que precisava de me contar:

-Estou grávida.

Disse e quedou-se a olhar para mim, vigilante, a verificar o efeito daquelas palavras-bomba na minha expressão. Fiquei sem língua, estupefacta! Apeteceu-me ralhar-lhe: "seis anos, seis anos a namorar com o Joan e nem um acidente desses! E agora num mês e meio de namoro novo desleixas-te e deixas que uma gravidez te surpreenda desta maneira? Que raio de inconsciência te tomou, Sandra?" Contive-me, não disse nada disto, pensei na sua ruga de preocupação, no sono depressivo que trouxera do Norte e percebi que devia estar muito preocupada. A última coisa de que precisava era sermões de uma amiga.

Entretanto ela continuou, precipitadamente, como quem tem pressa de dizer, porque é agora ou nunca, a coragem que convocou pode fugir e não voltar:

- Não sei quem é o pai. Pode ser um dos dois homens com quem estive nos últimos dois meses, o Joan ou o Jacinto. Não posso ter a certeza sobre nenhum deles... Tenho uma convicção íntima que é do Joan... por causa daquela última noite. Foi mais profundo do que alguma vez tinha sido, foi o que senti. Mas sei lá! A verdade é que também não me protegi nas primeiras vezes com o Jacinto...

Tive uma visão bizarra dos espermatozoides do Joan e do Jacinto numa corrida louca até ao óvulo da Sandra, imaginei os do Jacinto a queixarem-se de desvantagem na competição, porque os do Joan tinham chegado com meio-dia de avanço e conheciam o terreno. Contive o riso nervoso que esta alucinação me suscitou e concentrei-me na Sandra, que apoiava a cabeça entre as mãos, num gesto desamparado:

- É tão diferente do que eu sonhei! Da forma como queria que fosse. Porque é que aquele parvalhão se foi embora? Porque é que desistiu depois de tanto caminho feito? Porque é que não fui atrás dele?

- Ainda estás a tempo - disse eu, vislumbrando uma saída naquela intuição de que o Joan era o pai - vai ter com ele a Barcelona, conta-lhe o que se passa, não acredito que o que vocês tiveram juntos tenha desaparecido assim, de repente, só porque outras pessoas se meteram no caminho.

- Como é que lhe vou dizer uma coisa que pode não ser verdade? Ele vai querer um teste de paternidade e não sei se aguento lidar com essa dúvida. Ficaria a odiá-lo ainda mais. Prefiro ficar mãe solteira.

- Tu odeia-lo porque ainda o amas - declarei, auto-erigida em psicóloga de cordel - de todas as maneiras qualquer um deles vai querer um teste de paternidade! Ou pensas que quando souberem te vão deixar sossegada até descobrirem quem é o pai desse bebé? Que te vão deixar ser a mãe solteira de um filho de pai desconhecido?

A Sandra foi-se abaixo. Afundou ainda mais a cabeça nas mãos e começou a chorar. Senti-me imediatamente uma bruxa insensível, por estar a dizer-lhe aquelas coisas. Como se não fosse tudo suficientemente complicado! Que direito tinha eu de a mandar fazer alguma coisa? Ela é que tinha de decidir e contar com o meu apoio em qualquer circunstância. Abracei-a, lutando para controlar a minha própria vontade de chorar. Fazia-me mal ver a minha amiga naquele desespero.

- Deixa estar, querida, tudo se resolverá... Sabes que podes contar comigo para o que for preciso. E com a Antónia também, tenho a certeza. Somos as tuas amigas, estamos do teu lado, haja o que houver.

Mais tarde, nós as duas contámos à Antónia. Como eu calculava ficou completamente disponível para a Sandra. E manifestou menos reservas do que eu. Com a sua mania dos bebés, para a Antónia toda a gravidez era uma bênção, aspectos que para mim eram fundamentais, como ter uma vida estável, dinheiro suficiente, disponibilidade, um marido para partilhar os cuidados, a ela pareciam-lhe simples pormenores que não deviam ser obstáculo à maternidade.

- O que é preciso é tu estares disponível e preparares-te!- disse ela à Sandra - Eu ajudo-te, há muitas coisas que já aprendi.

Surgiram-me no pensamento algumas objecções que não expressei: e quando ela se vir sozinha, apenas ela para se levantar durante a noite quando o bebé chorar? E quando precisar de sair e não puder, sem o levar? Uma simples ida ao mini-mercado da esquina poderá ser uma complicação... Um dos pensamentos era mesmo um bocado estúpido: quem é que vai com ela à preparação para o parto? Porém fiquei calada, por um lado porque não queria de modo nenhum aumentar a ansiedade da Sandra, por outro lado porque com a sua barriga de quase sete meses a autoridade da Antónia suplantava em muito a minha, nestes assuntos.

Capítulo VI – Barrigas que crescem

No fim das férias do Natal a Sandra voltou para Vila Real, deixando-nos, a mim e à Antónia, guardiãs de um segredo que nos pesava. Insistíramos para que contasse pelo menos aos pais, ou apenas à mãe, mas ela recusou. Disse que ainda não estava preparada, que o faria mais tarde e obrigou-nos a jurar que não o revelaríamos a ninguém até ela nos autorizar.

Antes de ir para o norte conseguira uma consulta de emergência com o obstetra da Antónia que não lhe pudera tirar as dúvidas: o intervalo de datas que ele estimou para a concepção coincidiu precisamente com a época em que a Sandra acabara com o Joan. Ela, envergonhadíssima, informara-o da incerteza e perguntara se era possível clarificar paternidades durante a gravidez. O médico respondeu que sim, mas que era um procedimento que só se fazia em condições extraordinárias. O habitual - a Sandra ficou estarrecida com esta palavra, habitual, aplicada a dúvidas sobre a paternidade de um filho, sentiu-se a pertencer a um grupo de mulheres promíscuas, ela que sempre fora do mais certinho que há - mas enfim, teve de ouvir que o habitual era fazer-se o teste após o nascimento. A mãe indicava o pai e este aceitava e ficava-se por aí, ou não aceitava e avançava-se para o teste. Ou chegavam a acordo e faziam as análises particularmente. Registar uma criança sem nome de pai é que não era possível, na legislação actual.

A essa consulta fomos as três, eu e a Antónia ficámos na sala de espera até a assistente do médico nos chamar, a pedido da Sandra, para assistirmos à ecografia. Confesso que não percebi nada das sombras ondulantes que apareceram no ecrã, mas quando o som do coração do bebé invadiu a sala, um som alto e ritmado, cheio de vida, fiquei com os olhos inundados de lágrimas, o ser que até agora era apenas virtual tornou-se real, a partir daquele momento fazia parte do nosso mundo. A emoção da Sandra deve ter sido o triplo da minha, desatou a chorar, as lágrimas escorriam-lhe pela cara ao mesmo tempo que sorria em êxtase. Indiferente às emoções, ou melhor, procurando transmitir tranquilidade àquela mulher deitada na marquesa e cuja história ele podia apenas adivinhar numa pequena parte, o Dr. Abel ia explicando o que o seu aparelho nos mostrava. Depois deu por terminada a escuta, dirigiu-se para a secretária e disse:

- Parabéns! Está tudo muito bem, no curso normal e o seu bebé está cheio de vitalidade, como pôde ouvir!

Sandra continuava a chorar, agarrada à minha mão. Antónia pousava-lhe a sua no ombro, nós as duas em pé, rodeando a nossa amiga sentada na cadeira em frente ao médico. Devia ser um quadro estranho, mesmo para um médico veterano, habituado às bizarrias da vida das suas doentes.

- Se quiser que eu acompanhe a sua gravidez vamos organizar-nos agora, sim? Talvez queira que as suas amigas esperem lá fora? - propôs.

Nesta altura a Sandra e nós descemos outra vez à terra. Apressámo-nos a concordar com o médico e saímos rapidamente do gabinete de consulta. De novo na sala de espera, desatámos a rir da nossa figura, num ataque de riso nervoso, ao melhor estilo adolescente. Entre gargalhadas a Antónia comentou:

- Achas que ele ficou convencido que vocês eram um casal homossexual?

- Porquê um casal? Deve ter pensado que éramos um trio, um *ménage à trois*. Que o bebé ia ter três mães e nenhum pai!

- Ele conhece-me e conhece o Manuel! Mas mesmo assim deve ter parecido tudo muito estranho!

- Duas grávidas e uma fininha que também chora ao ouvir o coração do bebé! E perguntas sobre testes de paternidade!... Imaginaste-te alguma vez nesta situação?

- Nunca! Nem nos sonhos mais incríveis! E se alguma vez tivesse imaginado um caso destes ligava-o muito mais depressa a ti do que à Sandra.

Com esta deixa indignei-me:

- Ora essa, porquê?! Quando é que te dei ideia de ser tão desorientada?

- Desculpa. Claro que não deste! Mas achas que a Sandra deu? É um acontecimento estranho ao que conhecemos dela. É um acontecimento estranho nas nossas vidas.

- Bem diz a minha mãe que todas as pessoas são capazes de quase tudo! Não digas "desta água não beberei".

- Pois, "quem anda à chuva molha-se".

- "As aparências iludem".

65

Recomeçámos as risadas parvas, mas parámos por ali a chuva de ditados populares. Na verdade esta conversa trivial estava a servir-nos para desdramatizar a realidade, que de outra forma poderia deixar-nos cheias de medo. Penso que é para isso que nos servem os lugares comuns, para nos acalmarem quando temos de lidar com o desconhecido. Já estávamos num silêncio expectante quando a Sandra apareceu, com uma receita na mão e uma expressão mais calma. Explicou-nos as recomendações médicas e o que tinha decidido fazer de momento. Ia regressar a Vila Real, como combinado. Enquanto pudesse, ia manter o seu estado em segredo para o Jacinto e dar algum tempo a si própria para decidir o que fazer em relação a ele. Pelo que o médico lhe dissera, tinha pela frente cerca de dois meses sem grandes evidências físicas da gravidez. Fizemo-la prometer que se manteria em contacto connosco. Combinámos ir ter com ela daí a poucas semanas, passar o fim-de-semana, para conversar sobre o que entretanto decidira.

Durante aquele tempo vivi muito intensamente a tentação de ligar ao Joan e contar-lhe o que se passava. Interroguei-me repetidamente se não seria esse o melhor meio de ajudar a minha amiga. Foi uma ideia de que não falei a ninguém, que foi crescendo em mim secretamente, como estava a crescer o bebé da Sandra na sua barriga. Mas tinha eu o direito de fazer isso? Não podia arranjar mais problemas em vez de os resolver? Podia interferir assim com a vida de alguém, mesmo uma das minhas melhores amigas? Não consegui encontrar respostas para estas dúvidas, por isso deixei-me ficar calada, obedecendo à imposição da Sandra. Custou-me sobretudo relativamente ao Afonso, para quem há bastantes anos não tinha segredos, mas por amizade suportei isso.

No fim-de-semana combinado, eu e a Antónia, rumámos a Vila Real. Decidimos ir de carro, pois as despesas com a gasolina e as portagens, divididas pelas duas, ficavam mais leves e tanto o comboio como o autocarro eram uma jornada interminável. Apesar do estado adiantado de gravidez da Antónia, o médico não se opôs à viagem, recomendando apenas que parássemos de duas em duas horas, mesmo que por pouco tempo e que ela tivesse atenção a quaisquer sinais de indisposição. Ela estava grande, engordara 17 quilos que não se notavam mais porque era alta. Eu brincava dizendo que a barriga chegava a todos os lados minutos antes da dona, o que tinha uma certa verdade, pois era saliente e empinada, acentuada pela roupa de inverno que a envolvia. Nos períodos em que a Antónia foi a conduzir teve de chegar o banco para trás, para ter espaço para movimentar o volante sem lhe tocar. Não devia ser muito confortável, porém ela preferiu conduzir por algum tempo, porque era menos provável enjoar naquele lugar.

Saímos de Lisboa no sábado de manhã, tão cedo que assistimos ao nascer do sol pelo caminho. O céu começou a clarear pouco depois de sairmos de Lisboa, uma claridade leve, azul acinzentada que colocava em tudo uma cor fresca e suave. Íamos em Torres Novas quando o sol assomou, do lado direito da estrada, só visível a espaços, ora encoberto pelas irregularidades do terreno ora pelas árvores. Do lado do nascente o horizonte ficou vermelho, antes de surgir uma meia esfera amarelo forte, depois o círculo ficou completo e subiu, destacando-se do limite da paisagem e espalhando a luz de um dia claro de Inverno.

O nascer do sol sempre me maravilhou, sinto-o invariavelmente como um renascimento, parece-me que o mundo rejuvenesce a cada manhã, adoro este momento em que já é dia mas ainda tudo está em pausa, como preparando-se para a azáfama que aí vem. Pensando no nosso objectivo nesta expedição ao Norte e olhando para o ventre volumoso da mulher ao meu lado, percebo como o nascimento de um bebé se pode dizer "dar à luz", a sensação é parecida, tal como num novo dia, quando nasce um bebé está tudo em aberto, o futuro começa nesse momento e há uma infinitude de possibilidades que o dia ou a vida vão estreitando.

Quando a manhã já estava instalada parámos numa área de serviço. Retemperadas, eu com um café e a Antónia com um chá de ervas, voltámos à estrada, desta feita comigo ao volante. Havia pouca gente, era cedo e era sábado de um fim-de-semana de Inverno comum, por isso podíamos seguir numa velocidade regular e fluída. Chegámos a Vila Real ainda antes do almoço, moídas, apesar de mais algumas paragens para descanso, respeitando as indicações médicas dadas à Antónia. Era realmente longe, quando conseguiria a nossa amiga voltar para Lisboa, agora que Barcelona parecia ter ficado fora da equação?

Encontrámos a Sandra a acabar de preparar o almoço para as três. Não a via há três semanas e observei claramente um volume na barriga, que antes não estava lá. Ou se enganara nas contas ou fora o médico que se enganara, a respeito da previsão da visibilidade da gravidez. Reparando no meu olhar a Sandra perguntou:

- Nota-se?

- A mim parece-me que sim. – respondi – Ainda ninguém te perguntou nada?

- Passa por uma barriguinha inchada – comentou a Antónia – Tu é que tens sempre a barriga muito lisa e então é fora do comum em ti. Mas parece-me que não tens tanto tempo pela frente como imaginavas.

- Pois não. Já me disseram que estava mais gorda, mas ainda ninguém sugeriu que pudesse ser gravidez. E como não tenho nenhum outro sintoma, não tenho enjoos, só sinto o peito inchado e sensível, não dá nas vistas.

- Também senti isso no princípio. E muito mais sono do que era habitual. Felizmente também não tive enjoos. – disse a Antónia, acrescentando em tom de gracejo - Agora estou sensível e gorda por inteiro, já não é só no peito. Às vezes tenho medo de nunca mais vir a ter o meu corpo normal de volta e ficar com este aspecto de hipopótamo para sempre.

- Uma mãe quer-se anafadinha, tem de ser almofadada, para os filhos se poderem encostar a ela. – brinquei.

A Antónia chamou-me esqueleto arrogante e ameaçou dar-me um encontrão com a "almofada", se continuasse a fazer comentários daqueles. A Sandra disse que se juntaria a ela, com uma almofada de verdade e eu prometi que faria silêncio sobre as disformidades de ambas. Abandonando a conversa leve, indagámos sobre a outra novidade que poderia ser melindrosa, a conversa com o Jacinto sobre a gravidez. Que ainda não acontecera. Interpretei aquela demora como hesitação e perguntei à Sandra se tinha pensado em procurar primeiro o Joan e dizer-lhe a ele. Ficou zangada e desta vez à séria, disse que não tinha a intenção de informar o Joan de nada do que se passava na vida dela, ao romper a relação daquela forma ele perdera o direito de saber fosse o que fosse.

- O pai deste bebé ou será o Jacinto ou não será ninguém. – afirmou, com ênfase.

- Tu ouviste o que o Dr. Abel disse, não se aceitam pais desconhecidos, actualmente.

- Não quero pensar nisso agora. Sinto-me mais calma. Estou a namorar com o Jacinto, a ir um pouco mais devagar, a conhecê-lo melhor. Não é fácil pensar que vou ficar ligada a ele para sempre, estou a tentar habituar-me à ideia, não quero pensamentos que me venham complicar mais a cabeça.

Concluí que na mente da Sandra o Jacinto estava a tornar-se o pai do bebé, contra a primeira intuição que ela revelara que lhe dizia que o mais provável era ser o Joan. Tentava determinar a biologia com a força da mente e essa convicção dava-lhe tranquilidade suficiente para viver melhor o início da gravidez. Se a realidade viesse contrariar o desejo, poderia voltar em força a inquietação, mas claro que a realidade também poderia corresponder ao desejo e nesse caso tudo seria mais fácil.

Perante esta posição, não havia muito para discutir sobre o tema da paternidade. No resto do fim-de-semana centrámo-nos na gravidez e em apreciar o facto de estarmos juntas. Excepto num bocadinho da tarde, em que apareceu para tomar um café e nos conhecer, o Jacinto não esteve presente, eclipsou-se perante as amigas da Sandra que ele sabia que eram também amigas de longa data do seu namorado anterior. Nem eu nem a Antónia o conhecíamos e na verdade ele não podia contar com muita simpatia prévia da nossa parte.

Era um homem de estatura média, o que bastava para ser um pouco mais alto do que a Sandra, com um corpo agradável, nem muito magro nem gordo. Tinha olhos castanhos, com uma expressão agarotada e cabelo escuro, cortado muito curto, o que disfarçava o facto de começar a rarear em algumas zonas. Estava vestido informalmente, de jeans e camisola escura e, se eu não tivesse alguns preconceitos contra ele, poderia dizer que era um bonito homem. Quando se foi embora a Sandra perguntou a nossa impressão sobre ele, ao que respondi com generalidades, porque queria manter as minhas reservas. A Antónia também não foi muito expansiva, embora tenha tido a delicadeza de dizer que aqueles quinze minutos de encontro não haviam sido suficientes para o conhecer. Dissemos as duas que ele era um homem bonito e a Sandra não insistiu, deixando-se satisfazer com essa opinião.

Durante o resto do dia ficámos com o tempo só para nós. Em desacordo com a ideia corrente de que não se devem fazer compras para o bebé antes dos quatro meses, fomos até às lojas e divertimo-nos a escolher algumas roupinhas e brinquedos, para dar início ao enxoval do bebé. A Sandra não teve medo de ser vista e isso dar azo a perguntas embaraçosas, pois estava acompanhada pela enorme barriga da Antónia, junto da qual a sua própria barriguinha incipiente passava despercebida.

Partimos de Vila Real no domingo à tarde, deixando o enxoval do bebé fornecido com umas roupas lindas e dois ou três brinquedos coloridos para recém-nascidos. Da minha parte trazia um sentimento de satisfação porque me pareceu que a Sandra se tinha sentido apoiada e acompanhada com a nossa visita, a amizade fazia-lhe falta e a nossa era verdadeira e incondicional. Desejei que isso lhe desse energia para enfrentar, sem mentir, os obstáculos que se apresentavam no seu horizonte.

Soubemos mais tarde que a Sandra informou o Jacinto da gravidez na semana seguinte, quero acreditar que encorajada pela nossa visita. Ele assumiu de imediato o bebé como seu, sem perguntas embaraçosas, permitindo que ela vivesse aquele período numa certa paz. Externamente, nada a pressionava, pelo contrário, o amigo – que a mim ainda não me apetecia chamar namorado, mas que estava à beira de ser companheiro para a vida – após o impacto da notícia inicial, que recebeu com galhardia, mostrou-se entusiasmado e com muita vontade de fazer planos.

Parecia tudo resolvido. Uma vozinha na minha cabeça dizia-me que não era bem assim, havia algumas questões com potencial explosivo que podiam complicar este quadro idílico. Por um lado gostaria a Sandra suficientemente do Jacinto? Estando juntos há tão pouco tempo seriam capazes de se entender para serem um bom casal de pais? Não duvidava da competência de cada um por si só, duvidava da relação, que me parecia demasiado jovem. Por outro lado, mesmo com esta assunção fácil da paternidade por parte do Jacinto, não continuaria o bichinho da dúvida a moer o espírito da Sandra e fragilizá-lo? Seria ela capaz de viver sem certezas, sem tirar a limpo a verdade? Questões que não tinham possibilidades de resolução de momento, mas que eram como rastilhos ameaçadores que eu não conseguia deixar de ver, apesar de me esforçar. Partilhei estas preocupações com a Antónia, no regresso, ela disse que me percebia, mas que quando não podemos fazer nada o melhor é não nos massacrarmos com pensamentos sem saída.

Tentei seguir o conselho. Não sei se conseguiria apenas pelos meus próprios meios, infelizmente acontecimentos mais preocupantes sobrevieram e exigiram a minha atenção. Como cantou Sérgio Godinho, "a vida não pára"[3]

---

[3] *E na roda desta vida*
nunca se sabe o que se nos depara
e os que ainda andam na mó de cima
têm que saber que a roda não para
e fatalmente o fim se aproxima
a vida não pára
Sérgio Godinho, *"Fado do Kilas"* da banda sonora do filme "Kilas o mau da fita", 1981

Capitulo VII – A doença da avó Adelaide

Numa noite de Fevereiro estou com a minha mãe na aldeia, na casa da avó Adelaide. Sentamo-nos no sofá da sala, muito aconchegadas uma à outra. E não é por termos frio. Na lareira arde um fogo vivo, a cozinha, que fica ao lado da sala, ainda está quente do forno onde se fez o jantar. Mas há momentos em que, por muito que a casa esteja quente, sentimos um frio na alma e precisamos de nos encostar a quem amamos. Estamos a viver um desses momentos. A casa está em silêncio e é assim que a queremos, porque precisamos de ouvir qualquer som fora do comum que chegue do quarto da avó Adelaide, onde esta dorme finalmente, tão sossegada quanto possível, depois do regresso do hospital onde esteve internada por causa de um problema cardíaco que, na idade dela, é grave.

Três semanas antes, a avó sentiu-se mal em casa e a senhora que trabalha para ela chamou a ambulância. Avisada da situação, a minha mãe largou tudo e viajou rapidamente para Coimbra, para onde levaram a avó, após uma passagem pelas urgências do hospital mais próximo. Os outros filhos, meus tios e tias, juntaram-se a ela assim que puderam e foi uma aflição extrema. Durante quase uma semana a avó esteve entre a vida e a morte, com os médicos e os enfermeiros a fazerem uma expressão muito séria e aconselharem a família a preparar-se para tudo, porque o pior podia acontecer. Quando, no meu dia de folga, fui ter com eles, com o meu pai, a Joana e o Vasco, encontrámos os tios e a minha mãe abatidos e desolados, a tentarem preparar-se, como haviam sido aconselhados, mas em vão. Eles já não tinham pai, que morrera poucos anos depois de se reformar, também numa situação inesperada. Estavam a sentir esta realidade como uma repetição da vivência chocante que lhes levara o pai de um dia para o outro, há quase quinze anos.

No dia em que chegámos, na hora da visita, soubemos que a avó tinha sido transferida dos cuidados intensivos para a enfermaria. Ninguém quis manifestar esperança antes de falar com os médicos, para perceber o que isto significava: que a avó tinha saído do estado grave ou que ia para a enfermaria porque já não havia mais nada a fazer?

Quando entrámos na sala cheia de camas ocupadas por velhinhas nos mais diversos estados, que nos encheram a alma de compaixão, umas adormecidas em sonos inquietos, outras cheias de tubos para soro e máscaras de oxigénio, outras ainda sentadas a conversar com as suas visitas, vimos a avó, sem máscara para respirar, apenas com um tubo de soro e os olhos abertos e despertos. Face a este quadro foi impossível conter a esperança, ainda mais quando ela sorriu ao ver o grupo numeroso de visitas familiares, tantos quantos as auxiliares deixaram entrar de uma só vez, com o dobro de pessoas lá fora, à espera para trocarem de lugar.

Nos dias seguintes a avó foi melhorando os médicos mudaram de discurso e passaram a dizer que era espantosa a capacidade de recuperação da D. Adelaide, que ela era rija como os penedos da sua terra natal e que ainda podia durar muitos anos se tomasse precauções e cuidasse do coração. Os sorrisos foram regressando à cara dos tios e da mãe, eu já voltara para Lisboa mas sentia o alívio nas videochamadas que fazia todas as noites, em que a minha mãe contava os detalhes que mostravam que a avó arrebitava, por exemplo perguntando várias vezes ao dia quando poderia voltar para casa.

-Está tão chata! – queixava-se a mãe, com um sorriso – Pergunta se têm alimentado as galinhas e recolhido os ovos, se a Rosalina não se esquece de regar a horta do quintal, porque o Inverno está muito seco e pode perder-se tudo... Já lhe disse que tem de ter confiança, que o Alberto e a mulher sabem perfeitamente o que fazer, mas esta é a forma de ela comunicar que quer voltar pra casa.

- E achas que vai poder voltar em breve? – perguntava eu.

- Não sei, os médicos pedem calma e eu e os tios estamos de acordo com eles. Se estivessem seguros já lhe tinham dado alta, não têm vantagem nenhuma em tê-la lá mais tempo do que o necessário, com as exigências actuais de poupança na saúde.

- Claro. E a avó também percebe, com certeza.

- Sim. E acho que ela está preocupada, ainda não acredita completamente que melhorou. Num momento em que eu e a tia Júlia estávamos sozinhas com ela pediu-nos que, se não morresse agora, a deixássemos morrer em casa, que não a trouxéssemos para o hospital se não houvesse esperança de melhorar, gostava mais de morrer na sua cama.

Fiquei emocionada e sem palavras. Só pensava: "não quero que a avó morra, não quero que a avó morra!" Na distância o rosto da mãe também se entristecera, ficámos por momentos em silêncio, a olhar uma para a outra, era estranho ver a dor da minha mãe e não poder abraçá-la. Senti mais fortemente do que nunca que esta forma de comunicar nos mantem à distância dando a ilusão da proximidade! A mãe quebrou o silêncio:

- Nós prometemos, porque compreendemos o desejo dela. Porém como é que saberemos que uma doença não é tratável e é final? A morte é terrivelmente inesperada e traiçoeira. E a resistência das pessoas também. Os médicos estavam a preparar-nos para o pior e agora a avó vai voltar para casa e acredito que vai viver ainda muitos anos!

Palavras lindas e auspiciosas. No dia em que a avó saiu do hospital, em franca recuperação, eu estava lá de novo, já não era apenas um rosto com voz no ecrã do telemóvel. Pedi uma sexta-feira à Dra. Celeste e, com a minha mãe, conduzi-a de volta para casa. Foi muito bom vê-la entrar em casa e percorrer as salas uma por uma. Também quis ir ao quintal, ver se a horta estava em ordem, mas não a deixámos, porque já era quase de noite e estava frio. Obedeceu, mas expressou a sua contrariedade resmungando qualquer coisa sobre a casa estar com muito pó, o que nem era verdade, pois a Rosalina tinha sido uma cuidadora impecável.

Agora estamos aqui. Jantámos, ajudámos a avó a deitar-se e ficámos na sala, em vigília, com um medo de que não queremos falar. A minha mãe foi buscar alguns álbuns antigos e, enquanto os folheia, vai dizendo quem são ou quem eram as pessoas que eu não conheço e vai relembrando histórias que aquelas fotografias evocam nela. Em algumas detêm-se mais longamente, com um olhar de ternura e um sorriso de saudade nos lábios.

Há fotos maravilhosas, testemunhas amarelecidas de acontecimentos felizes do passado, porque na verdade fotografamos sempre momentos felizes, não é? Nunca nas colecções de fotos de família se encontram imagens de brigas ou de desastres ou de doenças. São os casamentos, os baptizados, os natais, as festas e as férias que se fixam para guardar nos nossos baús e um dia poder trazê-los de volta à nossa memória. É o que está a acontecer à minha mãe, que vai desfiando o fio das lembranças e se anima a cada nova página:

- Olha a tia Isabel, sabes que era uma grande cantora, cantava à desgarrada nas festas de família e nunca lhe faltava tema. Era minha tia-avó, conhecia-a já com bastante idade, mas tinha uma energia imensa. Aqui é o casamento da minha mãe. O meu pai era um homem lindo!

- Este vestido de noiva é muito parecido com o teu – digo, olhando para a foto dos avós muito jovens a saírem da igreja com um punhado de gente a atirar-lhes o que calculei que fosse arroz, como se fazia nos casamentos de antigamente.

- Não é parecido, é o mesmo. Foi arranjado para mim e para a tia Júlia, que se casou menos de um ano depois de mim. A partir daí já não foi reutilizado, guardámo-lo, penso que ainda estará nalguma mala no sótão nesta casa. Quando te casaste pensei vir à procura dele, mas não era nada adequado para uma festa de casamento na praia como a que tu fizeste, tinha demasiadas rendas e folhos. E nem sei se ainda podia ser arranjado mais uma vez, a tia e eu tínhamos medidas diferentes, por isso teve de ser bastante transformado entre uma e outra.

- Era romântico, ter sido a terceira geração a usar o mesmo vestido de noiva. – comento - Podes ver como está quando a Joana se casar. Ou talvez a prima Sónia se case antes da Joana e queira experimentá-lo.

Na família da minha mãe, éramos apenas três primas. Os restantes primos eram todos rapazes, por isso nós sempre fôramos muito mimadas. Recebíamos muitas prendas no Natal porque todas as tias gostavam de comprar coisas de raparigas que eram mais fáceis do que presentes para os rapazes. Nós pedíamos bonecas e brinquedos e, na adolescência, roupas, enquanto eles desejavam jogos com nomes esquisitos ou edições sucessivas do que a nós nos parecia sempre o mesmo jogo mas que eles consideravam diferente em cada ano, apenas porque mudava o nome dos jogadores de futebol que podiam ser seleccionados como personagens.

A minha mãe entretanto continua a sua exploração dos álbuns. Mostra-me a fotografia a preto e branco de um grupo, distribuído pelo que parece ser uma escadaria de granito, com o avô e a avó sentados ao meio em jeito patriarcal. Reconheço mal a minha mãe e deduzo que os outros sejam os tios e tias. Estão todos muito jovens, só o meu tio mais velho está parecido com o tio que eu conheço.

- Esta foi tirada num ano em que viemos todos passar a Páscoa. É extraordinário mas ainda me lembro de quando esta fotografia foi tirada. Foi quando estávamos à espera da visita pascal. Era uma tradição que agora já não se realiza aqui na terra. Depois da Missa da Páscoa, onde íamos todos muito bem vestidos, havia um cortejo solene, constituído pelo padre, que trazia nas mãos o Cristo na cruz, acompanhado dos acólitos com vasos de incenso, todos com os fatos religiosos de festa. Visitavam as casas uma por uma e davam o Cristo a beijar aos moradores. As pessoas arranjavam as salas com as melhores toalhas que tinham, enchiam a mesa de doces de Páscoa e licores, eram autênticos banquetes. E depois do ritual religioso o cortejo comia e bebia, antes de partir para a casa seguinte. Os miúdos iam atrás, aumentando em número à medida que o percurso avançava. Eu e os meus irmãos adorávamos participar naquela caminhada gulosa em que os doces eram distribuídos às mãos cheias. No final ficávamos bastante enjoados e nós só fazíamos uma parte, por isso sempre me interroguei como é que o padre e os acólitos conseguiam comer e beber tanto. A foto foi tirada na hora do regresso da missa, quando as nossas roupas ainda estavam limpinhas e direitas. – A mãe suspira, saudosa – Éramos tão jovens! Faz-me lembrar o poema de Ruy Belo:

"Quando foi isso? Eu próprio não o sei dizer
Só sei que tinha o poder duma criança
entre as coisas e mim havia vizinhança
e tudo era possível era só querer."[4]

Não me agrada este estado nostálgico da minha mãe, prefiro conversar sobre o presente, sobre as experiências que estamos a viver agora na família, a avó a ficar boa, tantas realizações que ainda são possíveis, hoje. Porém ela está voltada para o passado. Depois de ter explorado o álbum vai ver as fotos avulsas que estão numa caixa no armário da sala. Parece ter entrado numa espiral de rememoração que não pode parar, como quando estamos a fazer uma tarefa em que foi difícil focar-nos e não queremos interrompê-la por nenhuma razão, porque temos medo de perder o fio e ter de refazer o esforço de concentração. Ela passa as fotos, nomeia os fotografados, diz qualquer coisa sobre as circunstâncias em que foi tirada e passa à seguinte. Até que fica muito mais tempo com uma na mão, em silêncio, com uma expressão sonhadora. Pergunto o que está a ver.

- Já me tinha esquecido desta! Sou eu e o pai. Numas férias em que eu trouxe um grupo de amigos de que ele fazia parte. Foi no dia em que começámos a namorar. Tínhamos ido fazer um passeio e andar de barco num rio para os lados da

---

[4] Ruy Belo, excerto do poema *"E tudo era possível"*

Covilhã. O barco em que íamos os dois, a certa altura, bateu nuns ramos que invadiam o pequeno rio e virou-se. Não era fundo, não foi perigoso, foi um pouco ridículo e ficámos encharcados até aos ossos. Os nossos amigos fartaram-se de rir e alguém nos tirou esta foto. Nessa noite, ao serão, continuaram a gozar com o nosso mergulho, dizendo que tinha acontecido porque nós estávamos distraídos um com o outro e não tomámos atenção ao barco. Ser o alvo da galhofa geral aproximou-nos e a certa altura da noite estávamos os dois sozinhos num recanto deste mesmo quintal da casa da avó, junto ao muro. Ele disse que eu tinha ficado linda com a roupa toda molhada e beijou-me. Eu retribui o beijo. E foi assim...

A minha mãe tem um sorriso embevecido quando me estende a fotografia onde está ela com o meu pai, ambos com pouco mais de vinte anos. Têm a roupa colada ao corpo, o cabelo a escorrer água e fazem caretas para o fotógrafo que os apanha naquela figura. O espantoso é que a foto parece cópia de uma que nos tiraram, a mim e ao Afonso, no dia em que fizemos *rafting* na montanha, durante a lua-de-mel e saímos da água neste mesmo estado de encharcamento. Surpreendente! Trinta anos depois, a filha daqueles dois jovens ali fixados protagonizara uma situação semelhante e fora fotografada na mesma posição e quase com a mesma expressão em que os pais haviam sido fotografados no dia em que se apaixonaram. Afinal a vida repete-se em cada geração? Não estamos senão a seguir os passos dos nossos pais? Conto à minha mãe que fica encantada e encontra no facto um sinal de boa sorte para o meu casamento. Ela nunca foi dada a pressentimentos e pensamentos místicos desta natureza, parece-me que a sua reacção mostra como está frágil e inquieta por causa da saúde da avó. Prometo que logo que chegue a Lisboa lhe envio a nossa fotografia por mail, para ela ver com os seus próprios olhos.

Um ruído vindo do quarto da avó traz-nos abruptamente de regresso ao presente. Corremos para ver o que se passa. Não é nada, a avó virou-se na cama e o saco de água quente que lhe pusemos para a aquecer caiu ao chão. Voltamos para a sala, mas aquela interrupção teve o efeito de fazer a minha mãe dar atenção de novo ao momento presente. Preparamos o necessário para o dia seguinte, em que a tia Beatriz e o tio Eduardo virão para ficar no fim-de-semana e, de seguida, vamos dormir.

A avó foi voltando ao seu normal. Ficou o susto enorme, que nos lembrou a todos que ela não era imortal como gostaríamos de acreditar. A minha mãe e os irmãos organizaram-se de forma a estarem junto dela uma grande parte do tempo durante os dois meses seguintes. Até que a avó se revoltou e lhes ordenou que fossem viver a vida deles que ela ficava bem com a sua! A Rosalina e o marido que tomavam conta do "quintal" podiam tomar conta do que ela própria necessitava, afirmou, convicta. Ninguém duvidava que a avó adorava ter os filhos lá em casa, disponíveis para a acompanhar em passeios pelo campo, ou para a levarem a visitar pessoas e sítios a que ela já não conseguia ir sozinha. Mas ela tinha consciência de que eles estavam a gastar férias ou a deixar os seus afazeres e as suas próprias famílias desamparados para estarem ali. Por isso mandou que voltassem para as suas casas e que viessem apenas de visita, quando pudessem. Os filhos perceberam a generosidade contida naquela exigência de que se fossem embora e obedeceram-lhe. E no Verão seguinte encontrámo-nos todos lá, numa espécie de acampamento familiar que celebrou a vida e o amor filial. Dos filhos não faltou nenhum e dos netos apenas o Vasco que entretanto partira para Moçambique e só veio a Portugal no Natal.

Capítulo VIII – A emigração do Vasco

O dia em que o Vasco partiu para Moçambique foi também aquele em que vi a nossa mãe ir-se abaixo. Não sei o que despertou nela a separação do seu único filho que a deixou vulnerável como nunca tinha estado. Ela acabara de passar por um período de angústia intensa, face à doença da avó, mas enfrentara a situação e recuperara a alegria à medida que a avó recuperava a saúde. Antes houvera outros momentos difíceis na vida dela. O pai morrera-lhe de repente, sem pré-aviso. Criara três filhos, por vezes em tempos complicados, como quando o nosso pai ficou desempregado e parecia zangado com o mundo, incluindo a família. Em todos esses períodos resistiu, deu a volta e não soçobrou perante as dificuldades. Tenho muito presente a imagem da minha mãe a cozinhar exaustivamente os almoços de toda a gente para levarmos para a escola ou para o trabalho, porque tínhamos falta de dinheiro, sem se queixar, mantendo-se alegre e festeira como sempre.

Será que é assim mesmo? Será que somos fortes apenas porque ainda não fomos atingidos pelo acontecimento que não aguentamos, aquele que nos toca em zonas tão escondidas da nossa alma que nem nós próprios sabíamos antes de acontecer? Não sei. Sei que no dia em que fomos ao aeroporto despedir-nos do Vasco que embarcava para Moçambique, a nossa mãe veio silenciosa durante todo o caminho de regresso a casa e durante muito tempo vimo-la a lutar inutilmente com o desgosto. Inutilmente porque ela perdia essas batalhas e começava a parecer-se com o meu pai na época em que vivera zangado e triste.

O avião saiu muito cedo, por isso tivemos de estar de madrugada no aeroporto. Ainda não havia quase ninguém. As lojas estavam fechadas, pairava um silêncio fora do comum naquele lugar que conhecíamos barulhento e cheio de pessoas. Para além dos passageiros do mesmo voo do Vasco, havia duas pessoas deitadas num recanto que não percebemos se eram sem abrigo ou viajantes que poupavam uma noite de hotel. Enquanto esperávamos que tudo ficasse despachado, assistimos ao despertar do aeroporto. Formaram-se filas nos balcões de *check in*, os ecrãs multiplicaram as suas informações e o ambiente animou, com um fluxo constante de entradas e saídas a fazerem as portas automática abrir e fechar e os sons de passos e de conversas a invadirem o espaço.

Estava uma pequena multidão a despedir-se da Raquel e do meu irmão: os pais dela, os seus três irmãos e duas amigas, que pareciam mais tristes do que a família. Do lado do Vasco estavam os pais, a Joana e eu, o Afonso e a tia Beatriz. Todos tentávamos manter a compostura e não ser piegas, mesmo sabendo que aquela partida tinha mais peso do que qualquer um de nós queria dar-lhe.

Grande parte das vivências que haviam conduzido àquele dia tinham sido tensas e muitas mesmo de conflito aberto, porém tenho a certeza que, à excepção do Vasco, ninguém desejara aquele desenlace. O caminho passara pela dificuldade do Vasco em avançar na faculdade, pela sua convicção de que se enganara em escolhas importantes, pelas experiências com drogas, pela zanga e pelo afastamento na relação com o pai, pela preocupação da mãe, pelo fechamento do meu irmão relativamente à família... Talvez fosse isso o que magoava tanto a mãe, uma mulher de família da cabeça aos pés, que vinha de um clã que não perdera ninguém pelo caminho, onde era possível reunir todos os irmãos em inúmeras ocasiões, em que era só pedir e alguém vinha ajudar no que fosse preciso. Com o Vasco, a dúvida actual era: como iriam as feridas evoluir, com as pessoas magoadas tão longe umas das outras? Iria a zanga tomar conta da situação e dominar os afectos? Iria a distância aumentar o fechamento e afastar as almas, tal como afastava os corpos? Queríamos todos acreditar que o amor da família ia resistir, eu tinha poucas dúvidas relativamente a isso, nunca imaginara a minha vida sem laços fortes com o meu irmão, amava-o incondicionalmente, aqui ou na China. Mas os nossos pais não estavam a conseguir ver as coisas da mesma maneira, uma semente de medo de perder o filho, especialmente da parte da minha mãe, instalara-se. Para além dos conflitos e das zangas, penso que ela também duvidava da capacidade dele de tomar conta de si próprio e da sua vida, a níveis elementares.

Há uns meses eu descobrira, surpreendida, que a mãe temia que o Vasco não sobrevivesse à vida em África. Desconfiava da sua capacidade de manter o emprego, de tratar de si próprio, de se alimentar! Por isso ficara muito satisfeita ao saber que ele ia com a Raquel, a namorada. Se a mãe estivesse com a racionalidade no sítio teria visto facilmente que a Raquel não era do género de tomar conta de ninguém, era uma jovem normal daquelas que quando precisam de fazer uma refeição utilizam sobretudo o micro-ondas ou o telefone para encomendar *pizzas* vegetarianas, raramente se lembram de mudar os lençóis da cama, lavam uma parte da roupa à mão apenas porque têm muito amor a certas peças do seu vestuário e nunca se imaginaram a fazer isso para outros. A nossa mãe não via as rastas, as tatuagens e as roupas hippies da Raquel. Aos seus olhos, através de umas lentes estranhas, que ela negaria ter se alguém tentasse mostrar-lhas, a Raquel era a potencial cuidadora que podia garantir que o filho se manteria vivo!

Os dois viajantes tinham entregue as malas e, inevitavelmente, deviam atravessar a barreira para onde já não os podíamos acompanhar. O Vasco abraçou-nos a todos, um por um. Com o pai o abraço foi mais vigoroso e disse-lhe baixinho:

- Quando voltar acabo o curso, prometo! – afirmação que provocou um sorriso na cara preocupada do pai.

À mãe disse para ela ficar descansada que se ia alimentar bem e recusaria comidas esquisitas. Eu fui a última, já estava com dificuldade em conter a lágrima que assomava no canto do olho.

- Adeus, mana bem comportada! Não arranjes sobrinhos na minha ausência, porque quero que eles conheçam o tio desde que nascem! Espera pelo meu regresso.

- Bom, parece que agora posso dizer-te o mesmo! Vai com calma, ok? De qualquer modo tenciono manter-me no meu papel de irmã mais velha e dar-te nas orelhas todos os dias pela internet!

Na verdade nenhum de nós fazia ideia se em Moçambique isso era fácil, não tínhamos experiência de países tão diferentes do nosso, só podíamos ter esperança na globalização!

Ficámos a olhar infinitamente, muito para além do momento em que os dois saíram do nosso campo visual. Foi o Afonso que quebrou o feitiço dizendo que era altura de voltarmos para casa. A Joana estava nitidamente cheia de sono e os pais foram obrigados a perceber que ainda tinham ficado com uma filha para cuidar. Ela também tinha a noção, mais intuída do que pensada, de que eles precisavam de se sentir necessários, por isso regrediu ali mesmo uns anos e regressou ao carro apoiada em ambos, contra tudo o que era a sua natureza de adolescente independente.

Foi nos dias e semanas que se seguiram que a mãe esteve em luta com a tristeza. Do hemisfério sul vinham boas notícias: durante as primeiras semanas o Vasco ficou instalado num hotel de 5 estrelas o que significou ter internet com poucas falhas e tratamento vip. Depois a empresa cedeu uma casa ao casal. Tinham menos condições mas mais espaço vital, podiam organizar normalmente a vida. A partir daí os contactos eram feitos durante o dia, quando ele estava na empresa e falhavam muito mais. O facto de ele passar muitos dias fora do escritório também dificultou as ligações. Quando o apanhávamos tínhamos de pôr as notícias em dia e tornou-se mais frequente utilizar o *mail* do que o contacto ao vivo.

Quem não conhecesse bem a nossa mãe talvez não detectasse muitas diferenças. Trabalhava como habitualmente, fazia as suas tarefas em casa e ocupava-se da Joana, o que naquela época significava sobretudo conduzi-la às suas inúmeras actividades e autorizar movimentos de idas e vindas com os colegas, para trabalhos, para passeios, para jogos, ou noites a dormir em casa de amigas. Porém nós víamos. Ela emagrecia a olhos vistos, estava muito mais metida em casa e desenvolvera uma obsessão por Moçambique, passando horas a pesquisar e ler blogues de emigrantes que contavam as suas experiências de integração. Sabia as doenças complicadas que se podiam apanhar em África, sobre as quais enviava ligações de prevenção para o *mail* do Vasco, bem como textos sobre cuidados a ter para evitar raptos que, por essa época, eram muito noticiados na imprensa.

O pai andava claramente desamparado e refugiou-se no trabalho e em nós. Nunca soube se a mãe o culpava pela partida do Vasco, porque nenhum deles falou disso, mas acho provável que ela o tenha feito, pelo menos um bocadinho. Ele começou a telefonar-me mais vezes e a desafiar-nos para saídas, a mim e ao Afonso. Penso que era mais fácil convencer a minha mãe a ir a qualquer lado quando dizia que nós também íamos. E o meu sossegado pai ganhou dinâmica, para conseguir lidar com o retraimento da mulher que puxara por ele toda a vida! Também se aproximou do Afonso, que alinhava com ele em saídas que eu detestava, como por exemplo ir ao futebol. Percebi que nessas actividades a dois conversavam "de homem para homem" e que o meu pai confiava ao Afonso uma parte importante das suas frustrações com a minha mãe, confidencias que não se atreveria a fazer-me a mim.

Numa dessas idas ao futebol surgiu ao Afonso a ideia luminosa que iria mudar um pouco o rumo dos acontecimentos e aliviar as preocupações familiares que nos ameaçavam. Ele sugeriu ao meu pai levar a nossa mãe a Maputo, para que ela visse com os próprios olhos o que procurava obsessivamente na internet: como era a vida dos emigrantes naquela cidade, que riscos corriam, como se estavam a adaptar o Vasco e a Raquel e o que poderia fazer para melhorar as suas condições de vida. Afonso acreditava que se ela dependesse menos da sua imaginação, por ter mais conhecimento da realidade, ficaria mais tranquila. O pai, num primeiro momento, objectou que se chegassem lá e eles estivessem a viver em condições precárias e com dificuldades poderia ser pior. Na perspectiva do Afonso não havia muitas hipóteses de as condições reais serem piores do que a fantasia da mãe, com o que o pai teve de concordar. Provavelmente seria diferente, mas não pior!

Então um dia o pai chegou a casa com uma pré-reserva de voo para Maputo, que apresentou à mãe como se fossem os bilhetes já comprados, de difícil reembolso. Ela ficou a olhar para os papéis nas mãos dele com uma expressão incrédula e fechada e passados momentos infinitos disse:

- Tu és louco, o que foste fazer?

O pai não respondeu, aproximou-se, a medo, porque não tinha a certeza da reacção dela, pôs-lhe a mão no ombro com ternura e disse:

- Vamos os dois ver como está instalado o nosso filho.

O gesto, o tom de voz e a frase tocaram na fragilidade da mãe que começou a chorar baixinho, deixou-se envolver pelos braços dele e repetiu:

-Tu és louco! – repetiu-o de uma forma tão diferente que o medo saiu de cena e os dois puderam falar da angústia em que ela vivia, do sentimento dele de impotência perante a tristeza dela e da possibilidade vislumbrada de a aliviar com esta viagem que trazia nas mãos, como uma semente de esperança que colocamos num campo que outrora foi fértil e que uma tempestade arrasou.

Porém, apesar das efusões amorosas, a mãe manteve muitas das suas dúvidas. Nesta sua nova condição de mãe preocupada e insegura era muito mais difícil decidir-se e ter a certeza que estava certa das suas opções. O pai voltou a desesperar e desta vez pediu-me para intervir. A nossa conversa, em que ele se confessou incapaz de lidar com a alternância rápida de sins e de nãos da mãe e me pediu ajuda, deixou-me triste durante um longo período. Senti-me a ter de fazer o luto dos pais da minha infância que sabiam tudo e podiam tudo, foi um encontro que eu não queria com a humanidade desamparada das duas pessoas do mundo que eu desejava manter no seu estatuto de seres superiores. Ao mesmo tempo não podia deixar de me sentir ligeiramente ridícula, porque tinha quase trinta anos e sabia, no fundo de mim, que a idealização que gostaria de preservar já não fazia sentido.

No fim de tudo tive de parar de pensar em mim e na minha desilusão, sair das minha tamanquinhas e falar com a minha mãe. Iniciei a conversa num sábado em que passáramos a manhã na Baixa, a pretexto de ela me ajudar a escolher uns objectos para a minha casa. Sugeri almoçarmos numa das esplanadas do Chiado e entrei decididamente no assunto, de outra forma podia faltar-me a coragem:

- Mãe, eu acho boa ideia tu e o pai irem a Moçambique, ver como está o Vasco, confirmar se as coisas estão a correr bem como ele diz. Tens andado tão preocupada, é uma forma de te tranquilizares. E tenho a certeza que ele vai gostar!

- Foi o pai que te pediu para me convenceres? - perguntou a minha mãe

- Ele pediu, sim. Mas eu também já tinha pensado em dizer-te o que penso. E é isto o que penso, estou convencida que te fará bem ires lá.

Entretanto lembrei-me de um argumento que costumava funcionar com a minha mãe e provavelmente com todas as mães do mundo, que estão quase sempre mais dispostas a fazer coisas pelos outros do que por si próprias:

- Para o pai também será bom saber que a vida do Vasco está realmente a correr bem, acho que ele às vezes se sente culpado pela sua partida.

A minha mãe não é parva e desta vez riu-se e comentou:

- Bonito argumento, Luisinha! – depois continuou, mais séria - Eu tenho vontade de ir, na verdade. Mas não quero que o Vasco se sinta invadido, a relação com ele já é suficientemente difícil.

- Pede-lhe a opinião. Tenho a certeza que será sincero, nós nunca fomos de dizer que sim quando é não.

- Com o Vasco não tem sido assim. Sabes bem que ele escondeu muitas coisas, nos últimos anos e mentiu sobre outras, mesmo quando lhe perguntei directamente.

- Tens razão. Mas estou convencida que agora que teve a coragem deste passo tudo isso mudou. Porque, por muito que nos esteja a custar o afastamento dele, tens de concordar que foi um passo corajoso. Eu não consegui ir-me embora quando pareceu lógico poder fazê-lo para seguir a minha vida. O Vasco passou por uma fase de confusão, acho que não vos disse nada porque ele próprio não sabia o que dizer, não estava certo do que queria. Agora está a fazer o que quer, isso torna-nos sempre mais abertos e tolerantes, não é? Foste tu que me ensinaste, Mãe, a importância de fazermos o que queremos e gostamos.

- Está bem, convenceste-me. Já pensaste numa carreira de vendedora em vez de professora? – ironizou a mãe - Vou enviar-lhe um mail a contar sobre a proposta do pai e a perguntar a opinião dele. Decido sobre a viagem conforme a sua resposta.

Esta resolução já me parecia meio caminho andado. Não imaginava o meu irmão a colocar obstáculos à visita dos pais. A não ser que estivesse mesmo tudo a correr mal e ele quisesse esconder-nos, mas do que eu própria falava com ele, em videochamadas que é mais difícil que enganem, parecia-me que ele estava bem e satisfeito Até as queixas me davam alguma segurança, pois se estivesse a fingir pintaria tudo cor-de-rosa e não era o que ele fazia. Queixava-se da falta de produtos a que estava habituado nos supermercados, dos preços altos de quase tudo e, em relação à Raquel, fazia algumas críticas, normais em quem partilha casa pela primeira vez, por ela ser desarrumada e nunca fazer a cama. Por outro lado mostrava-se entusiasmado com um mundo tão diferente de tudo o que conhecia e com o trabalho.

No dia seguinte, quando o consegui apanhar na internet perguntei-lhe se tinha recebido um *mail* da mãe. Disse que sim e questionou se a ideia da visita tinha sido minha. Contei-lhe que fora do Afonso e do pai, porque a mãe andava numa tristeza pegada com saudades dele. O Vasco riu-se e senti que ficara satisfeito com este efeito da sua ausência na mãe. Nos últimos anos ele criara a convicção estúpida de que eu era a filha preferida da mãe, por ser certinha, como ele dizia, "a menina que tira o curso, trabalha, casa-se e agora vai dar-lhe netos!". Não era assim que eu me via, mas era assim que o meu irmão me enxergava, pelo menos às vezes, tanto mais intensamente quanto mais perdido na vida se sentia. Mesmo com todo o afecto que eu nunca duvidei que nos ligava, quando dizia estas coisas tornava-se cortante. O estado de tristeza da mãe devido à sua partida desmentia finalmente a perspectiva que envenenara o seu mundo e, secretamente, pois de outra forma sentir-se-ia culpado, alegrava-o. Não havia dúvida nenhuma: ele adoraria a visita dos pais e estava pronto para os receber da melhor maneira e mostrar-lhes tudo o que conseguisse da sua nova terra. Em modalidade de filho único!

Assim, três meses depois de termos ido despedir-nos do Vasco e da Raquel ao aeroporto, na sua partida para Maputo, eu, a Joana e o Afonso, voltámos lá, para acompanhar os pais que quase pagavam excesso de bagagem para levar uma série de coisas, que a mim me pareceram desnecessárias, mas que eles pensavam que estavam a fazer falta ao filho.

Regressámos a casa os três, com a Joana a saltitar entre mim e o Afonso, feliz da vida porque durante aquelas três semanas ia ficar a viver connosco.

- Quando me fores buscar à escola posso dizer que és meu pai? – perguntara ela ao Afonso, porque queria ter um pai giro e jovem que as amigas invejassem.

- Teu pai? – reagira o Afonso, ofendido – Eu não tenho idade para ser teu pai, miúda! Ninguém vai acreditar nisso.

- Vai, vai, já uma vez disse, quando fomos ao cinema os três e uma colega viu-me. Ela perguntou se vocês eram os meus pais.

- E tu o que respondeste? – inquiri.

- Disse que sim. Ela comentou que o meu pai era giro.

- Mas é preciso ir buscar-te à escola, Joana? Tu já sabes andar de transportes. – contestei - Os pais vão-te buscar habitualmente?

Ela teve de confessar que não, que voltava a pé para casa.

- Mas o pai leva-me muitas vezes de manhã! E para a tua casa não posso ir a pé.

- Podes ir de autocarro.

- Vá lá, mana, não és tu, é o Afonso, ele é giro e as miúdas ficam todas a olhar para ele. - virou-se para o Afonso, implorando - Vai-me buscar só uns dias, cunhadinho!

- Só se disseres que sou teu irmão, teu pai não quero, faz-me velho! – brincou o Afonso.

Ela prometeu solenemente e chegaram a acordo. Durante aqueles dias houve necessidade de outras negociações, algumas mais difíceis que outras. Foi um período em que cumprimos a previsão do Vasco e tivemos uma filha. Nascida com quinze anos, o que colocou exigências bastante inesperadas para pais neófitos como nós éramos.

Capítulo IX – A Joana e os seus quinze anos

A viagem dos pais a Moçambique foi um sucesso e um alívio. Lá longe o Vasco também me pareceu mais alegre e ia-me pondo ao corrente das descobertas turísticas que apaixonaram os viajantes. Ele preparara um roteiro que deixou os pais encantados. Não sei como, até conseguiu uns dias de folga para irem conhecer locais fora de Maputo. Depois os pais foram sozinhos à África do Sul, durante alguns dias, onde ficaram num *lodge* confortável e exótico e visitaram o *Kruger Park*.

No regresso a Lisboa as almas vinham mais leves. Trouxeram relatos entusiasmados de passeios, fotografias espantosas de locais maravilhosos, outras menos bonitas, mais reveladoras da paisagem humana e dos modos de vida do país. Nas fotografias dos quatro – os dois residentes e os dois turistas – vi sorrisos e poses divertidas para a câmara, que revelavam um humor descontraído que me deixou cheia de esperança de que a minha mãe voltasse recuperada do desgosto e da inquietação.

Enquanto eles se reencontravam, visitavam o mercado do peixe – "horrivelmente cheio de moscas, nunca mais vi as ementas dos restaurantes da mesma maneira", disse a mãe - cozinhavam pratos tão portugueses como conseguiam, viviam reencontros pais-filho, ficavam íntimos da nora e faziam turismo, nas deslumbrantes terras de África cantadas por Camões, por cá a nossa vidinha continuava, com a turbulência da Joana a alegrar os meus dias e do Afonso.

Mas a hospedagem não incluiu apenas a Joana, ela veio com acompanhamento: aconteceu-nos muitas vezes chegar a casa e encontrar um bando de adolescentes esgalgadas, com pernas até ao pescoço e os seus inevitáveis cabelos compridos, concentradas a fazer trabalhos de grupo e a esgotarem os nossos mantimentos de uma semana, nos intervalos. Da primeira vez que a Joana perguntou se as colegas podiam ir lá para casa, para um trabalho de grupo, e eu disse que sim, confesso que não imaginava o cenário. Era um grupo de cinco, todas raparigas, a nossa casa era pequena, incluindo a sala, o que significa que não havia nenhum canto livre, os livros, os computadores, as jovens e a sua algazarra ocupavam o espaço todo. Quando entrei fiquei chocada por momentos, mas prezo-me de receber bem as pessoas em minha casa e tenho a herança de família de apreciar festas. Nessa noite jantámos *pizzas* que fiz a partir de bases congeladas e houve gelado para a sobremesa. A minha irmã pôde apresentar às suas colegas o seu bonito cunhado que ela entretanto desistira de fingir que era pai, pois descobrira que ter um cunhado também era interessante e raro entre as raparigas da sua idade.

A partir desse dia já não fui apanhada desprevenida e habituei-me a ter o frigorífico e a despensa fornecidos de forma reforçada e com coisas pouco habituais para mim, como salsichas, bolachas e batatas fritas. Para além desta *junk food* obrigava-as a comer fruta ou gelado para fecharem o lanche. Não deu tempo para saber as classificações daqueles trabalhos de grupo tão frequentes, esperava que tivessem boas notas, pois o esforço merecia!

Era divertido, mas intenso, pois quase todos os dias e ao fim de semana se reuniam para trabalhar, comer e fazer videochamadas com outros grupos para conferir algum ponto do roteiro dos trabalhos. Num sábado, com saudades das nossas manhãs de sexo a seguir ao pequeno-almoço, eu e o Afonso decidimos refugiar-nos na casa vazia dos meus pais para passar a tarde a fazer amor, enquanto na nossa sala se produziam filmes sobre a poluição na terra, para a disciplina de ciências naturais. Depois fizemos um piquenique, sentados no tapete da sala, ainda despidos, enrolados nas mantas dos sofás, saboreando o silêncio e a solidão. O Afonso observou:

- Como é que vai ser quando tivermos filhos? Não teremos a alternativa de uma casa vazia, nem podemos deixá-los sozinhos em casa! Achas que vamos deixar de fazer amor?

- Que horror! Nem pensar – exclamei escandalizada. Depois lembrei-me das conversas na escola e continuei:

– Essa é a teoria das minhas colegas, dizem que desde que se tem filhos fica tudo muito diferente. E dizem que quanto mais eles crescem pior.

- Não nos vamos preocupar antes do tempo! – recuou o Afonso, tranquilizador – Afinal temos esta "filha" crescida apenas por poucas semanas. E se não tivéssemos casa dos pais tínhamos hotéis, não é? O que seria muito melhor, pois se tivéssemos serviço de quartos, não precisávamos de trazer lanche, como fizemos hoje. Ficava era mais caro!...

Quando chegámos a casa, ao final da tarde, estou convencida que levávamos uma expressão algo culpada. A Joana perguntou, inquisitiva:

- Onde é que vocês estiveram?

- Fomos namorar um bocadinho – respondeu o Afonso, com uma expressão alegre.

Para a Joana esta resposta foi inesperada. Continuou a perguntar, meia desconfiada:

- Namorar? Mas vocês são casados, podem namorar à noite. Foram onde?

- Por aí! – disse eu, completamente vaga.

Ela deve ter sentido que o assunto era privado por isso desinteressou-se e virou-se para as duas colegas que estavam com ela, propondo mostrarem-nos o filme que haviam feito, para darmos a nossa opinião, o que fizemos de boa vontade, pois aquela tarde reabastecera as nossas reservas de disponibilidade.

Foi muito bom reencontrar a proximidade de vida com a minha irmãzinha. Que na verdade já não era a minha irmãzinha, era uma bela adolescente, de todos os pontos de vista, muito gira e com uma boa cabeça. Não é que fosse muito sensata ou madura, nada disso, tinha muitas atitudes adolescentes, como a tendência para só querer vestir o que as amigas vestiam e considerar tudo o que saía desse padrão "foleiro", bem como uma certa histeria com séries juvenis norte americanas e os respectivos actores de aspecto plastificado. Para além do desejo de "recriar" a realidade transformando o Afonso em seu pai ou explicando de forma alternativa a viagem dos pais: um dia encontrei uma das suas professoras na rua que me cumprimentou com uma expressão preocupada e me perguntou notícias dos meus pais. Respondi que estava tudo a correr bem, voltavam em breve e estavam bastante satisfeitos com a viagem. A resposta dela deixou-me intrigada:

- Ainda bem que tudo se resolveu e que podem voltar em breve – disse a senhora.

Não comentei esta frase, mas tomei nota mentalmente para perguntar à Joana o que tinha dito à professora sobre o objectivo da viagem dos pais a Moçambique. Ela começou por ficar atrapalhada com a minha pergunta, depois foi obrigada a revelar que dissera à professora que os pais tinham ido ter com o irmão porque ele estava com problemas de saúde e pedira a presença deles. Fiquei perplexa, sem conseguir compreender porque é que ela inventara aquela história para a professora.

- Ela está sempre a dizer que os pais hoje em dia não se interessam pelos filhos, que não os acompanham como deve ser, que antigamente é que era... Quando soube que tu tinhas ficado minha encarregada de educação temporária, porque a mãe enviou uma informação à directora de turma sobre isso, perguntou-me as razões. Pensei que se lhe dissesse que os pais se foram embora várias semanas, sem necessidade absoluta disso, em plena época de testes, ia começar outra vez com aquele sermão dos pais abandonarem os filhos... Então inventei um bocadinho! – explicou-me a Joana, detalhadamente.

- Inventaste que o teu irmão estava doente para evitar um sermão que nem sequer era para ti?

- É isso mesmo! – afirmou a minha irmã indignada – Não era para mim! Porque é que eu tenho de ouvir sermões sobre o que os pais fazem? Tenho 15 anos e já oiço bastante sobre o que eu faço! Não me apetecia mais.

Naquela altura eu já não sabia se lhe ralhava ou se deixava a coisa ficar assim, porque no fundo estava a sentir uma certa admiração pela lógica dela. Mas não me agradava que tivesse utilizado a desculpa de uma doença do irmão, por isso repreendi-a:

- Acho muito mal que tenhas inventado que o Vasco estava doente! Imagina que ele adoece mesmo, vais ficar cheia de remorsos!

- Foi o que me lembrei na altura. O que é que havia de dizer? Só queria acabar com a conversa. Não sejas assim, o Vasco nunca está doente, tem uma óptima saúde! – defendeu-se a Joana, porque o meu argumento fora bastante certeiro.

Não a obriguei a ir repor a verdade junto da professora, como provavelmente a mãe faria, se soubesse. Era a vantagem de ser irmã mais velha e não mãe, podia aligeirar as atitudes educativas sem muita preocupação.

Na Joana parvoíces como esta misturavam-se com sentido de responsabilidade no trabalho, com qualidades de boa amiga e com uma sociabilidade que lhe dava uma enorme facilidade em fazer amigos e estar à vontade em quase todas as situações. Também tinha uma capacidade de pensar que muitas vezes se revelava em perguntas surpreendentes e na facilidade com que acompanhava conversas mais sofisticadas, entre adultos, quando nos juntávamos com amigos e ela estava presente. Ela era como um fogo-de-artifício, como dizia uma das suas canções preferidas:

'Cause baby you're a firework
Come on, show 'em what you're worth
Make 'em go, oh, oh, oh
As you shoot across the sky
Baby, you're a firework
Come on, let your colors burst[5]

Aquela estadia em minha casa foi engraçada também porque me conduziu a reviver uma época da minha vida que eu pensava que nunca ia esquecer, mas que se tornara algo remota.

---

[5] Katy Perry, excerto da letra de *"Firework"*

É tudo tão intenso quando somos adolescentes que imaginamos que vai ficar gravado na nossa memória para sempre. Afinal, tal como as memórias da infância, as lembranças da adolescência esbatem-se, perdem a carga emocional e já não conseguimos compreender muito bem a adolescente que levava tudo a peito, que tinha sempre as emoções à flor da pele e que achava que todas as coisas eram para sempre, fosse amizade, amor ou raiva. Agora eu estava a ter a experiência de me reencontrar com a adolescência na relação com a minha irmã mais nova e tinha de fazer um esforço para me lembrar da intensidade acrescida de todas as impressões, naquela idade, para dar o devido valor ao que ela sentia.

Depois de duas semanas de muito trabalho acabaram os testes e ficou um período mais ameno, em que a Joana me pediu para sair à noite, com um grupo de amigos, celebrar o fim desta ronda de avaliações, antes que viesse a seguinte. Foi uma das vezes em que parecia que me esquecera do que era ser adolescente. Afigurava-se-me muito cedo para ela sair à noite e ir a uma festa nocturna sem ser na escola, como queria. O Afonso é que me chamou à realidade:

- A Joana tem quinze anos. Não saías com quinze anos?

- Só muito excepcionalmente. Ou então com os meus pais. – respondi.

- O que devias considerar uma seca...

Nessa altura lembrei-me de algumas saídas e de facto não me lembrava de terem sido secas, geralmente íamos com amigos dos meus pais e respectivos filhos. Mas também desejara muito ter autorização para saídas só com amigos, era verdade. Não quis ser a única responsável por decidir o que fazer e consultei a minha mãe. Ela estava longe e já me parecia tensa com a proximidade do regresso a Portugal. Disse para eu decidir, aconselhou-me a perguntar quem era o grupo e disse três ou quatro nomes que eu podia considerar companhias seguras. Fiquei outra vez com a batata quente nas mãos. Ainda queria partilhá-la, por isso consultei novamente o Afonso. Na opinião dele devíamos marcar uma hora razoável, ir levá-la e buscá-la à porta da festa.

Concordei com ele e, felizmente, correu tudo bem. Apesar dos protestos da Joana, levei-a até à porta e combinei o regresso para uma hora que me pareceu aceitável, as duas da manhã. Ela cumpriu o horário com um desvio admissível e voltámos para casa em paz. Enquanto a esperava na rua, à porta da festa, vi adolescentes, rapazes e raparigas, saírem apoiados uns nos outros, cambaleantes de bêbedos e miúdas de quinze anos a tentarem parecer dez anos mais velhas, com pinturas exageradas e roupas coladas aos corpos de curvas incipientes. Vieram-me à memória imagens da minha vida adolescente, lembrei-me dos excessos que tantas das minhas amigas faziam nas festas e de algumas situações em que eu própria exagerara e correra riscos. Fiquei inquieta, comecei a arrepender-me de ter deixado a minha irmã vir meter-se neste ambiente. Mas quando a vi dirigir-se para o carro, alegre e faladora, acompanhada por um grupo de miúdos e miúdas giros e com aspecto saudável, senti-me um bocadinho estúpida e exagerada nos meus medos. Devia ter tido mais confiança no trabalho dos meus pais e nas qualidades da Joana. Não lhe disse nada sobre os receios que me haviam assaltado e conduzi para casa, ouvindo-a contar histórias daquela noite memorável.

Capítulo X – O bebé da Antónia

Na sala de espera da maternidade o ambiente era tenso. Estava eu e a mãe da Antónia, mais tarde apareceu o pai que nos queria levar para casa, sem êxito. O casal mantinha uma expressão preocupada, ambos sentados muito direitos nas cadeiras desconfortáveis. Aguardavam silenciosos a notícia que os transformaria em avô e avó, para sempre. Para mim, que nem era mãe, apenas uma jovem mulher sem o peso da responsabilidade de cuidar de alguém para além de mim própria, não era fácil imaginar o que sentiam. Talvez naquele momento essa mudança ainda não estivesse presente nos seus espírito, talvez houvesse apenas a preocupação com a filha cuja vida também estava a transformar-se, lá dentro, no inacessível bloco de partos onde se realizava o acontecimento perigoso e indispensável à continuação da vida.

Enquanto esperávamos eu tagarelava, de vez em quando tinha consciência de que eles prefeririam que me calasse, mas não conseguia, estava nervosa e quando estou nervosa falo. Se mais tarde me perguntassem do que falei seria incapaz de dizer, porque as palavras eram uma forma de me tranquilizar, muito mais do que uma necessidade comunicativa.

A Antónia dera entrada na Maternidade poucas horas antes, em início de trabalho de parto e nós aguardávamos que o Manuel nos viesse comunicar o nascimento. Como o pai da Antónia nos referira, com toda a sensatez, estar ali ou em casa era a mesma coisa, pois ninguém nos permitiria ver a mãe ou o bebé às tantas da madrugada. E o que se previa era realmente um nascimento nocturno. Mas penso que estar ali nos dava a ilusão de controlar um bocadinho a situação por isso não arredávamos pé, ela silenciosa, eu a falar sem parar e ele aguardando o momento em que a mulher desistiria e lhe pediria para a levar para casa.

Quem não podia desistir era Antónia, que estava lá dentro, na sala de partos, a viver a sua metamorfose de mulher em mãe. Era uma experiência que eu temia e que só conhecia dos filmes, em que geralmente se vêm mulheres aos gritos, a fazer força, com os companheiros desorientados a assistir sem poderem fazer nada. Agora era a minha amiga que estava a passar por aquilo e eu só queria que tudo corresse bem e que saísse um bebé lindo e bem comportado.

Já sabíamos que era um rapaz e ia chamar-se Pedro, como o bisavô paterno, avô do Manuel, com quem este tinha uma relação muito especial. Actualmente o avô Pedro estava velhinho e com uma saúde frágil, mas ao longo da vida do Manuel fora um grande companheiro, estivera muitas vezes no lugar dos pais, demasiado ocupados com o trabalho, dera-lhe as explicações de matemática que lhe faziam falta, preocupara-se em ajudá-lo no início da sua vida adulta e em preparar-lhe algumas garantias para o futuro. A Antónia concordara com este nome para o seu filho porque estava muito grata ao avô do

Manuel, que fora um aliado valioso quando decidiram casar-se e tiveram a oposição da família dela e uma neutralidade pouco prestável nos pais dele.

Nesta altura tudo estava preparado para a chegada do Pedrinho. A alcofa estava feita com uns lençóis estampados com balões coloridos, os *babygrows* minúsculos lavados e arrumados, arrumadas as embalagens de fraldas xxs, os casaquinhos de malha e as botinhas tricotados pela Sandra, as roupinhas lindas que eu tinha oferecido, o quarto pintado de azul com nuvens no tecto e estrelas fosforescentes que brilhavam às escuras. E muitas outras coisas, claro, porque a avó Cláudia não olhara a despesas e até exagerara, deixando a Antónia provida de enxoval para os próximos três filhos.

No trabalho a Antónia também deixara tudo o mais preparado que conseguira para a sua ausência durante seis meses, passando conscienciosamente as suas tarefas a uma colega que ia fazer o seu lugar. Ela estava a arriscar o emprego, pois o seu contrato terminava a meio da licença de maternidade e não fazia ideia da sensibilidade das pessoas que tinham poder para lho renovar. A chefe directa, quando soubera que ela estava grávida, fizera algumas observações pouco simpáticas sobre as prioridades das pessoas, sugerindo implicitamente que o trabalho deveria estar primeiro, mas depois nunca mais se pronunciara. Apesar de saber que a época era desfavorável, com tantos e tantos desempregados e com a economia a afundar-se, como é que a Antónia iria desistir do que desejava para si por um emprego? Isso seria perder a esperança, deixar-se levar pelo ambiente de catástrofe que se vivia no país e não queria fazê-lo. De certa forma era bom sinal não terem contratado uma pessoa extra para a substituir. Fizeram uma pequena reestruturação e uma das colegas ficou com as funções da Antónia. Mas entretanto, a minha amiga, organizada como era, já tinha um plano B. Era o plano da emigração. Havia amigos que estavam a trabalhar fora de Portugal na área dela, auscultara as suas opiniões e ficara com uma ideia sobre as possibilidades em aberto. Custava-lhe, mas estava disposta a partir para não ter de renunciar ao que queria para a sua vida e o Manuel estava disposto a acompanhá-la neste projecto. Se a despedissem ambos utilizariam as informações e os contactos que haviam reunido para irem trabalhar para fora.

Há umas semanas fizéramos com a Antónia a última festa antes da mudança de vida. Juntou-se um grupo dos seus amigos mais próximos e fomos jantar fora, beber uns copos e dançar. Quer dizer beber uns copos fomos nós, ela limitou-se à água mineral, como fazia desde que soubera que estava grávida. Na discoteca não tivemos de esperar absolutamente nada para entrar, deram-lhe prioridade, embora o porteiro fizesse uma expressão de estranheza perante a barrigona que revelava inequivocamente que o tempo estava quase a acabar. O Afonso, na brincadeira, tranquilizou o homem, disse que era médico e que se o bebé começasse a nascer ali ele trataria do assunto.

- Imagine a publicidade à discoteca se ela tiver aqui um bebé! Seria uma notícia muito mais sumarenta do que qualquer nascimento dentro de uma ambulância a caminho de um hospital espanhol - disse ele.

O porteiro resmungou qualquer coisa mas dignou-se deixar aparecer um sorriso na cara habitualmente fechada! E lá entrámos, para terminar a noite a dançar e a fazer a despedida da Antónia do seu estado de pessoa que não tem de contratar *baby sitter* para sair de casa. Não ficámos muito tempo porque o barulho incomodou-a, a discoteca não fora grande ideia, ela teve medo que fosse demais para o bebé, mesmo protegido dentro dela. Saímos e fomos passear um pouco para a beira-rio, mas era Fevereiro, estava frio e decidimos regressar ao quentinho de casa. Despedimo-nos com um abraço, envolvi-a com os meus braços muito esticados para abarcar todo o seu volume. Ia largá-la quando senti claramente que a barriga se mexia e uma parte pontiaguda fez pressão na minha própria barriga. Fiquei encantada, foi como se o Pedrinho se despedisse de mim ao mesmo tempo que a mãe. Falei-lhe:

- Adeus, miúdo, vemo-nos um dia destes, vê lá se sais cá para fora, estou cheia de vontade de te conhecer.

E era este o dia em que nos íamos conhecer. Agora tinha a certeza disso, porque o Manuel emergiu da porta secreta com um sorriso de orelha a orelha e anunciou, lacónico e emocionado:

-Já nasceu!

A mãe e o pai da Antónia levantaram-se das suas cadeiras em uníssono, como se estas tivessem molas que acabavam de se soltar. Abraçaram-se ao genro e naquele momento não era possível dizer quem expressava mais ansiedade. Perguntaram tudo e mais alguma coisa. Ficámos a saber que o parto tinha corrido bem, que o Pedro era perfeitinho, tinha uma farta cabeleira negra e manifestara imensa energia logo que nascera. Que a Antónia estava a descansar e que não fora muito difícil graças a uma epidural dada no momento certo.

Eram quase duas da manhã do dia 16 de Março. O Pedro era do signo Peixes e todos desejávamos que os astros estivessem alinhados para lhe garantir um destino feliz. Imaginei fadas madrinhas a entrarem pela janela provavelmente inexistente do berçário, para darem as suas prendas mágicas ao recém-nascido:

-Eu te dou inteligência, príncipe Pedro!

-Eu te dou beleza!

-Eu te dou felicidade!

Se pudesse ser também eu uma fada madrinha com poderes mágicos o que quereria dar ao Pedro? Nas histórias, depois das fadas boas chega geralmente a bruxa má, que introduz a confusão, lançando maldições que bloqueiam os efeitos dos desejos bons! Felizmente fica sempre uma possibilidade de sair da maldição, com muito trabalho e desventuras, mas sobretudo através do amor. Pode ser pelo amor do príncipe que acorda com um beijo a bela adormecida, pelo amor da princesa que beija o sapo enfeitiçado ou pelo amor do apaixonado persistente que não desiste de procurar o pequeno pé que cabe dentro do sapato... Por isso, se eu fosse a fada madrinha do Pedro, o meu feitiço bom seria dar-lhe a possibilidade de encontrar o amor, o sentimento que salva, que nos faz sentir acompanhados na vida e que é um elemento fundamental da felicidade.

Conduzi até casa com estes pensamentos, debaixo de uma emoção agradável, ao mesmo tempo de alegria e ternura. Adormeci embalada pela fantasia sobre as fadas madrinha, a rever na memória os contos da minha infância, que agora podia relembrar porque havia de novo alguém capaz de se maravilhar com eles, em breve.

A Antónia foi para casa com o bebé dois dias depois. Ele era realmente encantador: moreno e rechonchudo, com uma pele de pêssego muito suave. Nas visitas frequentes que fiz à mãe e ao filho naqueles primeiros tempos observava, maravilhada, como a Antónia realizava as suas tarefas de mãe. Dava-lhe de mamar, fazia-o arrotar, mudava-lhe a fralda, vestia-lhe os fatos minúsculos que pareciam de boneco, embalava-o docemente para ele adormecer e depois colocava-o devagarinho no berço.

Tudo aquilo me pareciam actividades dificílimas, eu tinha medo de pegar naquele bonequinho frágil, inquietava-me não lhe segurar bem a cabeça, ou fazer algum movimento que o magoasse. Tinha consciência do meu receio e da minha inabilidade, por isso oferecia-me como assistente doméstica, para ir comprar o que fosse necessário ou para colocar em ordem as roupas e os objectos, mas quanto ao bebé preferia tocar-lhe apenas quando estava devidamente apoiado, no berço ou no colo da mãe. Só nessas alturas ficava descontraída para lhe fazer festinhas e conversar. A Antónia percebeu a minha reserva e metia-se comigo. Perguntava como é que ia fazer quando tivesse um filho, se também ia ter medo de lhe pegar ao colo... Na verdade naquela época eu pensava que sim e, apesar de considerar o Pedro um ser maravilhoso, a maternidade parecia-me uma responsabilidade enorme para a qual não estava preparada.

- Eu acho que o facto de ser nosso filho nos leva a perder o medo. Deve ter alguma coisa a ver com as hormonas da maternidade. – dizia a Antónia, depois da brincadeira, em tom mais sério, para me tranquilizar.

Talvez ela tivesse razão, pois quando a Sandra veio visitar a Antónia, já com uma barriguinha de grávida bastante evidente, pegou no Pedrinho com um à-vontade que me surpreendeu. E eu tinha quase a certeza que anteriormente a Sandra teria tido uma reacção parecida com a minha. Podia pois concluir que a gravidez e a maternidade curavam o medo de pegar num bebé ao colo. O medo de não ser capaz de cuidar dele suficientemente bem é que eu não sabia se tinha cura!...

Outra coisa a que talvez só a maternidade me fizesse habituar era às histórias intermináveis de partos que surgiam nas conversas quando se reuniam grupos de mulheres com filhos. Tanto podia ter acontecido há poucos meses como há mais de vinte anos, era um tema que as entusiasmava e que eu achava do mais entediante que existe. Depois de se informarem educadamente como correra o acto de nascimento do Pedro, desatavam a contar as suas próprias experiências e eram relatos inesgotáveis. Lembro-me de uma amiga da mãe da Antónia que contou o nascimento do primeiro filho com pormenores que incluíam rasgaduras, hemorragias, pontos dados a frio, de tal forma que tive de lutar com todas as minhas forças para não desmaiar. Estávamos numa pastelaria perto da casa da Antónia, numa das primeiras saídas do Pedrinho, que dormia sossegadamente no carrinho. Esperávamos que o empregado nos atendesse e a senhora falava, falava... Para não desmaiar ali mesmo fiz uma coisa que deve ter parecido estranha: como ainda não tínhamos nada na mesa, tirei da mala, o mais disfarçadamente que consegui uma embalagem pequena de bolachas, que costumo trazer comigo para as fomes imprevistas e comi uma. A Antónia reparou e olhou para mim intrigada, mas como fazia uma certa cerimónia com a amiga da mãe não disse nada. Mais tarde, quando lhe contei a minha luta com a reacção vagal riu-se às gargalhadas e a partir dai, quando me queria obrigar a fazer alguma coisa contra a minha vontade ameaçava repetir a história da D. Eugénia sobre o nascimento do seu Jorginho, hoje em dia um homem feito que era difícil imaginar parecido com o nosso Pedro.

A época da licença de maternidade da Antónia teve aspectos assaz agradáveis, para mim. Ela nos últimos anos estivera muito ocupada, porque o seu emprego era daqueles que tinha hora de entrada mas não hora de saída. Acrescentando a isso as minhas próprias ocupações que também eram bastantes e a atenção que dávamos aos nossos respetivos maridos, ficava pouco tempo para encontros longos de conversa sem pressão de tempo. E agora ali estava a minha amiga em casa, muito mais disponível do que nos últimos anos, mesmo que as nossas tagarelices fossem interrompidas pela hora de dar de mamar e de mudar a fralda. Eu tinha geralmente um dia livre por semana, excepto no princípio do ano lectivo ou nos períodos das reuniões de avaliação. Comecei a habituar-me a utilizar a manhã do meu dia livre para visitar o Pedrinho e a Antónia, fazer alguns recados na rua caso ela precisasse e almoçar com ela. Quando o bebé começou a comer papa aprendi a dar-lha, pois era uma tarefa que não me assustava, ao contrário de pegar ao colo ou mudar fraldas.

Ela nem sempre estava sozinha, a mãe, que estava apaixonada pelo bebé, também era visita frequente à hora do almoço e só não ficava mais tempo quando tinha de trabalhar. Quando a via a embalar o neto, a mudar-lhe fraldas ou só a brincar com ele, era inevitável pensar no caminho que tinha sido percorrido, desde a oposição feroz ao casamento da filha até à paixão presente. A felicidade da vivência actual, no fundo, mostrava como a Antónia estava certa nas suas escolhas e como fizera bem em persistir nas suas intenções.

O quarto mês da licença de maternidade era o mês em que teriam de lhe comunicar se lhe renovavam o contrato, no trabalho. A chefe propôs-lhe uma reunião a que a Antónia compareceu com bastante ansiedade. Apresentaram a sugestão de voltar ao trabalho no final do 4º mês, comprometendo-se a empresa, nessas condições, a renovar-lhe o contrato. Foi muito difícil, mas a Antónia disse que não. Sentiu-se revoltada, explorada, interrogava-se como é que num país que precisava tanto que as mulheres tivessem filhos alguém lhe apresentava esta ideia? Teve vontade de lhes chamar fascistas e os mandar passear. Mas não podia, fazia-lhe falta o emprego, por isso tentou proteger o tempo que lhe restava para estar com o seu bebé, sem se antagonizar com a chefe ou com a direcção da empresa. Propôs, em alternativa, fazer algumas reuniões com a colega que estava a substituí-la, para a orientar ou para lhe tirar dúvidas, o que foi aceite, embora ficasse muito aquém do que estavam a pedir-lhe. Terminou a conversa ignorando se tinha alcançado o objectivo de manter o emprego, só podia aguardar se viria ou não a carta a despedi-la. E começar a procurar o tal trabalho no estrangeiro, pelo sim pelo não.

Capítulo XI – O episódio espanhol

Estou por detrás do palco e oiço os diálogos que se desenrolam entre o Miguel, com o vozeirão acentuado pela indignação da sua personagem, a Filomena e o Tomás, que contracenam com ele naquele momento. Reconheço as palavras, fui eu que as escrevi assim, na nossa língua, traduzi o original com o Daniel, reconheço a nossa marca. Ao mesmo tempo sinto a força da cena, o meu corpo acompanha o ritmo das vozes, sou contagiada pela energia que os meus amigos estão a transmitir no palco. Penso que é impossível que os espectadores não estejam também a sentir-se interpelados, quando eu, que estou apenas a ouvir, sem ver nada, me sinto de tal forma invadida. Este pensamento deixa-me satisfeita, é importante o que estamos a fazer hoje e queremos todos que corra bem e seja um sucesso. O Daniel chega perto de mim e surpreende o meu entusiasmo. Sorri e aperta-me a mão, para mostrar que compreende o que estou a sentir, silenciosamente, pois não queremos perturbar os actores no palco, que naquele momento dão a deixa para a entrada de mais uma personagem, a escultural Laura, cuja aparição redobra a atenção dos espectadores.

Estamos num festival de teatro na Galiza, onde estão representados grupos de Portugal e de Espanha, há prémios em jogo e sobretudo há o desejo de mostrar o valor do nosso trabalho, de comunicar com este público que só em parte entende a língua portuguesa, mas que pode entender tudo o resto, os cenários, o guarda-roupa, os sons, os gestos, as relações entre personagens expressas pelo movimento e pelas marcações. Hoje apresentamo-nos na sala principal, que está cheia, com muitas pessoas na assistência que podem ser importantes para o reconhecimento do Arena numa perspectiva além fronteiras.

Viemos aqui parar graças a um conjunto de circunstâncias conjugadas – alinhamento favorável dos astros, alegou a nossa esotérica figurinista. Desde há alguns anos, regularmente, o grupo de teatro Arena era convidado para participar em festivais de teatro, convites que raramente podíamos aceitar porque os orçamentos necessários ultrapassavam as nossas possibilidades. Desta feita, quando o convite chegou, o Daniel, encenador e director do grupo, reuniu toda a gente e comunicou-nos que o Arena estava financeiramente mais desafogado e se conseguíssemos patrocínio para um terço do orçamento o restante poderia ser auto-financiado. Eu contei isso à Dra. Celeste, a minha patroa, que ficara amiga do grupo desde que estreáramos no colégio a nossa primeira peça destinada a adolescentes, escrita por mim e pelo Daniel, há uns anos. A Dra. Celeste gostara muito do evento e criara-se o hábito de fazer todos os anos a semana do teatro no colégio, que eu organizava com a colaboração do Daniel e que geralmente incluía a participação especial de um grupo de teatro profissional, do grupo de teatro que entretanto se criara no colégio e de outras escolas. O Daniel e a Dra. Celeste, que partilhavam o carácter organizado e o gosto por projectos criativos, tornaram-se bastante próximos e ela passou a ser presença indispensável nas nossas estreias e uma das críticas mais escutadas pelo Daniel que confiava nas suas opiniões, frontais mas cheias de entusiasmo e afecto. Ao saber que a necessidade de financiamento era menor do que o habitual, a Dra. Celeste propôs-se ser uma das patrocinadoras e ajudou-nos a estabelecer contacto com outros apoios potenciais. Acabámos por conseguir completar, muito à justa, o dinheiro necessário contemplado no orçamento exaustivo realizado pelo Daniel e, na data marcada, nas férias da Páscoa, lá rumámos para Santiago de Compostela, onde se passava o festival.

O ambiente era muito interessante e animou a cidade. Havia os espectáculos e os seus intervenientes, alguns cujos estilos alternativos extravasavam para além dos palcos e havia os espectadores, os normais, cidadãos e turistas e os especiais, aqueles que tinham vindo acompanhar os diversos grupos, como adeptos de futebol que viajam com a sua equipa. Nós não trouxéramos "adeptos", mas passeavam-se pela cidade grupos de portugueses, Compostela é muito perto de Portugal e um destino bastante comum para um dia passado em Espanha, para as pessoas do Norte. Por isso, unimo-nos com os outros dois grupos portugueses presentes e fizemos divulgação na rua, distribuindo folhetos aos compatriotas descuidados que tinham vindo ver a catedral e que convidávamos para assistir às nossas peças e aos outros eventos do festival. Com esta estratégia e o próprio marketing do festival, conseguiu-se um sucesso razoável de público que contribuiu para um sentimento positivo acerca da nossa participação.

Geralmente depois dos espectáculos as festas prosseguiam pela noite fora e a maior parte dos membros do Arena marcavam presença e contribuíam para a animação geral. O Daniel estava feliz e exercitava com entusiasmo os seus dotes conhecidos de D. Juan luso. Nós fingíamos que não víamos, ninguém queria ser cúmplice das traições que ele fazia à Julieta, a sua companheira de sempre, mas também ninguém se atrevia a criticá-lo frontalmente. Desde que trabalhava com o Daniel que eu observava estas "facadas" e continuava a surpreender-me que não tivessem consequências negativas na sua relação com a Julieta. Às vezes parecia que ela não sabia de nada e que acreditava na fidelidade do seu homem, outras vezes algumas alusões indirectas ou aparições inesperadas em eventos do grupo nos quais ninguém contava com ela, mostravam que pelo menos desconfiava e procurava controlá-lo.

Cada vez que a Julieta aparecia sem se fazer anunciar e o Daniel estava no meio de algum *flirt* acabava imediatamente com aquilo e ficava ao lado dela, feito marido bem comportado e apaixonado. Não se importava nada que a rapariga que antes estava em vias de seduzir ficasse pendurada e assistisse à demonstração. Nunca lhes escondia que tinha namorada, o que funcionava como uma espécie de garantia de que elas não esperariam demais dele e que estariam dispostas a recuar face à aparição da "legítima". Seria esta prontidão, esta disponibilidade incondicional face à sua presença que fazia com que a Julieta lhe ignorasse as leviandades, voluntariamente ou por cegueira amorosa?

Mas como todas as situações equívocas, mais cedo ou mais tarde esta também tinha de quebrar. Bastava um dos protagonistas deixar de participar no acordo implícito que lhe permitia perdurar. Aconteceu em Santiago de Compostela, a cidade dos peregrinos, com dezenas de caminhos para lá chegar. Por alguma razão nunca revelada, a gota de água que fez transbordar o copo foi desencadeada aí, tão de surpresa que ninguém estava preparado e portanto tudo o que se passou foi espontâneo. O fluente Daniel ficou sem palavras e quando conseguiu falar só pôde dizer a verdade porque não teve tempo para inventar.

Passou-se numa das últimas noites do festival de Santiago, em que houve uma festa pré-prémios. Já todos os participantes tinham apresentado as suas produções, no dia seguinte seria a gala de encerramento que incluía o anúncio dos vencedores e a entrega dos respectivos troféus. O ambiente era de excitação e alegria, a tensão que antecedera as apresentações dos diferentes grupos desaparecera, era tempo de relaxar e aproveitar a diversão. No bar do hotel, especialmente reservado para o efeito, bebia-se, conversava-se ou dançava-se, com entusiasmo.

O Miguel e o Daniel partilhavam uma mesa com duas actrizes espanholas, desenrolava-se uma conversação ibérica expressiva, com muitos gestos carinhosos envolvidos. À medida que a noite avançava o grupo foi-se separando, o Daniel fizera a sua escolha, foi dançar uma última música com o seu par e todos percebemos que tencionavam retirar-se juntos. Dirigiram-se para o átrio, onde chamaram o elevador, enrolados em poses bastante explícitas que não podiam oferecer dúvidas a ninguém sobre o que iam fazer de seguida. Quando as portas do elevador se abriram vinha ocupado, por isso o casal enlaçado fez menção de se desviar, para dar passagem aos passageiros descendentes. Após um primeiro olhar distraído o Daniel olhou segunda vez e a expressão dele deve ter sido digna de se apresentar numa galeria de terror: de dentro do elevador saiu a Julieta. Daniel largou imediatamente a companheira espanhola, mas naquelas circunstâncias era impossível ser suficientemente rápido a desfazer o abraço mais do que equívoco.

Contou-me quem viu, pois eu estava na sala da festa, não fui testemunha ocular, que na expressão da Julieta passaram inúmeras possibilidades, naquele instante decisivo. Ela esteve entre o impulso de fazer uma cena violenta, de voltar as costas e esperar que o Daniel a seguisse ou de mostrar uma indiferença olímpica e lhe dar uma lição com superioridade. Se me perguntassem, face ao que conhecia da Julieta, eu anteciparia a retirada digna, com o Daniel na sua esteira. Mas desta vez a Julieta surpreendeu, a mim e a todos os que estavam habituados à sua discrição e ao seu apagamento que dava sempre a primazia ao namorado desleal. Ela dirigiu-se a ele, que estava com uma palidez esverdeada, à procura de recuperar a compostura, sem saber o que fazer à amiga que ainda não se dera conta da delicadeza da situação.

- Surpresa! – exclamou a Julieta – Estás feliz por me ver? Não me apresentas a tua amiga?

Virou-se para a mulher:

- Olá, como te chamas? Eu sou a Julieta, a mulher do Daniel.

Finalmente a actriz percebeu que podia haver confusão. Foi ela que ficou furiosa, gritou para o Daniel:

- A tua mulher está cá? *Hijo de puta!*

Saiu dali em passo acelerado, voltou para a sala onde se bebia e dançava e foi ter com o Miguel e a sua companheira. Começou a falar furiosamente, num espanhol muito rápido e indignado, que resultava quase incompreensível para os portugueses presentes mas que todos os espanhóis compreenderam e que teve como efeito que muitas das pessoas que estavam perto deles se dirigissem para o átrio, disfarçadamente para assistir à cena canalha que podia estar a acontecer. O Miguel e a colega que estava com ele fizeram o mesmo, deixando a mulher furiosa a falar sozinha, procurando com o olhar outros interlocutores disponíveis. Pareceu-me perceber que eu lhe entrara no campo de visão, de forma que fiz menção de seguir o Miguel, ainda sem a mínima ideia do que se estava a passar.

No átrio a desilusão era total. O Daniel e a Julieta já tinham desaparecido dentro do elevador, cujo mostrador indicava que ascendera ao quinto andar, onde se situavam os quartos da nossa comitiva. Os candidatos a mirones, frustrados, dispersaram rapidamente e fiquei com o Miguel e os outros colegas do Arena que entretanto se juntaram a nós, tentando perceber o que se passava. O Amílcar, tal como a Paula, vira a cena inicial e contou-nos, bastante chocado:

- Quando vi o Daniel enrolado com a mulher, à espera do elevador pensei: lá vai ele divertir-se! Depois as portas do elevador abriram-se e a Julieta surgiu, parecia uma aparição. Estava linda, muito mais do que o engate do Daniel, altiva, parecia mesmo a personagem shakespeariana que lhe deu o nome. *God*, porque é que aquela mulher não faz teatro, ela tem postura de deusa?!

- Não te desvies, Amílcar, deixa lá a deusa, o que é que aconteceu de seguida? – interrompeu o Miguel, pois sabia que se deixasse o Amílcar em roda livre ficávamos ali toda a noite até ele voltar à história que nos interessava.

- Os outros estavam tão enrolados que o Daniel levou tempo a conseguir desatar o nó. Principalmente porque o par não estava a perceber e não colaborava. O sorriso com que ele estava gelou-lhe na cara. A Julieta disse qualquer coisa que não percebi, primeiro a um, depois a outro, a mulher insultou o Daniel e foi-se embora. Depois de ela se ir embora a Julieta agarrou no braço do Daniel, puxou-o para dentro do elevador e carregou no botão de fechar a porta. Desapareceram teatralmente, como atrás do pano que se fecha.

- Meu Deus, devíamos ir ver o que aconteceu, imagina que ela lhe deu uma sova e o deixou estendido no chão do elevador ou do corredor dos quartos. Vamos lá acima!

A Laura, que fizera a sugestão, tinha um espírito com tendências dramáticas que todos costumávamos relativizar, mas desta vez ninguém a acusou de estar a exagerar. Na verdade, como todos sabíamos da mania da sedução do Daniel, considerávamos justificado que o copo da paciência da Julieta transbordasse e que a sua zanga pudesse ser muito intensa. Alguém carregou imediatamente no botão de chamada do elevador e ficámos agrupados em posição de expectativa junto às portas automáticas. Quando estas se abriram um suspiro de alívio percorreu o grupo, pois saiu um pacato casal de turistas nórdicos, altos e branquinhos e não havia vestígios do nosso moreno encenador, nem sangue manchando o chão. Os turistas hesitaram antes de passar pelo grupo expectante, que devia parecer bastante ameaçador.

- Vamos subir. – propôs o Amílcar.

No quinto andar aproximámo-nos da porta do quarto do Daniel e escutámos. É extraordinário como o corredor de um hotel fica diferente quando ali estacionamos, em vez de o usarmos apenas como local de passagem. Do interior dos quartos chegavam ruídos: o som de água a correr num duche, o ressonar forte de alguém, gemidos abafados de um casal animado, a música indecifrável de conversas, de entre as quais se destacava uma, mais viva e com pelo menos duas vozes diferentes que se sobrepunham. Vinha do quarto do Daniel, confirmado pelo Miguel que encostara o ouvido à porta, tornando ainda mais estranha a situação do nosso pequeno grupo, parado no meio do corredor, a escutar intimidades que não lhe diziam respeito.

- Estão a discutir, mas não estão a ser violentos. – disse o Miguel, retomando uma posição digna.

- Vamos embora, deixemo-los resolver isto os dois. – ordenou o Afonso, sensatamente. – Não nos metemos antes, não vamos interferir agora.

Obedecemos-lhe e voltámos para baixo. A festa continuava, indiferente às nossas preocupações e ao drama que se estava a desenrolar no quarto 515. Eu sentia-me ansiosa, por múltiplos motivos. No meu pensamento criticava o Daniel, como sempre o fizera. Mas o Afonso tinha razão: nem eu nem ninguém chamáramos o Daniel à pedra face à sua mulher. Tolerávamos as suas leviandades como se não tivessem importância, habituáramo-nos a ele assim, com o lado profissional sério e o lado de macho sedutor, companheiro apaixonado da Julieta mas incapaz de lhe ser fiel. Agora eu pensava no que responderia à Julieta se ela me perguntasse o que é que eu sabia das traições do Daniel. Confidenciei a minha inquietação ao Afonso que a desvalorizou:

- Estás convencida que a Julieta só soube agora que ele a traía? Não achas que ela sabia e foi ignorando, preferiu fingir que não sabia?

- Não sei, houve alturas em que me pareceu que ela sabia, mas depois convencia-me do contrário, ele sempre assumiu tanto estar ao lado dela que imagino que ela colocou a hipótese de serem só fantasias as suas suspeitas.

- Concordo que a paixão dele por ela nunca pareceu vacilar, mas mesmo assim houve demasiadas evidências! Não, Luísa, a mim parece-me que ela apareceu aqui hoje e a esta hora exactamente porque decidiu deixar de fechar os olhos. Ela vinha lá de cima, lembras-te? Foi ao quarto primeiro, provavelmente queria surpreendê-lo na cama com outra.

- É difícil para mim acreditar numa paixão que se manifesta assim. Para mim amar não pode comportar a traição sistemática. Mas eu sei que o Daniel a adora e que vai ficar destruído se ela o deixar.

- Amar não deve comportar traição, sistemática ou ocasional! – reagiu o Afonso.

Encarei-o, porque a sua voz soara zangada:

- Ficaste zangado? Eu não quis defender a traição ocasional, foi apenas uma forma de expressão! Não confias em mim?

Ele abrandou:

- Confio. Tanto quanto sou capaz de confiar em alguém, porque a confiança absoluta é uma tolice.

Esta declaração também tinha muito por onde ser contestada, mas nenhum de nós queria que a experiência dessa noite acabasse a provocar uma discussão nossa, por isso voltámos à questão inicial:

- Acho que o importante é apoiá-los no que eles decidirem fazer. Pode parecer estranho, mas há muitas hipóteses para o resultado do que se passou esta noite. Até há a alternativa de ficar tudo na mesma, acredita em mim. Amanhã podemos ver o Daniel e a Julieta chegarem abraçadinhos ao pequeno-almoço e nunca mais se fala do incidente espanhol. - disse o Afonso.

A Laura, que se aproximara e ouvira esta parte da conversa, comentou escandalizada:

- Isso seria a atitude de uma mulher com muito pouca dignidade.

- Não me apetece fazer julgamentos desse tipo – replicou o Afonso secamente.

Nisto eu concordava com ele, também não queria fazer julgamentos. Divergíamos no sentimento de estar em falta para com a Julieta por não lhe ter dito nada sobre as traições do Daniel e para com este por não lhe ter chamado a atenção de forma suficientemente crítica. Porque houve algumas conversas em que eu lhe censurei as atitudes, mas sempre de uma forma demasiado leve, com a mesma leveza com que ele seduzia as suas mulheres de passagem. Confrontava-me de novo com os limites do envolvimento na vida das pessoas próximas de mim. Até onde é nossa obrigação ir, onde passa a fronteira entre o dever amigo de opinar e a intromissão na privacidade?

No dia seguinte o que se passou foi próximo do que o Afonso previra. O Daniel e a Julieta chegaram juntos ao pequeno-almoço. Não chegaram abraçados, apenas lado a lado, ele a tentar mostrar-se descontraído, ela mantendo a atitude aparentemente desprendida com que o encarara na véspera. O único indício de que algo fora do comum se passava foi o facto de o Daniel, a seguir ao pequeno-almoço ter chamado o "núcleo duro", o Miguel, o Tomás, a Filomena e eu própria e nos ter dito que tinha de partir para Portugal de seguida. Pediu-nos para ficarmos e tomarmos conta dos assuntos que fosse necessário, o que não era difícil, pois a nossa estadia prevista terminava no dia seguinte. Nomeou a Filomena para o substituir na cerimónia de entrega de prémios, e ir receber o troféu, caso nos fosse atribuída alguma distinção. Disse-nos para avisarmos os outros da sua partida. No fim da pequena reunião sorriu com expressão malandra e foi a única alusão que fez aos motivos que o levavam de repente para Lisboa:
- Digam o que quiserem, afinal já toda a gente sabe da emergência sexual que aconteceu, não é?

123

- Tu és sempre o mesmo! – censurou o Miguel

O Daniel sorriu e foi-se embora, ao encontro da sua Julieta. Daí a pouco vimo-los passar com as malas, dessa vez sim, abraçados, como noivos em lua-de-mel.

- Há estranhas formas de amar – comentou o Afonso, que naquele momento teria direito a dizer "eu bem vos avisei".

Era impossível não concordar com ele. Estranha forma de amar! Mas, ao mesmo tempo, aquele incidente e o seu desenlace permitiram-me compreender melhor a qualidade da relação entre a Julieta e o Daniel. Concluíra que aquilo que os ligava estava para além das infidelidades – era como se eles pertencessem um ao outro, como pertencemos à nossa família de origem, através de laços que sobrevivem a tudo porque são de sangue. Como se conseguia uma ligação assim eu não fazia ideia, mas era o que eles tinham. Talvez existisse a *kriptonite* que deixaria a relação vulnerável a ataques destrutivos, mas por enquanto mantinha os seus superpoderes e eu acreditei que como casal, mudando ou não, se manteriam juntos.

Foi atribuído ao Arena o prémio de melhor cenografia e a Filomena foi ao palco recebê-lo orgulhosamente. Pensei que fora um castigo duro para o Daniel, ter um prémio que dizia respeito sobretudo à área do seu trabalho e não estar lá para o receber. Ajuste de contas do destino!

Capítulo XII – Reencontro com a Conceição

Às vezes a nossa passagem, mesmo breve, pela vida das pessoas tem impactos que nem imaginamos. É por isso que temos de ter cuidado uns com os outros e muito respeito pelas relações. Porque podemos ser como *tsunamis*, com o seu ímpeto destruidor ou como pequenas inundações que depois de passarem deixam os solos mais férteis. Comecei a pensar nisto com mais consciência após um encontro com uma antiga colega, que estivera comigo no colégio há três ou quatro anos, a Conceição.

A Conceição fora professora substituta no Colégio Maria Rita, onde eu trabalhava, durante um período muito curto. Saíra na sequência de um incidente com os alunos, numa fase em que eu estava a substituir a dona e directora, a Dra. Celeste. O incidente dera-se porque a Conceição estava a passar por uma depressão e não conseguia ter paciência para os alunos, qualquer perturbação a incomodava ao ponto de se descontrolar. Apesar da minha pouca experiência, fui eu que falei com ela e tive de resolver os problemas criados pela situação. Naquela altura procurei ajudá-la a proteger-se e a retomar a psicoterapia, que interrompera porque não queria ser apelidada de "maluca". Pouco tempo depois de ela sair do colégio, por baixa médica, perdi-a de vista. Telefonei-lhe algumas vezes, para saber como estava, mas como ela não fazia nada para manter o contacto, provavelmente por continuar deprimida, nunca mais nos encontrámos.

Até àquele dia. Estava eu no café do CCB, concentrada a ver fichas dos meus alunos, quando alguém se sentou na cadeira à minha frente e me saudou com um tom muito alegre. No primeiro momento senti-me importunada, tinha aquelas fichas para ver, não podia perder tempo, que me cumprimentassem tudo bem, mas sentarem-se à minha frente trazia uma mensagem que naquelas circunstâncias me incomodava. Era como dizer: "vamos lá falar, tens de parar o que estás a fazer e dar-me atenção!" Levantei a cabeça, com uma expressão apenas amigável o suficiente para não ser antipática e encarei com a Conceição. Mostrava-se claramente satisfeita por me ver e bastante mais bem disposta do que eu a conhecera. Estava com bom aspecto, emagrecera e mudara de penteado. Também gostei de a rever e abri o sorriso, mas as fichas que tinha de acabar de corrigir, para devolver aos alunos daí a dois dias, continuavam a preocupar-me. Tinha tempo para um café rápido e não mais.

Tomámos um café conversando um pouco, ela perguntou-me novidades sobre o colégio, dei-lhe notícias das pessoas que sabia que conhecia. Quando lhe disse que não tinha tempo para continuar a conversar porque tinha de terminar aquele trabalho, surpreendeu-me convidando-me para jantar em casa dela, num dia que me desse jeito. Pensei que não tínhamos sido íntimas a este ponto, mas não fui capaz de dizer que não. A Conceição pareceu ter ouvido os meus pensamentos, porque se justificou:

- Gostava mesmo de falar contigo, conhecemo-nos durante pouco tempo mas foi tão intenso... Foi muito importante naquela altura da minha vida. Não digas que não, por favor. Traz quem tu quiseres.

Disse-lhe que me tinha casado e que levaria o meu marido, se ele pudesse.

- Parabéns! Tu mereces ser feliz. Eu divorciei-me, agora vivo sozinha com os meus filhos.

Deu-me a morada e deixou-me, com as minhas fichas de trabalho. Foi difícil voltar a concentrar-me, porque comecei a pensar na forma como as pessoas passam e influenciam a vida umas das outras. Entre mim e a Conceição fora rápido, mas encontrámo-nos num tempo que para ela era decisivo, estava doente, era mais fácil deixar-se tocar e eu tocara-a. Quis acreditar que tinha dado alguma coisa importante à minha colega e pensei que ela queria fazer o que não conseguira fazer naquela altura, retribuir a minha atenção e tornar-se minha amiga. Da minha parte estava disposta a dar-nos uma segunda oportunidade.

Interroguei-me sobre o que teria acontecido para se ter divorciado. Quando estivera doente falara do marido como alguém que a apoiava, embora ficasse muito impotente perante as suas crises de choro ou de mau feitio. Sem o conhecer, tive pena da separação, o que me fez sentir um bocadinho ridícula. Eu era mesmo assim, todas as separações me entristeciam. No que dependesse de mim as pessoas ficariam juntas para sempre, às vezes até sentia desilusão relativamente à separação de casais que só conhecia da televisão ou de ouvir falar. Tendo em conta que hoje em dia grande parte das relações acabam em separação, eu tinha este sentimento de pena muitas vezes e de cada vez ralhava comigo própria pela parvoíce que não conseguia evitar.

No dia combinado, eu e o Afonso chegámos a casa da Conceição, com uma garrafa de vinho e uma sobremesa de frutas. Estava um pequeno grupo, os dois filhos adolescentes da Conceição e um casal amigo, com uma rapariga, também adolescente. Apesar de não conhecermos ninguém, foi agradável. A comida era excepcional, não fazia ideia que a minha antiga colega cozinhava tão bem. Fez um *vol au vent* de salmão e camarão que era uma delícia. Depois um *strognoff* de frango e por fim um bolo de maracujá com um sabor original. Para quem, como eu, tinha um reportório bastante limitado de pratos comestíveis, este menu era espantoso.

A parte social também correu bem. Os filhos da Conceição eram dois rapazes divertidos e conversadores, tal como os amigos. Falou-se de tudo um pouco: da escola, de política, da crise, da fraca mobilização do povo português para os protestos, em comparação com outros povos do mundo e das alternativas que nós gostaríamos de ver implementadas. Não estávamos de acordo em tudo, o que tornou a conversa mais interessante.

Também falámos das nossas vidas, a Conceição estivera desempregada durante bastante tempo, primeiro fora uma necessidade, depois uma opção, para acompanhar os filhos. Após o divórcio tivera necessidade de trabalhar fora de casa e como não conseguira ser colocada como professora do 1º ciclo, nem no ensino público nem no privado, iniciara um pequeno negócio que estava a desenvolver-se de tal forma que começava a ter necessidade de alguém para a ajudar. Fazia bolos e salgados que vendia, começara por vender a pessoas conhecidas, depois conseguira o contacto para fornecer um pequeno restaurante de hora de almoço e agora já colocava produtos seus em três estabelecimentos, para além das encomendas de particulares. Também aceitava ir cozinhar a casa das pessoas, quando davam festas. Se lhes fazia refeições parecidas com esta não me surpreendia que tivesse bastante sucesso.

No fim do jantar os adolescentes saíram, para tomar café com amigos ali perto. Nessa altura a conversa tornou-se mais pessoal. A Conceição começou a falar da importância que eu havia tido para ela, na época em que trabalhara no colégio da Dra. Celeste e estava com uma depressão.

- Obrigaste-me a encarar a situação de uma forma que eu estava a tentar evitar. Eu culpava toda a gente, zangava-me porque pensava que me consideravam maluca e ninguém compreendia que eu estava mal. Mas quando falaste comigo houve uma espécie de revelação. Tu também não te compreendes a ti própria, disseste-me. Também pensas que se tivesses força de vontade era só quereres e saías disso. Mas não é assim, estás doente, não és fraca ou preguiçosa, estás doente e precisas de respeitar isso. E era verdade, eu passava a vida a auto criticar-me, era mais dura comigo do que qualquer outra pessoa.

Os amigos sorriram e a mulher comentou:

- Ela tem falado muitas vezes de ti como alguém que foi muito importante para mudar a vida dela.

- Que bom! – respondi - Não fazia ideia. Para mim a experiência também foi difícil, era a primeira vez que ficava a tomar conta do colégio, até ali limitara-me a ser a assistente da Dra. Celeste e a dar aulas. Não houve como evitar ter que lidar com aquela situação. Ainda bem que o resultado foi bom. Porque foi tudo muito intuitivo, eu não tinha a certeza de nada do que estava a fazer.

- No que diz respeito ao incidente fizeste o que tinha que ser feito. – disse a Conceição – Comigo é que fez muita diferença. Podias ter-te limitado a mandar-me embora, de baixa, não precisavas de ter falado comigo e tentado ajudar-me.

Fiz uma pergunta que me estava a atravessar o espírito desde a primeira vez que ela falara daquele episódio do passado:

- Porque é que nunca me telefonaste, apesar de eu ter ligado algumas vezes a saber de ti?

O Afonso que ouvia a conversa franziu-me o sobrolho, deve ter achado a pergunta demasiado directa. Mas a Conceição respondeu:

- Estava mesmo mal. Acabei por ser internada durante quinze dias e não era um estado em que eu quisesse ser vista. Não foi só contigo, deixei de telefonar a toda a gente e raramente atendia as chamadas. Quando melhorei já não tive coragem para retomar o contacto com algumas pessoas, pareceu-me que tinha passado demasiado tempo. E a minha vida entrou numa grande mudança, foi quando comecei a perceber que nos íamos separar.

Voltei a ser indiscreta, mas ela estava disposta a falar e ao fazê-lo na frente daquele casal mostrava que eram amigos dela o bastante para partilhar temas muito pessoais:

- Pensei que o teu marido te apoiava. Falavas dele como alguém que se interessava por ti, mesmo que fosse um pouco desajeitado...

- Sim. E apoiou-me. Quando melhorei decidiu que fizera o que devia e podia ir-se embora. Naqueles anos em que estive mal ele envolveu-se com outra pessoa e é com ela que está ainda. Como é que o podia culpar? Eu não tinha sido uma mulher completa durante muito tempo, devo ter sido uma companheira terrível! Havia na nossa vida como que uma nuvem negra que nos envolvia aos dois e ele, mesmo apoiando-me, foi procurar o sol noutro lado. Ajudou-me a melhorar e depois saiu.

- E já estavas com forças para passar por um divórcio? Deve ter sido muito duro para ti.

- Estava a fazer psicoterapia, sentia-me apoiada. Lutei com todas as forças para não me ir abaixo outra vez, só o pensamento de voltar a viver aquela depressão negra que me dominara deixava-me em pânico, tinha de fazer o que fosse preciso.

- Foste corajosa...

- Acabou por ser uma separação amigável. Com os miúdos foi o pior, felizmente conseguimos manter-nos de acordo nas coisas deles e foram-se habituando. Estão muito com o pai, mas na realidade já são crescidos, estão mais com os amigos do que com qualquer um de nós.

- Fico tão satisfeita, Conceição, por te ver com a tua vida a correr melhor. É bem verdade o que se diz, depois da tempestade vem a bonança. Que bom! E a caminho de ter uma empresa de *catering*. É fantástico. Quando eu precisar já tens mais uma cliente, asseguro-te.

Despedimo-nos com a certeza de que voltaríamos a encontrar-nos. Neste final de conversa eu estava comovida. Pensava como era estúpido que a Conceição, sendo professora, fosse obrigada a trabalhar vendendo comida para fora. Que desperdício. Mas ela não me parecera mal com isso, fazer aquela comida maravilhosa também a realizava. E dera a volta às situações difíceis da sua vida, a depressão, o divórcio. Afinal revelara-se uma mulher corajosa.

Que eu tivesse contribuído, mesmo que numa ínfima parte, para a construção da sua coragem, comovia-me. Também apaziguava dúvidas que me assaltavam ultimamente sobre a minha forma de me relacionar com a vida das minhas amigas. Às vezes sentia que me envolvia demais, interessava-me, muitas vezes dizia demasiado frontalmente o que pensava e detestava quando via alguém ter atitudes que me parecia que apenas poderiam conduzir à infelicidade. Como a Conceição dissera, eu não me limitara a resolver o problema que se criara relacionado com a escola, interessara-me por ela, tentara compreender as causas daquela sua estranha reacção. E ao meter-me na sua vida ajudara. Ajudamos sempre? Talvez não, talvez muitas vezes seja mais importante apenas estarmos presentes, ao lado das pessoas e dar-lhe tempo e espaço para decidirem por si próprias. E era nesta fronteira que eu tinha dúvidas. Qual é o limite? Até onde podemos ir quando se trata da vida dos outros? É evidente que nesta altura os meus pensamentos já não diziam respeito à Conceição, era a Sandra que estava no meu espírito.

Enquanto estas reflexões me ocupavam, o Afonso conduzira até casa, respeitando o meu silêncio. Estacionou suavemente o carro e dirigimo-nos os dois para as escadas, atravessando a garagem deserta.

- Vens muito pensativa. – observou, rodeando-me os ombros com o braço, num gesto carinhoso que me soube bem.

- Estava a pensar nisto de a minha vida tocar a vida dos outros e ser-lhes útil. Tenho medo que não seja sempre assim, que por vezes também possa fazer estragos.

O Afonso riu-se:

- Bom, não há dúvida que tu és boa nisso, há imensas vidas na tua vida. Às vezes demais!

- Sou uma metediça, Afonso?

- Não, tens boas intenções! E pelo que disse a tua amiga, bons resultados.

- Não sabia que a tinha ajudado, sinceramente, foi tão fugaz, o nosso contacto.

- Mas ajudaste. Claro que ela também foi capaz de receber as tuas palavras e a tua ajuda, de outra forma nada de novo teria acontecido. Penso que talvez seja o que te falta, às vezes, teres a noção de que só podemos interferir com quem nos deixa entrar. E se a pessoa não estiver ainda preparada para receber o que lhe podemos dar, não tem utilidade. É preciso saber esperar.

- Essa é uma boa perspectiva!

Ele já tinha a sua dose de conversa séria. Estávamos a caminhar a par, enlaçados, ele deu um impulso para nos fazer andar mais depressa e rematou:

- Anda, vem ajudar-me a mim, agora, estou preparado para receber uma noite perfeita, adoro o sexo com mulheres generosas...

Capítulo XIII – O bebé da Sandra

No dia em que a mãe da Sandra me telefonou, a dizer que a filha tinha ido para a maternidade e que o seu bebé estava à beira de nascer, logo que saí do trabalho fui encontrar-me com ela na sala de espera das urgências. Estavam também o pai e a irmã da Sandra do lado da mãe e mais tarde chegou o irmão. Os pais da Sandra tinham estado divorciados uma grande parte da vida dela, até que há alguns anos haviam voltado a juntar-se, separando-se cada um deles do parceiro com que entretanto estava casado. Cada um tivera um filho do segundo casamento, o pai um rapaz, que tinha agora 18 anos e a mãe uma rapariga, actualmente com 20. Não fora fácil para os meios-irmãos da Sandra aceitarem a mudança de situação dos pais, mas ambos tinham um afecto muito especial pela irmã mais velha, o que ajudara à reconciliação. Pelos vistos correra tão bem que agora ali estava a família toda, à espera do nascimento do sobrinho e neto. Pelo telemóvel o ex-padrasto e a ex-madrasta também iam pedindo aos respectivos filhos pontos da situação, acreditei que se o trabalho de parto fosse longo ainda viriam reunir-se a nós. Era mesmo uma família *sui generis*!

Da minha parte tive uma sensação de *déjà vu*, sentia-me uma cliente habitual desta sala, a mesma onde esperara que o Manuel viesse dizer que o filho dele e da Antónia tinha nascido! Há alguns meses a Sandra decidira ter o bebé em Lisboa, para poder ficar junto da mãe nas primeiras semanas, por isso estava naquele hospital, o que era muito melhor para nós, a família e os amigos, pois permitia-nos acompanhá-la de perto. Eu começava a gostar de estar ali, à espera de um novo membro do nosso grupo, era um momento mágico, lembrava-me da sensação que tive ao visitar a Antónia após o nascimento do filho, ela entrara pessoa única e transformara-se em duas com aquele ser minúsculo no berço transparente ao lado da sua cama.

O comité de recepção ao bebé da Sandra era ainda maior e foi crescendo à medida que a tarde avançava. A Antónia que não podia vir enviou o Manuel, o Afonso também se juntou a nós e ali ficámos à espera. O Jacinto a certa altura passou pela sala muito rapidamente, para dizer que estava por pouco e subiu de seguida, porque queria assistir ao parto.

Voltou a aparecer passadas quase duas horas, com uma expressão radiante e anunciou que o bebé tinha nascido! Era um rapagão, media 51 cm, pesava três quilos e oitocentas e era parecido com a Sandra. Esta estava bem, a descansar, ele viera dar a notícia e voltava já para cima. Celebrámos abundantemente o bom sucesso e fomos embora todos com um sorriso nos lábios. É engraçado como é impossível não sentir esperança face ao nascimento de um bebé, mesmo em condições difíceis! Veio-me à memória uma parte de um poema de Guerra Junqueiro:

"Em tudo o que alvorece há um sorriso d'esperança
Candura imaculada!...
E quer seja na flor, quer seja na criança

135

No dia seguinte fui visitar a mãe e dar as boas vindas ao filho. No primeiro momento em que vi aquele bebé robusto e carequinha, a dormir sossegado debaixo da asa da minha amiga, transformada em mãe, foi como se recebesse um choque: o bebé tinha a cara do Joan! Era tão evidente que não precisava de testes de DNA ou de análises de qualquer tipo: era como olhar para o Joan em ponto pequeno. Continuando a fixá-lo o impacto revelador do primeiro olhar perdia-se, mas acontecera, era impossível iludi-lo.

Dirigi-me para a Sandra e dei-lhe o ramo de flores que trazia, ao mesmo tempo que perscrutava a sua expressão. Ela ficou de tal modo parada e inexpressiva que percebi que também já vira o que eu acabara de ver. Mas não queria falar sobre isso, pois agradeceu as flores e iniciou uma conversa sobre o parto, como fora difícil e maravilhoso ao mesmo tempo, os pontos que tinha, as orientações que as enfermeiras lhe haviam dado sobre como fazer subir o leite e habituar o bebé à amamentação e outros assuntos da mesma natureza. Eu só entendia esta conversa porque acompanhara há pouco tempo o nascimento e os primeiros meses do Pedrinho, de outra forma teria sido uma variante do chinês!

Ainda lá estava quando apareceu o Jacinto, que fora a casa durante algumas horas. Mostrou-me orgulhosamente o bebé, fez-me admirar o corpinho redondo e forte. Enquanto ele falava entusiasmado eu ia ficando atrapalhada e com vontade de sair dali. Quando é que a Sandra iria desfazer o equívoco que agora nós as duas sabíamos que era real? Queria rir-me, dizer coisas divertidas, manifestar alegria, mas as minhas

---

[6] Guerra Junqueiro, excerto do poema *"O Primeiro Filho (carta ao amigo Bernardo Pindela)"*

reservas aumentavam. Despedi-me logo que pude e, já cá fora, respirei fundo e começou a crescer em mim de novo a ideia maluca que afastara tantas vezes nos últimos meses: era preciso que o Joan soubesse deste nascimento. Por ele, pelo bebé e até pela Sandra que, se deixasse as coisas como estavam, ia envolver-se num beco sem saída.

No átrio esperei pela Antónia que me telefonara a dizer que estava a chegar. Pensei em falar com ela sobre a parecença inequívoca que tinha observado do bebé da Sandra com o Joan e perguntar-lhe o que pensava da hipótese de falarmos com ele. Tive medo da reacção dela, que me dissesse que estava a desrespeitar a vontade da Sandra e a meter-me na vida dela de forma intolerável.

Era um dilema muito difícil. Até que ponto temos o direito de interferir com a vida dos nossos amigos, mesmo quando achamos que estão a fazer grandes asneiras? Se a Sandra tentasse suicidar-se, tomasse drogas destrutivamente, se tivesse uma doença e recusasse tratar-se, tenho a convicção que isso não ofereceria dúvidas, nem a mim nem à Antónia: tomaríamos medidas, pois eram casos de vida ou de morte. Mas não havia riscos tão graves envolvidos. Embora a vida dela, do filho e do Jacinto pudessem ser bastante prejudicadas. A do Joan menos, mas apenas por causa da ignorância em que se encontrava. Optei por não dizer nada à Antónia e esperar que ela própria visse o bebé. Custou-me, porque há pensamentos que é muito difícil guardar só para mim. Sempre fui assim, tenho de desabafar, de falar com as pessoas, de recolher opiniões, quando o que me preocupa me traz emoções fortes. E este assunto emocionava-me.

A separação da Sandra e do Joan entristecera-me imenso. Passara muitas férias de Verão com eles, ambos foram muito importantes para mim quando acabei com o Zé e passei uma longa época de solidão. A Sandra era minha amiga há tanto tempo que nem me lembrava da minha vida sem ela. O Joan conhecera-o quando a Sandra começara a namorar com ele, nos nossos vinte anos, mas ele comportara-se sempre como um grande amigo, tanto em tempos de diversão como de desgostos. Habituara-me a contar com eles juntos, admirava-os como casal, admirava a forma como se tinham atrevido a ficar juntos apesar da distância, admirava a capacidade de tolerar desconfortos por amor.

Mantivera a esperança de os ver reatar, ao longo da gravidez da Sandra acreditei que um dia o Joan ia reaparecer, arrependido de ter acabado a relação, procurando recuperá-la. Estava convencida que nessas condições ela o aceitaria de volta e que a história teria o único final que me fazia sentido e que, na minha opinião, seria o final feliz. Passei horrores porque não me atrevi a contar a ninguém esta fantasia, não podia, porque toda a gente, à excepção da Antónia, acreditava na versão assumida pela Sandra do pai do bebé ser o Jacinto. E se havia um bebé do Jacinto era natural que a relação a conservar fosse a relação com ele. Nem falei à Antónia pela mesma razão que não lhe contara agora o que vira no rosto do recém-nascido, porque como ela aceitara facilmente a opção da Sandra de atribuir a paternidade ao Jacinto, temi que me considerasse intrometida. E também porque às vezes eu própria criticava esta fantasia, achava que derivava de uma visão romanceada da realidade e que me colocava na posição infantil da menina que não quer que os pais se separem. No meu diálogo interior ralhava comigo própria e chamava-me à razão, mandava-me parar com os filmes e aceitar a realidade. O que tinha a fazer era tentar habituar-me ao Jacinto, se lhe desse uma hipótese provavelmente gostaria dele, era bom rapaz e tinha ficado ao lado da Sandra, mesmo quando fora surpreendido pelo anúncio daquela gravidez.

Porque quando a Sandra voltara para Vila Real, com a informação do médico de que o teste de paternidade só se fazia após o nascimento, tomou a decisão que ainda hoje mantinha: não ia falar com mais ninguém sobre a dúvida. Quando tivesse de ser ia anunciar a gravidez, se o Jacinto assumisse que era dele deixá-lo-ia com essa convicção e não haveria testes nenhuns, não haveria stress e "cenas", partilharia com ele o bebé, quer decidissem ou não ficar juntos. Apenas seria de outra forma se o Jacinto colocasse alguma questão.

O que aconteceu foi que o Jacinto ficou muito satisfeito com a notícia da gravidez, não levantou nenhuma dúvida e propôs-se casar com a Sandra assim que ela quisesse. Ela não quis casar, porque lhe pareceu desnecessário, mas aceitou tudo o resto. Ficou muito mais tranquila, deixou-se ir na alegria da gravidez e dos preparativos para a chegada do bebé, para os quais passou a ter a ajuda empenhada do novo namorado. A família em Lisboa, embora surpreendida, também ficou contente. Lamentavam que ela estivesse tão longe, a mãe da Sandra queria muito estar presente a apoiar a filha naquele período, mas tinha de esperar que ela viesse às consultas a Lisboa, uma vez por mês, para ver a barriguinha crescer e dar uma ajuda na preparação do enxoval.

O tempo passara, tudo parecia bem como estava. Havia às vezes uma sombra no olhar da Sandra, uma ruga de preocupação que se desenhava no rosto, uma certa amargura perceptível na tensão dos lábios. E instalou-se um silêncio longo em relação a mim e à Antónia, que nunca existira antes, em todos os anos que ela passara, até ali, em Vila Real. Como se nós lhe lembrássemos a dúvida que queria esquecer. Quando vinha a Lisboa deixou de vir para a minha casa e passou a instalar-se em casa dos pais que arranjaram um quarto para ela ficar. Tinha lógica, porque a mãe podia apoiá-la muito melhor do que eu, mas penso que evitar proximidade comigo também pesou nesta mudança.

Quando a Antónia desceu da visita eu esperava-a, encostada a uma parede do átrio. Estava ali há mais de meia hora e não sentira o tempo a passar. À minha volta pessoas movimentavam-se em várias direcções, umas esperavam pelo elevador, com ramos de flores na mão, exibindo sorrisos abertos ou conversando alegremente com os companheiros. Outras tinham expressões tensas e preocupadas, imagino que visitavam pessoas que estavam internadas por razões menos felizes do que o nascimento de bebés. Médicos, enfermeiros e funcionários diversos também atravessavam o átrio, apressados nos seus afazeres profissionais, entravam por portas misteriosas vedadas aos comuns mortais que não tinham bata e transportavam ramos de flores ou preocupações. Indiferente à azáfama que se desenrolava à minha volta, porque estava focada na confusão dos meus pensamentos, eu esperara pacientemente que a Antónia descesse. Quando finalmente a descortinei, no meio de uma pequena multidão que saía do elevador número dois, fui ao seu encontro e apressei-me a perguntar-lhe:

- Então, o que achaste do bebé?

Fixou-me, parecendo não compreender a minha questão:

- Achei uma coisinha fofa! É enorme, maior do que o meu. Agora estava a começar a mamar, vim-me embora pois sei como é importante o sossego e a intimidade nestas primeiras mamadas!

Aquilo não me interessava, queria saber se ela tinha reparado nas parecenças com o pai, mas estava com dificuldade em perguntar-lhe directamente:

- Com quem o achaste parecido?

- Não consegui perceber. Nunca fui boa para ver parecenças e num bebé recém-nascido muito menos. Quando o Pedro nasceu toda a gente disse que era parecido com o Manuel, mas eu não conseguia ver isso. Mas se for parecido com alguém é com a Sandra, com o Jacinto não é, ele é moreno e o bebé é loirinho. Como a mãe!

Não resisti mais, tinha de partilhar pelo menos isto com a Antónia. Podia guardar para mim todo o resto das fantasias, mas nisto queria saber o que ela tinha observado:

- Quando entrei no quarto e lhe lancei o primeiro olhar tive a sensação de estar a ver uma miniatura do rosto do Joan, na cara do bebé! E tenho quase a certeza que a Sandra também notou. Tu viste? Não te lembrou o Joan?

- A sério, pareceu-te? Tens a certeza? – acenei firmemente com a cabeça para cima e para baixo – Não tive essa visão! Mas lembro-me de ter lido em algum lado que os bebés nascem parecidos com os pais, como uma espécie de sinal biológico, a forma que a natureza encontrou de assegurar os homens da sua paternidade. Meu Deus, isso traz de novo o problema. Estava com esperança que ele fosse parecido com o Jacinto ou apenas com a Sandra e que as dúvidas pudessem desaparecer de todo!

- Podemos ignorar a questão, como a Sandra está a tentar fazer, mas não sei se é a melhor solução.

- É a via que ela escolheu!

- E será solução de todo?

Como eu já adivinhara, a Antónia pensava que o melhor era respeitar o que a Sandra fizesse. Nem lhe passou pela mente a minha ideia de falar com o Joan ou de insistir com a Sandra para ela falar. Quando abordei esta segunda hipótese observou, com uma certa lógica, que ainda não sabíamos a posição definitiva da Sandra. Tive de concordar com ela e concluímos, as duas, que devíamos esperar e deixar que fosse a Sandra a falar connosco sobre o assunto, antes de insistir para que tomasse alguma atitude.

Capítulo XIV – O despertar de Julieta

Poucos meses depois dos acontecimentos em Santiago de Compostela, no final de Agosto desse ano, estávamos todos muito bem vestidos a assistir ao casamento da Julieta e do Daniel, que foi um evento social com direito a reportagem em revista cor-de-rosa e tudo. Juntando-se a ausência de notícias característica do Verão ao facto de o Daniel ser conhecido nos meios artísticos, pela sua qualidade de encenador de um grupo de teatro com um percurso de produções consistente, uma revista fez uma proposta de reportagem aos noivos. Estes decidiram aceitar, pois dessa forma conseguiram angariar o dinheiro que precisavam para realizar a festa e, ao mesmo tempo, o Daniel tinha a possibilidade de aumentar a visibilidade do grupo de teatro que dirigia.

No curto prazo tivemos a prova que a publicidade compensou, o número de espectadores do Arena teve um aumento importante no seguimento da reportagem do casamento, voltando pouco depois ao ritmo habitual, pois não tínhamos dinheiro para gastar na compra de espaço publicitário. Alguém chegou a sugerir que, como não havia mais núpcias em perspectiva, deveríamos arranjar escândalos sexuais ou criminais para voltarmos às páginas das revistas, mas nunca conseguimos passar das palavras à acção. E afinal havia outro casamento à beira de acontecer, nós é que não sabíamos e os candidatos a noivos queriam mais discrição. Desse falarei mais tarde, de momento é na Julieta e no Daniel que me quero concentrar.

A festa deles foi uma celebração exuberante da paixão, após o período difícil que o casal passara. Foi numa mansão fabulosa dos arredores de Lisboa, propriedade de família de um amigo do Daniel que a cedeu para a cerimónia e a festa. Uma empresa de produção de eventos tratou da organização, em conjunto com os noivos, e tudo se passou ao ar livre, nos terrenos que rodeavam a mansão. Esta tinha um parque enorme e fresquíssimo, com duas áreas diferentes. Na zona mais próxima da casa, havia um jardim de estilo francês, com canteiros de buxo recortado preenchidos com flores, estátuas em tamanho natural de figuras humanas, colocadas em nichos de pedra e lagos com nenúfares e peixes vermelhos, junto dos quais bancos de pedra convidavam à contemplação. Na zona mais afastada da casa o jardim transformava-se em mata, com árvores frondosas, arbustos e um canal com vários desníveis criando pequenas cascatas que espalhavam a sua música líquida no silêncio vegetal. Se estivéssemos de costas para o edifício, colocado numa das extremidades do parque, poderíamos convencer-nos que estávamos na mata de caça de algum domínio do sec. XIX, pelo aspecto selvagem da vegetação e amplitude do espaço.

Numa larga clareira que, na época áurea daquela casa, teria sido o local onde se apeavam das carruagens os aristocratas que nela viviam ou que a frequentavam, estava colocada uma tenda, aberta, com os panos laterais recolhidos, permitindo que o ar circulasse, utilizando-se apenas a parte do tecto, para proteger os convidados do sol. Filas ordenadas de cadeiras dispunham-se sob a lona e um dossel esvoaçante delimitava uma zona que estava de frente para as cadeiras. A tarde estava quente, sem temperaturas extremas, por isso tudo aquilo resultava muito agradável.

Depois de os convidados se terem instalado nas cadeiras, conduzidos por crianças vestidas de branco com faixas coloridas na cintura, ouviu-se música que partia do dossel fechado, este abriu-se e revelou o Daniel, com a mãe e o Miguel ao lado, os seus padrinhos. Estavam virados para nós, o Daniel claramente nervoso por se ver no centro das atenções de toda a gente, o Miguel mais à vontade, estava habituado a ter espectadores e naquele dia não era o artista principal.

Ao observar todo o cenário em que nos encontrávamos e esta entrada do noivo, a que se seguiu a da noiva, igualmente espectacular, pensei que era uma grande encenação e que o Daniel se devia ter divertido a construir tudo isto, mas que talvez tivesse preferido fazê-lo para outros serem protagonistas, como fazia no seu dia-a-dia. Porém neste dia era ele que estava na ribalta, e a sua noiva, dentro em pouco sua mulher.

Após a música do noivo começou a tocar a da noiva. Não era a marcha nupcial, como todos esperávamos, era a canção antiga dos Dire Straits, "Romeo and Juliet", uma das preferidas da Julieta. Ao som dessa canção, tocada no piano que agora podíamos ver, colocado no lado direito do dossel, vinda da parte de baixo da casa, surgiu a Julieta, pelo braço do pai e com as crianças vestidas de branco atrás dela, cada uma com uma flor na mão, com as mesmas cores das suas faixas mas baralhadas: a da faixa azul levava a flor amarela, a da faixa vermelha a flor azul e assim por diante. No ramo da Julieta todas essas cores se misturavam criando um efeito de arco-íris muito bonito. Atrás das crianças, fechando o cortejo, iam os padrinhos da noiva que eram a sua irmã mais velha e o marido. Toda aquela gente se distribuiu pelo espaço sob o dossel e o pai, num gesto tradicional, entregou a noiva ao noivo, dando depois um passo atrás.

O Daniel recebeu o braço da Julieta e olhou-a, com tanta doçura, que me veio novamente à memória a frase do Afonso: "Há estranhas formas de amar". Porque ninguém podia duvidar da paixão que ele sentia por ela e, no entanto, durante anos coleccionou traições com raparigas ocasionais de que não gostava nem uma milésima do que gostava da Julieta!

Não fui só eu que tive sentimentos duplos sobre o momento. O Tomás, sentado ao meu lado na fila de cadeiras da tenda, ao ver passar a maravilhosa Julieta recitou baixinho, no meu ouvido:

"A linda noivinha
no altar se casará
com o rapaz que fez tudo
pra não ir até lá."[7]

Confesso que achei graça ao poema, bastante apropriado. Mesmo assim ralhei ao Tomás:

- Não sejas maldoso, ele está ali porque quer. Muitas mulheres desejariam um amor assim.

- Espero que tenhas razão! – respondeu o Tomás com uma expressão contrita – Desculpa, não resisti, não digo mais nada do género, prometo.

A Julieta estava muito bonita. Tinha o cabelo apanhado e semeado de pequenas flores brancas, mas com as pontas soltas, fazendo caracóis que lhe emolduravam o rosto fino. A

---

[7] *"Poeminha Nupcial"* de Millôr Fernandes

maquilhagem era tão natural que parecia quase inexistente, o que lhe dava um aspecto muito jovem. O vestido era branco, de um tecido leve, com alças, que deixavam os ombros bronzeados à vista e valorizavam o colo, com o peito cheio e firme. Para baixo era largo, ao mesmo tempo disfarçando e revelando a barriguinha de 4 meses. É verdade, uma das consequências do episódio espanhol, como passou a ser conhecido entre o nosso grupo, foi a gravidez da Julieta, o sexo da reconciliação trouxera a novidade que prometia mudar ainda mais a vida daqueles dois e deixá-los indissoluvelmente unidos.

Nessa época, antes do casamento, muitas mudanças já tinham acontecido, a Julieta despertara e mostrou-se disposta a transformar o seu mundo. Só percebemos isso em Lisboa, quase sempre por via indirecta, pelas consequências que as suas exigências tinham sobre o comportamento do Daniel e pelos desabafos deste quando, nas noites após o espectáculo, em vez de seduzir mulheres, como antigamente, virava uns whiskies e se tornava tagarela.

A Julieta nunca me veio pedir contas do que eu sabia ou não sabia, o que foi um alívio. Tal como o Afonso sugerira, provavelmente ela soubera de muitas coisas que fora ignorando, só ela poderia dizer porquê. Eu imaginava que o fizera para proteger a relação, para se proteger a si própria da dor ou porque não se sentia com forças para lidar com os conflitos que inevitavelmente surgiriam quando tomasse posição. Quando finalmente decidiu despertar, impôs ao Daniel um novo respeito. Uma das coisas que se soube que lhe dissera foi que, a partir dali, por cada vez que ele a enganasse ela faria o mesmo, à vista de toda a gente e sobretudo à vista dele próprio, Daniel. É difícil de explicar e entender, mas o Daniel

147

tinha pavor de ser enganado. Aliás, penso que fazia parte da sua devoção pela Julieta a fidelidade dela, inquestionável. Um dia numa daquelas conversas em que eu lhe censurava o comportamento com as mulheres perguntei-lhe como é que ele se sentiria na posição contrária, se a mulher dele desse "umas voltas" com este ou aquele, mesmo que fossem experiências de uma noite só. Ele reagiu zangadíssimo, disse para não dizer uma coisa daquelas nem a brincar, não tinha a mínima razão para duvidar da Julieta e nunca admitiria uma coisa assim. Nessa conversa revelou-se um Daniel machista que me estarreceu, só todos os outros aspectos bons que conhecia dele me ajudaram a contrabalançar aquela parvoíce antiquada e provinciana e continuar a ser sua amiga. Actualmente a Julieta encontrara nesta atitude uma arma que virou contra ele. Disseram-me que ela lhe mostrou mesmo uns *mails* em que um antigo colega da Faculdade manifestava a sua admiração por ela e a convidava para jantar, dizendo:

- Se eu sei de mais alguma história, mesmo que dure apenas meia-hora, aceito este convite ou outro qualquer que esteja à mão. E não volto nessa noite.

- Não eras capaz disso! Eu amo-te tanto! – terá respondido ele, incrédulo e a tentar dar-lhe a volta.

- Experimenta-me! – respondeu a Julieta, olhando-o firmemente e deixando-o preso numa dúvida que ele nunca quereria testar.

A outra exigência foi o casamento, feita ainda antes de saber que estava grávida. Aliviado, porque esta imposição não implicava testes tremendos à sua tolerância masculina, pelo contrário, no seu pensamento retrógrado, prendia a companheira a um compromisso de fidelidade, o Daniel concordou e começaram rapidamente a preparar o enlace. Depois surgiu o anúncio do bebé e ele recuperou ainda mais um certo à vontade: gravidez e casamento tornavam praticamente impossível a concretização da primeira ameaça da Julieta, não por ela renunciar à vingança, se fosse caso disso, mas porque na imaginação dele nenhum homem a desejaria naquele estado.

No meio de tudo, mudanças, preparativos e algumas noites com excesso de álcool, dávamo-nos conta da satisfação do Daniel e do florescimento de facetas que até aí lhe desconhecíamos. Ele, que nunca se sensibilizara muito com bebés – e vivíamos num tempo em que havia inúmeros nascimentos entre os nossos amigos, concretizados ou anunciados – passou a interessar-se pelo assunto. Fez-me perguntas sobre os hábitos de dormir dos bebés das minhas amigas Antónia e Sandra, quando é que começaram a dormir toda a noite, até quando é que se dá de mamar e questões do género. Confesso que me diverti a pintar-lhe o quadro negro informando-o que nenhuma delas dormia mais do que três horas de seguida há meses, que os bebés podiam mamar até aos três anos, que havia noites em que choravam sem parar e era preciso os pais revezarem-se a pegar-lhe ao colo. Ele fazia uma expressão horrorizada e ficava ensimesmado durante algum tempo, até que começou a preferir fazer perguntas ao Afonso que era pediatra e não lhe dava respostas tão terríveis.

Por alturas do casamento parece-me que as novidades já estavam mais digeridas por todos, os noivos, os familiares e os amigos, que haviam alcançado a sensação de que as nuvens negras tinham sido afastadas pelas forças de vida. O alívio era grande e o desejo de diversão também, ingredientes que só podiam dar uma festa gloriosa, mesmo um pouco louca. A partir de certo momento da noite, esquecemo-nos das objectivas da revista de bisbilhotices e tudo foi ficando mais autêntico e menos encenado. O sítio merecia ser amplamente saboreado, podiam passar muitos anos antes de voltarmos a ter a oportunidade de estar num cenário tão fantástico, numa noite de Verão com aquela qualidade etérea e mágica. Comemos, bebemos, dançámos muito!

A noite ia avançada, muitos convidados foram abandonando a festa e ficou apenas o grupo dos amigos mais íntimos que, em grande parte coincidia com o nosso grupo de teatro. Sentei-me com o Afonso num banco do jardim barroco, junto ao lago maior, onde ficámos longos momentos a olhar as estrelas. Passaram por nós, discretamente lado a lado, o Amílcar e o namorado, que tínhamos conhecido apenas naquele dia. Sentaram-se também. O Miguel e a Rita trouxeram duas cadeiras de braços e juntaram-se a nós. Estava-se bem, ali, entre amigos. Chegavam-nos odores agradáveis, era o cheiro dos pinheiros, das sebes e das flores, tocadas pela humidade da noite. De vez em quando, trazido pela brisa, acentuava-se um perfume a lavanda e alecrim que logo se desvanecia.

Os casamentos são sempre ocasiões românticas para os apaixonados que neles participam, aproximam-nos, fazem-nos sonhar com a sua própria festa – passada ou futura - e com a felicidade e o amor eternos. Como as gravidezes e os nascimentos, os casamentos geram esperança. Este não foi excepção. Rodeados de sebes de buxo recortado e canteiros trabalhados, com as grandes árvores lá mais à frente a elevarem sombras algo fantasmagóricas na escuridão e o céu cheio de estrelas por cima das nossas cabeças, falámos do amor, dos astros que dizem que traçam os destinos, dos nossos amigos que desejávamos que fossem felizes, em suma, conversámos sobre a vida tal como a desejávamos, muito mais do que como ela era.

Deixar correr a fantasia, não seria no fundo a única forma possível de terminar aquele dia, em que após um longo caminho a Julieta e o Daniel se comprometiam formalmente, para a saúde e para a doença, para a felicidade e para a tristeza e prometiam fidelidade um ao outro? Aquele era o dia em que o desejo triunfara contra a realidade, em que a magia vencera sobre os pés na terra, em que podíamos acreditar em milagres... Não era pois tempo de assentar. Olhemos para a estrelas e apreciemos a imensidão do universo, noutra altura nos ocuparemos das desilusões terrestres.

Capítulo XV – A criança e o palhaço

Estar sentada numa esplanada no paredão de Carcavelos, em final de um Setembro quente, sozinha, à espera do pôr-do-sol, pode ser um momento maravilhoso de relaxamento. Foi o que me aconteceu num sábado à tarde, em que toda a gente parecia ter muito que fazer e compromissos exigentes de que eu não fazia parte. O Outono mantinha a forma de Verão e o sol espalhava os seus últimos raios ainda quentes, por isso, em vez de ficar em casa a sentir-me abandonada, fui pela Marginal até à praia, levei um livro e sentei-me na esplanada, a aproveitar a tarde para saborear a tranquilidade de um momento raro, sem nada para fazer nem ninguém para correr atrás.

O Afonso costuma dizer que na minha vida está sempre a acontecer alguma coisa. E tem razão. Mas penso que é assim porque a minha vida está ligada à de muita gente. Acho que não saberia existir com poucas pessoas à minha volta, tudo ficaria demasiado deserto. Os meus amigos, a minha família: os pais, os manos, os tios, os primos, a avó, o meu marido... Preciso deles todos. Surge-me um pensamento mau que no entanto me desperta um sorriso: a sogra dispensava! Mas sinto remorsos, afinal ela é responsável por ter posto o Afonso no mundo, tenho de tentar perdoar-lhe o resto! Sogra à parte, todos os outros me são necessários e gosto de sentir que também sou necessária para eles.

Talvez às vezes seja demais. Lembro-me de um sonho que tive pouco tempo depois do casamento, um sonho cheio de gente, que me surpreendeu por ser menos agradável do que a realidade que eu estava a viver naquela época: No princípio do sonho estávamos numa casa parecida com a casa da avó, na aldeia, tinha um espaço verde enorme à volta, árvores de fruto, legumes cultivados, flores e até a capoeira das galinhas, num recanto lá ao fundo. Eu e o Afonso estávamos no quarto que, para além da cama tinha um sofá de três lugares. E nesse sofá havia pessoas sentadas, alguns amigos, o meu pai. Nós queríamos ficar os dois, mas eles não se iam embora. Tivemos que mandá-los embora, eles resistiam, desapareciam do quarto mas ficavam por ali, sentíamos a sua presença. Até que me levantei e fui apagar as luzes de todas as divisões à volta do quarto e a do quintal. Acordei quando, no sonho, me instalava novamente na cama e naquele momento a presença de todas aquelas pessoas, mesmo em sonhos, irritou-me, porque as senti como entraves à intimidade com o meu marido. Talvez seja isto que o Afonso sente quando se queixa. Eu, na maior parte do tempo, sinto as pessoas como uma bênção.

No entanto aquele momento de solidão sabe-me bem. Tenho à minha frente um chá, que vou bebendo devagar, penso na vida e observo o que me rodeia. O mar está calmo, quase sem ondas, o que é pouco habitual nesta época do ano. À medida que o sol desce, do meu lado direito, as cores mudam, o azul esverdeado do oceano ganha cinzento, o céu tem linhas vermelhas para as bandas do poente, amanhã vai estar bom tempo e calor, que magnífico mês está a ser Setembro, podemos deixar os casacos mais umas semanas guardados nos baús e continuar a mostrar a pele bronzeada.

O meu olhar abandona a tranquilidade do mar e volta-se para terra. No paredão, como numa passarela plural, passam personagens que povoam a tarde. Um casal de meia-idade, bem vestido, avança ao ritmo lento dos saltos altos dela, em direcção a algum encontro de amigos. Vão de mãos dadas e em silêncio, parecem já ter esgotado as conversas mas não o carinho. Um ciclista estranhamente aperaltado rodeia-os e acelera, numa bicicleta alta, que parece saída dum filme da *belle époque*, a condizer com ele que é esgalgado, incrivelmente esguio, como uma figura de Giacometti em movimento. Duas mulheres em fato de desporto atravessam o meu campo de visão, em passo de corrida e a conversar, num exercício difícil que as deixa duplamente ofegantes. Cruzam-se com uma outra e param, conhecem-se, conversam um pouco e riem juntas. Depois as corredoras retomam o ritmo que lhes tira o fôlego.

Na areia, uma criança faz cambalhotas e pinos, sob o olhar enlevado dos pais, recostados nos *puffs* da esplanada. Pára quando um palhaço, com um boneco de ventríloquo debaixo do braço, percorre o paredão até à escada que conduz ao parque de estacionamento. A criança segue-o com olhos surpreendidos e apelativos, imagino que deseja que o palhaço se detenha e faça ali mesmo um espectáculo só para ela. Infelizmente ele não presta atenção, por hoje acabou o dia, sobe a escada e some-se para além do muro. A criança parece prestes a chorar, decepcionada. Mas após um momento encolhe os ombros e vira-se para os pais:

- Papá, mamã, olhem, agora vou fazer uma coisa diferente!

E começa a tentar fazer a "roda", insistindo até conseguir uma quase perfeita. Penso na diversidade das pessoas e dos seus destinos e como isso faz parte da beleza da vida. A diversidade e o imprevisível, temperos às vezes assustadores mas no fundo fonte da criatividade. É quando aquilo com que contávamos nos falha que nos superamos para encontrar alternativas que nunca tínhamos pensado antes.

Pergunto-me se tenho sido capaz de ser como a criança, aceitar e encontrar alternativas quando o que desejava não acontece. Ou serei eu uma ressentida que luta com a realidade quando ela não se conforma aos seus desejos? Consigo descobrir em mim as duas formas de ser, mas fico feliz por reconhecer que, na maioria das experiências, sou capaz de me adaptar e procurar outras vias. A realidade não me derrota facilmente, quando acontece não fico em luta interminável com ela.

É curioso, depois de me dar conta da presença daquela criança de carácter tenaz começo a perceber que a praia e o passeio estão repletos de crianças e bebés de todas as idades. Chegam nos seus carrinhos ou pela mão dos pais, mais agasalhados do que me parece natural num dia com aquela temperatura, mas que sei eu, os bebés devem ter mais frio do que os adultos, são tão pequeninos e frágeis. Como que a desmentir esta ideia de fraqueza, uma criancinha, talvez de três anos, empurra com firmeza o seu próprio carrinho vazio, não há vestígios de fragilidade nela, apenas o tamanhinho xxs e o corpinho rechonchudo. A expressão é determinada, empurra com toda a sua força a cadeirinha que era suposto transportá-la, como se afirmasse a sua autonomia recentemente conquistada.

Sorrio sozinha, pela admiração que me despertam os comportamentos independentes destas meninas, a que faz a roda até lhe sair bem e aquela que empurra o carrinho treinando o andar, em vez de ir comodamente sentada. "Luísa, não estás mesmo preparada para ser mãe", penso, com um tom crítico que poderia ser o de alguma das minhas colegas do colégio ou das tias que insistem em perguntar-me quando me decido a ter um bebé. Nos dias de mau humor tenho vontade de responder "deixem-me em paz com essas perguntas idiotas", nos dias de tranquilidade dou uma qualquer resposta evasiva e brincalhona. Para uma colega mais insistente inventei uma vez que era estéril, pedindo-lhe que não dissesse a ninguém porque não me sentia à vontade com isso. Desde então nunca mais se referiu ao assunto. Eu tive de ir a correr procurar madeira para bater três vezes e passei uma noite difícil, a pensar no que a minha mãe me dizia sobre as mentiras se virarem contra a pessoa mentirosa, como uma praga que faz ricochete e retorna ao amaldiçoador. Mas ela mereceu!

O que me faz sorrir, no momento em que o meu olhar descortina uma invasão de infantes ao areal de Carcavelos, é a percepção que tenho de que as crianças que considero admiráveis são as que manifestam determinação e autonomia, as que são menos dependentes. É daí que vem o pensamento censurador, o sentimento de não estar pronta para a maternidade. Compreendo que a dependência e a fragilidade, características intrínsecas dos bebés e das crianças, me assustam, tenho medo de não ser capaz de lidar com elas, de lhes pegar mal, de responder mal, de ficar sem saber o que fazer.

No princípio da minha adolescência nasceu-me uma irmã. E foi muito bom, tenho ideia que lhe pegava ao colo, que brincava com ela desde muito cedo, ainda no berço e depois no chão do quarto. Mas ela era a filha da minha mãe, que cuidava dela e vigiava as nossas brincadeiras. Só quando a Joana ficou mais crescida, se calhar capaz de empurrar o seu próprio carrinho de bebé, é que a mãe me deixou ficar a tomar conta dela algumas noites, em vez de chamar uma *baby sitter* ou uma das tias. Actualmente, as minhas duas amigas mais próximas tiveram bebés, o último há dois meses e achei-os lindos, ao longe. Levei algumas semanas para me atrever a pegar no Pedrinho e só essa experiência me permitiu ser mais rápida com o bebé Carlos. Não sei como seria com um bebé "filho da Luísa", porque não teria ninguém a quem o passar quando já não me sentisse segura com ele ao colo. Repreendo-me novamente por este pensamento: claro que teria, o meu marido, o homem que será o pai dos meus filhos, é pediatra! A vida dele são os bebés! Mas a questão é que eu não quero passar um filho meu para o colo de ninguém por insegurança. Por vontade de partilha sim, por insegurança não.

Eis a razão porque aguardo, minhas tias e colegas. Aguardo o dia em que vou gostar mais de ver um bebé dentro do carrinho do que a empurrá-lo, porque será o dia em que me sentirei preparada para ser mãe. Se tenho dúvidas que esse dia chegue? Penso que não. Vou esperá-lo com tranquilidade, tenho a certeza que saberei quando ele chegar.

O telefone a tocar interrompe as minhas reflexões solitárias. É o Afonso que está quase despachado do turno das urgências e quer saber onde estou. A mãe dele telefonou a confirmar que vamos lá jantar, como combinado antes. Claro que vamos. São tão importantes para ela estes momentos, em que pode voltar a usufruir do filho de que sente falta. Estou convencida que ela me dispensava de boa vontade, mas o Afonso não dispensa, por isso acompanho-o.

Ao sair da praia sinto que estou também a sair do Verão. Não é provável que haja muitos mais dias destes até ao próximo ano. Tenho pena, gosto do tempo luminoso e quente e de tudo o que o acompanha. A maior parte das crianças está também a retirar-se. No parque de estacionamento inúmeros pais e mães ajeitam trabalhosamente bebés e crianças nas cadeirinhas dos carros. Eu limito-me a abrir o meu e instalar-me a mim própria no lugar do condutor. Estou na estrada antes de todos. Por enquanto é bom, é assim que quero e gosto. Até um dia!...

Capítulo XVI – A vida é complicada

Numa segunda-feira, no intervalo do almoço, a Dra. Celeste sentou-se ao pé de mim no refeitório e comunicou-me:

- Luísa, vai haver um Encontro sobre educação em Barcelona e convidaram-me para apresentar o projecto que temos sobre o ensino artístico como meio de desenvolvimento da motivação para aprender e eu quero que vá lá, pois é a grande impulsionadora desse trabalho.

Fiquei dividida. Barcelona! Era onde eu queria ir há vários meses, mas os meus motivos eram tão complicados e comportavam tantas possibilidades de problemas que não conseguia saber se darem-me, do pé para a mão, um bilhete de avião para aquele destino era bom ou mau. Claro que não tinha como recusar, a minha patroa estava a enviar-me como representante do Colégio, era uma honra que muitos dos meus colegas desejariam. Portanto comecei a preparar o trabalho que iria apresentar e as reuniões profissionais previstas. E comecei a pensar com ansiedade o que fazer a respeito do lado pessoal desta viagem.

Não havia a mínima hipótese de ir a Barcelona e não ter uma conversa com o Joan. Como o congresso era dali a dois meses, tinha esse tempo para me preparar, pois de momento não estava claro no meu espírito o que lhe queria dizer. Decidi conversar com a Antónia, se ela aceitasse discutir algumas hipóteses seria bom, pois duas cabeças pensam melhor do que uma. Eu sabia que ela tentava o mais possível não se envolver e não julgar a Sandra no assunto da paternidade do filho, mas desta vez tencionava apresentar alguns argumentos convincentes. Porque era impossível que a Antónia, que fora tão próxima da Sandra quanto eu, não se desse conta do afastamento a que ela se remetera e da tristeza que carregava consigo nas raras vezes em que nos víamos.

A incerteza pode não matar mas mói, os problemas eternamente por resolver não desaparecem apenas porque os ignoramos e este estava a roubar a alegria à nossa amiga de infância. O que eu fizesse junto do Joan podia atingir a minha amizade com a Sandra, diria a Antónia e eu responderia que ela já estava atingida, nada era como dantes e eu tinha imensas saudades da minha amiga, das suas respostas certeiras, da energia com que defendia a vida nas cidades pequenas e da sua natureza estável, com que se podia contar.

No fim da nossa discussão a Antónia concluiu que podia perceber a minha posição, mas que nunca deveria fazer nada sem antes falar com a Sandra. Que lhe devia isso, pois ela confiara-nos um segredo pessoal tremendo e devia ser informada se eu tencionasse revelá-lo a alguém.

Concordei com esta sugestão e, num fim-de-semana, rumei a Vila Real e fiz-me convidar pela Sandra para almoçar. Inventei uma desculpa, acção de que não me orgulho e que comprova como a mentira é contagiosa e gera confusões. Disse-lhe que tinha tido uma reunião na sexta-feira, em Braga, num colégio que era um "colégio gémeo" do nosso e que, já que estava no Norte, decidira ficar até sábado, para passar por casa dela, para a ver e ao bebé, que devia estar grande. O "colégio gémeo" existia, tinha uma relação privilegiada com o nosso, geralmente havia uma actividade de intercâmbio presencial anualmente, que ocorria alternadamente em Lisboa ou em Braga e havia comunicações ao longo do ano, que culminavam na visita de um colégio ao outro. Mas não era preciso fazer nenhuma reunião, eu cheguei no sábado e fui directa para Vila Real, para almoçar em casa da Sandra.

Antes, numa situação destas, a Sandra teria certamente pedido para eu ficar até domingo e dormir na casa dela, sempre déramos guarida uma à outra. Desta vez isso não aconteceu e limitou-se a aceitar a minha sugestão de almoçarmos juntas.

Apesar de todas as reservas, senti que a minha amiga estava contente por me ver. Conhecia a Sandra há mais anos do que me conseguia lembrar, passáramos por tantas experiências juntas que era fácil para mim perceber como ela estava, era capaz de adivinhar os seus estados de espírito e quase lhe lia os pensamentos, especialmente aqueles que a perturbavam. Tal como ela podia facilmente intuir os meus. E penso que foi o facto de ambas sabermos, sem precisarmos de falar, que a outra se dera conta da verdade sobre o pai do bebé que retraiu a Sandra em relação a mim e tornou difícil, a partir daí, encontrarmo-nos ou falarmos a sós.

Naquele dia ela gostou de me receber em sua casa e de me mostrar o filho, mas ao mesmo tempo havia um nervosismo instalado que dava um tom menos expansivo do que o habitual ao nosso diálogo.

O bebé chamava-se Carlos e estava óptimo, crescera e tornara-se muito mais expressivo desde que eu o vira pela última vez, quando ambos partiram de Lisboa para Vila Real, uma semana depois do parto. Numa evidência inquietante, mantinha as parecenças com o Joan, o que me atrapalhou e, simultaneamente, aumentou a minha convicção de que era preciso fazer alguma coisa para impedir a consolidação de uma mentira que podia vir a trazer muitos problemas no futuro, ao Carlos e à sua mãe, uma das pessoas que me era mais querida no mundo.

Quando cheguei a Sandra já tinha o almoço pronto e comemos as duas, o Jacinto não estava, apesar de ser sábado. Conversámos sobretudo sobre a sua vida de mãe, as evoluções que iam acontecendo no filho e que a deixavam maravilhada, a experiência da amamentação, o sono que às vezes se apoderava dela devido às noites mal dormida, em que acordava várias vezes para dar de mamar e mudar a fralda ou apenas para sossegar o bebé que chorava. Reparei que nas suas notícias não havia referência ao Jacinto, como se ela não quisesse lembrar-me que estava com ele e o assumira como seu companheiro e pai do bebé.

Depois de me contar as suas novidades a Sandra perguntou-me como é que eu estava. Respondi que estava bem, fiz uma pausa e tive de lançar a bomba, não podia adiar mais:

- Vou a Barcelona em trabalho, daqui a um mês e meio.

A menção de Barcelona accionou um alarme e a Sandra fixou-me, com medo no olhar. Arranjei coragem e continuei:

- Também era por isso que queria ver-te hoje, antes de ir. Gostava de tomar um café com o Joan, mas não queria fazê-lo sem te dizer... – aqui hesitei, porque não sabia muito bem como formular o que precisava de dizer de seguida – Gostava de lhe dizer que tiveste um bebé...

Olhou-me, ainda receosa e à beira de se zangar:

- Qual é a vantagem de lhe dizeres isso? Imaginas que vem a correr, confessar que me ama, pedir perdão e implorar-me para voltar?

Senti que não havia forma delicada de abordar este assunto. Tinha de ser directa e clara. A nossa amizade merecia isso, ofendia-me pensar que não podia dizer à Sandra, com toda a sinceridade, o que pensava. Se depois disso ela não quisesse mais nada comigo seria terrível, custar-me-ia horrores, mas não seria pior do que esta dor permanente que me acompanhava por pensar que estava a falhar nos meus deveres de amiga.

- Não sei o que ele fará, Sandra. Só sei o que quero fazer e que estou convencida que é o melhor, para ti e para o teu filho. Já imaginaste as consequências que esta mentira pode ter para o Carlos e para a tua relação com ele, se um dia descobre que lhe escondeste quem é o pai?

- Como é que sabes que é o Joan? Pode ser o Jacinto!

Disse aquilo como um mau actor diz um texto que decorou sem lhe apreender a emoção. Foi a minha vez de a olhar a direito:

- Tu sabes tão bem como eu! Porque tu vês o mesmo que eu.

Não respondeu directamente. Também não era uma pergunta.

- O Joan foi-se embora e o Jacinto está cá. As coisas estão bem assim, não há necessidade de as modificar.

- Tu mal falas comigo e com a Antónia, estás refugiada aqui, tens uma expressão de amargura cada vez que te vejo... Sentes-te mesmo feliz com esta situação? Amas o Jacinto ou estás com ele por gratidão?

Voltou a contornar a pergunta:

- Pode haver muitos motivos para duas pessoas ficarem juntas. Estou-lhe agradecida, é verdade. Por me ter acolhido

163

num tempo em que precisei, por ter aceite o meu filho, por não precisar de estar sempre em viagem para ter um companheiro...

- Se o amas e se acreditas que ele te ama, porque não lhe dizes a verdade?

- Quem te disse que ele não sabe a verdade?

Esta pergunta deixou-me sem resposta. Pois, realmente eu não sabia. Eu não sabia o que se passava na intimidade do Jacinto e da Sandra, não sabia o que ela lhe contara da sua história. Senti-me péssima, a invadir a vida da Sandra e do Jacinto, a arvorar-me em paladina de um homem que não se portara nada bem, em suma, a meter-me onde não era chamada, como se costuma dizer. Mas qualquer coisa não estava certa. Se o Jacinto sabia e portanto não havia segredo nenhum para revelar, porque é que a Sandra quase desaparecera e raramente falava comigo ou com a Antónia? Perguntei-lhe:

- Porque é que tens evitado falar comigo?

- Tenho um bebé, Luísa, é uma ocupação de tempo inteiro. E um companheiro. Não me sobra muito tempo para chamadas ou internet. – respondeu.

- Tenho sentido imenso a tua falta! Como é que essas coisas boas da tua vida te separam assim das tuas amigas?

- Eu sabia que tu querias falar-me dessas coisas. E eu quero esquecer, percebes? Quero aceitar o que tenho agora, encerrar o capítulo anterior da minha vida e iniciar um novo.

- Evitaste-me para não termos esta conversa.

- Pode dizer-se que sim. Não queria esta conversa. Só não fazia ideia que ias a Barcelona. Piora as coisas...

- Tenho medo que esta tua atitude traga consequências muito negativas no futuro.

- Se ficar tudo como está não vejo como. Ouve, tu vais a Barcelona e não posso impedir-te de ver o Joan. Ele era teu amigo, para além de ser meu namorado e percebo que queiras estar com ele. Mas proíbo-te de lhe dizer que eu tive um filho. Não quero sequer que sonhe. Não tenho medo que isso o interesse muito ou que faça contas. Estou convencida que nem ligaria as coisas umas às outras. Mas pelo sim pelo não proíbo-te.

- Por favor, deixa-me dizer-lhe. Se ele não se tocar, se não fizer ligações, como imaginas, pronto, assunto encerrado. Mas pelo menos tentámos repor a verdade.

- Já pensaste, por um momento, nas complicações que tudo isso poderia desencadear? Eu vivo aqui, ele vive lá. Como é que iríamos partilhar um bebé? Olha nem quero pensar nisso, já tive o meu momento de mulher moderna. Quero voltar ao modelo tradicional. Acabaram-se as viagens, as videochamadas, o sexo virtual.

- Sabes que não podes fechar essa época, ficará para sempre aberta através do Carlinhos.

- Ou não, se todas nós esquecermos... e acontecerá, com o tempo. O tempo muda tudo.

Comecei a desesperar, pois não conseguia vislumbrar uma brecha na sua determinação. Entretanto ouviu-se o choro de um bebé, vindo simultaneamente lá de dentro e do intercomunicador que estava na sala, junto de nós. Suspirei, pois percebi que provavelmente aquela conversa ia acabar ali, era preciso dar atenção ao Carlitos. E não é que eu não tivesse vontade de ver o bebé e brincar com ele, não o via quase desde que nascera, apenas precisava de um pouco mais de tempo para conversar com a mãe.

A Sandra levantou-se e foi lá dentro. Ouvi-a conversar com o bebé no intercomunicador que continuava ligado:

- Olha o meu bebé acordou. Está com fominha, está? Parece que sim! Ena, tão contente que eu estou por ver a mamã... Espera, vais já mamar, meu amor.

Fez-se silêncio, a Sandra deve ter desligado o intercomunicador enquanto dava de mamar. Fiquei sozinha e fui observando a sala à minha volta. Comparando com o que eu conhecia havia poucos elementos mudados, apenas o necessário para o espaço ficar mais adaptado a um bebé. Tinham desaparecido os objectos pequenos ou pesados, o sofá tinha uma coberta de cor escura por cima, havia um espaço livre ao lado dos sofás, onde cabia facilmente um carrinho de bebé e o caminho entre a entrada e o centro da sala estava amplo e desimpedido. Lembrei-me de muitos dos momentos que ali passáramos, tantas vezes com o Joan presente. Eu testemunhara toda a paixão deles, o caminho que fizeram desde o dia em que se conheceram, num *hostel* de Amesterdão, no Verão longínquo em que acabámos o curso. Podia ter sido apenas um *flirt* de viagem, mas depois o Joan aparecera em Praga e conduzira-nos a todos pelas ruas que lhe eram familiares desde que ali fizera Erasmus e encantara a Sandra e deixara-se encantar por ela. E fora o princípio de uma linda história de amor, que para além de tudo dera frutos. Um fruto, o bebé Carlos que lá dentro era alimentado pela sua mãe e de quem o pai não conhecia a existência. Havia nesta história uma tremenda injustiça para todos os envolvidos. Talvez tivesse acontecido porque esperaram demais, deixaram-se ficar tempo demais no limbo saboroso do namoro à distância, prolongando aquela experiência inicial de encontros e reencontros e a natureza vingara-se.

Uma vingança irremediável e iniludível, concretizada naquele lindo bebé que agora chegava à sala onde eu me deixava levar por estes pensamentos, nos braços da sua mãe sorridente. Ela convidou-me a ir assistir à mudança da fralda que se seguia ao momento da alimentação e acompanhei-os até lá dentro. O bebé crescera imenso desde a última vez que o vira, estava roliço, com umas pregas fofinhas nos braços e nas pernas que agitava satisfeito enquanto a mãe lhe limpava o rabinho, punha creme e ajustava a fralda, sempre com muita conversa. Depois vestiu-o e pegou-lhe ao colo, ele começava a dar sinais de bebé satisfeito, encostado ao peito da mãe os olhos foram-se fechando. Era um quadro muito doce, a Sandra com uma expressão muito mais serena do que durante a nossa conversa anterior e o bebé confiadamente aconchegado nos braços da mãe. Quando ela considerou que tinha decorrido o tempo suficiente para poder fazê-lo sem o despertar, deitou-o no berço e fez-me sinal para sairmos do quarto.

Voltámos à sala. Eu estava embaraçada, sentia que já tinha invadido demais a vida da Sandra. Perante aquela rotina tranquila ficara sem jeito, a minha presença parecia um vendaval que agita de repente uma paisagem idílica. Pensei que só faltava assistir à chegada do Jacinto a casa depois do dia de trabalho e vê-lo cumprimentar amorosamente a mulher e abraçar o filho. Decidi ir-me embora antes que isso acontecesse e, naquele momento, nem me lembrei que era fim-de-semana e portanto o Jacinto podia estar em muitos lados, mas provavelmente não estaria no trabalho.

Durante grande parte do caminho de regresso a Lisboa vim influenciada por aquela impressão desagradável. Mas pouco a pouco foi-se infiltrando no meu pensamento outra ideia maluca. Primeiro foi apenas uma intuição ligeira, como quando entramos num sítio, sentimos que esteve lá alguém mas não conseguimos dizer como percebemos isso. Tudo parece estar no lugar, não parece faltar nada, não há vestígios evidentes da passagem de alguém e, no entanto, intuímos que alguém passou por ali na nossa ausência. No caso da minha nova ideia era o contrário: ia-me convencendo que alguém que era suposto ter lá estado não tinha. Confuso? Sim, mas desde que se acendeu a luzinha no meu cérebro ela foi aumentando, como as lâmpadas que só dão a sua luz plena algum tempo depois de as termos ligado. O ponto de partida era: porque é que o Jacinto não estava em casa ao sábado à hora do almoço? Outras interrogações foram-se associando a esta: eu não vira vestígios dele na casa, nem um casaco pendurado no cabide da entrada, nem uma foto na sala. E a Sandra não me falara dele, excepto já no meio da conversa, quando me perguntara como é que eu sabia que o Jacinto não estava ao corrente da situação. E se o Jacinto, face à revelação da verdade, se tivesse ido embora? Podem perguntar-me: Porque é que a Sandra esconderia um acontecimento tão importante? Principalmente no decurso de uma conversa como a que nós as duas tivemos. Eu respondo: porque ela pensa que, se eu soubesse que ela estava sozinha, ficaria com mais vontade de contar a verdade ao Joan! E porque não quer que se saiba em Lisboa. Os pais iam ficar muito preocupados, se a soubessem mãe solteira tão longe. E os amigos também. Todos iriam insistir para que voltasse para Lisboa, sobretudo neste período de licença de maternidade.

Quando cheguei a casa a ideia estava definitivamente implantada no meu espírito, embora uma parte da minha racionalidade a considerasse realmente maluca. Por essa razão guardei-a para mim, na gaveta das coisas que reservamos para pensar mais tarde ou que ficam à espera de provas palpáveis para se poderem considerar reais.

Trazia outras preocupações: continuava a ter uma viagem a Barcelona pela frente e a Sandra proibira-me de dizer ao Joan que ele tinha um filho e até que ela tinha um filho! Ficara com duas proibições em vez de uma. Contava com a primeira, confesso que não contava com a segunda.

Liguei para a Antónia e contei-lhe o que se passara, mostrei-lhe a minha desilusão. Com o seu espírito mais pragmático do que o meu aconselhou-me a acatar a ordem da Sandra e até sugeriu que o melhor era eu não ver o Joan, para não haver tentações ou mal entendidos.

- Isto é tudo uma complicação, Luísa, concordo contigo, mas está feita, o que se pode fazer? A Sandra vai amadurecer e eventualmente tomar decisões mais certas para ela e para o filho, mas temos de lhe dar tempo. – acrescentou, optimista.

- Quando o Carlos estiver ligado a outra pessoa vai dizer-lhe que aquele não é o pai dele? Sabes bem que o tempo das crianças não é o tempo dos adultos. Pensa na rapidez com que o teu bebé se desenvolve. Não te parece que quando ela quiser fazer o que é mais certo, como tu dizes, poderá ser demasiado tarde?

Ficou um longo momento em silêncio, pensei que o telefone se desligara quando falou de novo:

- Mais ou menos certas, são decisões que lhe competem a ela, não devemos meter-nos, se é isso que nos pede.

Eu não estava tão segura das vantagens da neutralidade como a Antónia, mas por agora esgotara os argumentos e não podia acrescentar muito mais. Depois de desligar o telefone senti-me a ficar sozinha com um peso nos ombros, não conseguira partilhá-lo com a Antónia, ela recusava aceitar que era um peso dela. Percebia que a Antónia vivia esta história de uma forma muito mais longínqua do que eu, pois ela estava sobretudo investida no seu bebé. Tudo isto ocorria numa época muito intensa da sua vida pessoal, não estava disponível para pensar nos problemas de outros quando a sua própria vida estava a ser tão exigente de muitos pontos de vista, os cuidados ao bebé, as noites mal dormidas, o regresso ao trabalho que lhe pesava por dois lados, pela incerteza relativamente à continuidade no emprego e por ter de deixar o bebé com outra pessoa durante o dia, que agora lhe parecia três vezes mais longo do que antes.

De qualquer forma, como ainda faltava mês e meio para a viagem a Barcelona pensei que era possível que algum acontecimento novo surgisse entretanto, ou que ocorresse o tal amadurecimento da Sandra de que a Antónia falara. Da minha parte fizera o que estava ao meu alcance, de momento. Restava-me ficar atenta aos sinais de mudança, se ocorressem.

Capítulo XVII – O casamento do Amílcar

Vou ser madrinha de um casamento e o meu Afonso vai ser o padrinho! Em estreia absoluta, nunca fui madrinha de ninguém. Vou ter a missão de ajudar a que as coisas corram bem e procurar contribuir para que os meus afilhados consigam ser um casal feliz.

Os meus afilhados são o Amílcar e o namorado, o Victor. Dito assim confesso que ainda me soa estranho, mas quero libertar-me de todos os preconceitos e participar de coração aberto no acontecimento que os meus amigos desejam realizar.

Foi no festival da Galiza que o Amílcar assumiu a sua orientação homossexual, com uma espécie de alívio e desespero ao mesmo tempo. Percebi o alívio, não percebi o desespero, pelo menos até o Amílcar me ajudar a compreender. Para além da vontade e da dificuldade de "sair do armário" – expressão do próprio – vividas em simultâneo, o Amílcar disse que tinha um sentimento de não pertencer a mundo nenhum que o deixava fechado e isolado. Sentia-se mal quando nos ambientes sociais tinha de se integrar em conversas sobre "gajas" e sobre sexo, sempre heterossexual, como se ninguém encarasse a possibilidade de estar presente alguém como ele. Foi em parte para se libertar do desespero desses momentos que decidiu ceder à pressão do Victor, revelar-se como homossexual e apresentá-lo como namorado no grupo de Teatro Arena. Não sei se o fez em mais algum contexto da sua vida, penso que na escola onde dava aulas continuou como antes, sem abordar o assunto.

Quanto à sua família de origem sei que manteve a discrição até mais tarde. Eles só vieram a saber alguns anos depois, já o Amílcar estava casado com o Victor.

Aconteceu quando o pai morreu e todos na família tiveram de apresentar os documentos pessoais, por causa da herança. A mãe e os irmãos foram surpreendidos pelo estado civil de casado que o Amílcar foi obrigado a assumir, face aos procedimentos legais. Supunham-no solteiro, ficaram muito ofendidos com o secretismo do casamento e repreenderam-no fortemente, sobretudo a mãe, que lhe perguntou imediatamente pela mulher, exigindo conhecê-la. O Amílcar confessou-me que ainda pensou em inventar uma mulher e ponderou pedir-me para ir conhecer a família, apresentando-me como sua mulher. Mais tarde inventaria um divórcio. Mas havia várias questões envolvidas, sendo uma delas a necessidade de a suposta esposa assinar um documento de venda. Era possível tentar fazer tudo isso à socapa, mas ele sentiu-se ridículo. Tinha trinta anos, ganhava a sua vida, cuidava dos seus assuntos. Que cobardia o faria substituir o Victor por mim, fazer-nos passar aos dois por situações estranhas, quando era evidente que quaisquer que fossem as consequências de dizer a verdade não precisavam de ter muito peso no seu quotidiano? Decidiu abrir o jogo e contar. Primeiro aos irmãos, um homem, mais velho do que ele quatro anos e uma mulher, mais nova. Viviam ambos na mesma pequena cidade que era terra de origem da família e ambos estavam heterossexualmente casados, o irmão já com dois filhos e a irmã grávida de poucos meses. Os irmãos caíram das nuvens, nunca lhes passara pela cabeça semelhante ideia.

- Não podes contar uma coisa dessas à mãe – foi a primeira reacção do irmão, chocado.

O Amílcar discutiu com o irmão, numa conversa longa e profunda, que acabou por ser uma grande ajuda. Até ali o Amílcar apenas debatera consigo próprio as razões e o medo de revelar a sua orientação sexual à mãe. Ao tomar aquela posição, o irmão permitiu-lhe ter para fora uma discussão que tivera mil vezes dentro de si. As suas duas opiniões contraditórias, entre as quais era difícil decidir-se, ficaram muito mais claras, porque uma delas expressou-se pela voz do irmão, ficando o Amílcar com a oposta. Ele defendeu a necessidade de ser verdadeiro e ter uma relação franca com a mãe, enquanto o irmão argumentou com a possibilidade de ela ter uma reacção negativa e intolerante, que poderia provocar rupturas familiares que ninguém queria. As razões desenvolveram-se de parte a parte e, no final, concluíram o contrário do que tinha sido dito no início: ele tinha de contar à mãe.

Não podemos dizer que a mãe ficasse contente. No dia em que o Amílcar finalmente arranjou coragem e conseguiu uma ocasião propícia, a sós com ela, recebeu a revelação como quem recebe uma notícia de desgraça. Esteve várias horas sem falar e com uma expressão meio *zombie*. Após esse tempo de latência telefonou ao Amílcar, que decidira ir dormir a casa da irmã nessa noite, para não se impor à mãe, e pediu-lhe para ir ter com ela. Já estava capaz de falar e tiveram uma outra longa conversa. A mãe perguntou várias vezes se aquilo se devia a alguma coisa de mal que ela tivesse feito, queria que ele lhe dissesse se era a culpada, por não ter sido boa mãe. O meu afilhado explicou-lhe o melhor que conseguiu que não era nada disso, que não havia culpados e que nem sequer era uma desgraça, ele era assim, há muito tempo que era assim, não sabia porque era, nem queria ficar obcecado à procura de "porquês" impossíveis, o que precisava de saber era que ela o aceitava como antes. A mãe garantiu que o amaria sempre e, com honestidade até um pouco crua, disse que tinham sido duas novidades muito violentas ao mesmo tempo: que o filho era *gay* e que estava casado com um homem. Pediu-lhe para não trazer o Victor à família já, para lhe dar algum tempo para se habituar à ideia. O Amílcar sentiu-se magoado, mas acedeu, não fazia questão de apresentar o Victor à mãe, pouco tempo antes até estivera preparado para manter aquele segredo a vida toda.

Tudo isto se passou mais tarde, após o casamento, o primeiro em que eu e o Afonso fomos ambos padrinhos e também o primeiro casamento homossexual a que assisti. Se tivesse sido tornado público, provavelmente a revista cor-de-rosa que fizera a reportagem do enlace da Julieta e do Daniel teria pago um bela festa, mas os noivos não queriam publicidade, nem a bem do Arena, nem para financiar a festa.

Aconteceu numa sexta-feira à tarde, os convidados juntaram-se na casa dos noivos onde foram servidas bebidas e aperitivos, enquanto se tiravam algumas fotos e esperávamos o Conservador. Estavam presentes pouco mais de uma dúzia de amigos e a mãe e o irmão do Victor, as únicas pessoas, nas famílias de ambos, que haviam tido conhecimento do evento. Pareceu-me que estávamos todos conscientes da novidade da situação, de certa forma sentíamo-nos a fazer história, embora por aquela altura a lei que permitia estes casamentos já tivesse um par de anos.

O Amílcar e o Victor estavam muito elegantes, cada um com uma flor na lapela, de cores diferentes. Quando o Conservador, que aliás era uma Conservadora, chegou, fomos para o escritório da casa, que estava preparado para a cerimónia. Na secretária fora colocado um arranjo de rosas encarnadas, ao lado do qual se pousava uma caixinha dourada que continha as alianças e uma belíssima caneta, num estojo de veludo preto, aberto. Por detrás da secretária havia uma cadeira para a Conservadora e do lado da frente alinhavam-se outras seis cadeiras, as duas dos noivos numa posição destacada e quatro distribuídas pelos lados direito e esquerdo, para os padrinhos. Eu e o Afonso sentámo-nos nas que estavam do lado do Amílcar, compenetrados do nosso papel. A mim aquela função dava-me uma sensação de ser mais velha e mais séria, estava deliciada. E ser madrinha com o Afonso a ser padrinho parecia-me que era mais uma forma de nos ligarmos, como se já fossemos considerados um velho casal em quem se pode confiar porque todos contam que ficará junto para sempre.

Após a cerimónia e as assinaturas tirámos mais fotos, na sala e na varanda da casa, que tinha uma vista espectacular sobre Lisboa. Depois saímos para jantar, na sala privada de um restaurante para os lados de Sintra. Ali juntaram-se à festa mais alguns amigos dos recém-casados e celebrou-se alegremente a união. O Amílcar respirava felicidade e orgulho. Ele hesitara bastante antes de decidir proporcionar a si e ao Victor este momento. Como faria mais tarde, a respeito de contar ou não à família de origem a verdade sobre a sua sexualidade, ele fizera autênticos debates internos sobre a hipótese do casamento. Desejo, necessidade, evento supérfluo e mesmo evento ridículo, foram questões que revirou repetidamente e de várias maneiras no seu pensamento. Os argumentos decisivos, que pesaram a favor do casamento, tiveram muito que ver com o desejo do seu companheiro, que era menos ambivalente e mais terra a terra, mas também com o ambiente que se estava a viver no Arena, em que a vida amorosa de grande parte das pessoas parecia encaminhar-se para a permanência. Com a excepção de duas ou três pessoas, as relações estáveis estavam em alta e pareciam ser fonte de felicidade, naquela época. Face a estes exemplos, o Amílcar não quis correr o risco de perder o companheiro que o fazia feliz e casar era criar um laço que lhe trazia segurança extra. Foi assim que este foi o segundo casamento entre membros do Arena num período curto de tempo, menos social do que o do Daniel e da Julieta, por opção dos noivos, mas com uma bonita festa, íntima e agradável.

O Daniel foi talvez a única pessoa que reagiu negativamente ao anúncio do Amílcar de que tencionava casar-se. Muito frontalmente, perguntou-lhe porque queria ele fazer uma coisa que não era obrigado a fazer. Porque não se limitava a ir viver com o Victor, partilhar a vida, sim, criar uma família se quisessem, sim, mas casar? O que acrescentava isso à relação? Tirava-lhe liberdade, o Victor passaria a ter o direito de interferir em muitos assuntos que até ali só lhe diziam respeito a ele, Amílcar.

- Dou-te dois meses para te arrependeres! – concluiu Daniel, após o discurso crítico. – Mas claro que tu é que sabes, conta comigo, se vais fazê-lo lá estarei! – acrescentou, talvez levemente culpabilizado.

Ficámos assim a saber o que Daniel pensava sobre o casamento. Estou convencida que ninguém acreditou que ele estava a reagir apenas ao anúncio do casamento do Amílcar. Ouvimos aquela conversa como referindo-se ao seu próprio casamento, que ele parecia achar desnecessário e limitativo. No entanto ele gostava da Julieta e estava entusiasmado com a chegada do bebé. O que eu sentia e outras pessoas do Arena tinham o mesmo sentimento, era que para o Daniel a monogamia era muito difícil e ele estava a cumprir essa condição que a Julieta lhe colocara para estar com ele. Nunca mais o víramos seduzir actrizes convidadas ou fans entusiasmadas com o seu charme de homem do espectáculo. Por vezes o seu esforço era quase palpável e socorria-se muito de nós, companheiros que o conhecíamos há vários anos e podíamos dar valor à sua mudança. Se antes tinha tendência para se afastar, nas festas das estreias, nas ceias pos sessões, ou nas festas para que éramos convidados frequentemente, agora, quando ia sem a Julieta, escolhia ficar no meio do grupo como a proteger-se de tentações.

Por outro lado penso que ele imaginava que a vida do Amílcar e dos *gay* em geral era sexualmente mais aberta e livre do que a dos heterossexuais comprometidos que constituíam a maior parte das pessoas do Arena. Os encontros a três ou a quatro a que por vezes o Amílcar aludia, as mágicas aplicações de telemóvel que podiam conduzir a encontros sexuais instantâneos e, se calhar, alguma informação privada sobre a vida do amigo, que ele tinha mas que eu ignorava, alimentavam a fantasia do Daniel.

A opinião do Daniel não foi suficiente para desencorajar Amílcar que aceitou as críticas com bastante sentido de humor. Numa noite levou-o a passear pelo lado *gay* da cidade, num *tour* turístico que preparou especialmente para ele. Aliciou mais dois amigos, o Miguel e o Afonso e acabou por ser uma despedida de solteiro singular, em que os convidados, homens razoavelmente experientes, viram coisas que nunca tinham visto. Afonso chegou a casa às seis da manhã, muito alegre, das caipirinhas e do "melhor *mojito* de Lisboa" segundo disse. Não sei que tecla secreta do cérebro as visões daquela noite lhe estimularam, porque mesmo àquela hora matinal, em que devia estar estafado, vinha cheio de vontade de fazer amor. Brinquei com ele perguntando-lhe se trouxera algum artefacto que nos transformasse aos dois em homens, ao que respondeu com uma expressão de repulsa. Deixei-me despertar e aceitei ajudá-lo a expulsar os fantasmas indizíveis que o périplo nocturno tinha invocado nele. Para dizer a verdade não foi das suas melhores noites, com bastante pena conclui que *mojitos* e bom sexo não combinam, mas teve a vantagem de o deixar a dormir profundamente e provavelmente protegeu-o de sonhos perturbadores com homens de abdominais depilados e perfeitos.

Capítulo XVIII – Passeio pelas Ramblas

O voo de Lisboa a Barcelona é breve, por isso, naquele dia, quando aterrei na Catalunha ainda levava a minha cidade no olhar. Na realidade não me apetecia pensar no meu destino e nas decisões que teria de tomar quando lá chegasse. Se o avião fosse um comboio, com paragens intermédias, é possível que eu saísse duas estações antes e fizesse o resto do caminho a pé, para demorar mais tempo na jornada. Mas como todos os minutos chegam, aqueles que tememos como aqueles que desejamos, lá estava eu, a percorrer os corredores do aeroporto de Barcelona e a apanhar o *aerobus* até à praça da Catalunha.

A Dra. Celeste dera-me um orçamento e eu escolhera um hotel que ficava numa transversal das Ramblas. Com o mesmo dinheiro poderia ter marcado quarto num de melhor qualidade, mas decidira dar prioridade à localização, pois estava sozinha e apetecia-me ficar no centro da cidade. Cheguei, instalei-me e saí para a avenida que, apesar de ser Inverno, se mantinha com muita gente a passar para cima e para baixo, como eu sempre a conhecera. Juntei-me à multidão e percorri a rambla, até à estátua de Colombo que aponta para o Mar Mediterrâneo.

Depois voltei para trás e fui instalar-me numa esplanada das arcadas da Praça Real, mais protegidas do que os bancos do Paseo de Colon.

Enquanto bebia um chocolate quente pensei no que planeara para os meus dias em Barcelona. Embora não visitasse a cidade há alguns anos, não teria muito tempo para fazer turismo. Nos dois dias seguintes ia participar no Encontro que motivara a minha vinda. A intervenção que faria, em representação do colégio, decorria no segundo dia do Encontro, o que felizmente me dava tempo para me integrar no espírito do evento e ir desfazendo o nervosismo que me acompanhava. Era a primeira vez que participava numa reunião científica fora de Portugal e queria muito que corresse bem e que o nosso trabalho interessasse os outros participantes.

Antes da comunicação, no final do primeiro dia, tinha marcada uma reunião com um grupo de responsáveis de escolas da Catalunha que tinham projectos semelhantes ao nosso e que estavam a tentar organizar-se para dinamizar intercâmbios e colaborações. Essa tarefa também me deixava algo ansiosa, pois seria preciso negociar a nossa participação e eu nunca fizera nada semelhante. No penúltimo dia da minha estadia combinara encontrar-me com o Joan, a quem escrevera de Lisboa dizendo que vinha e que gostaria de estar com ele, para beber um café. Respondera de uma forma muito simpática, convidou-me para jantar em vez de tomar café e marcámos logo o local de encontro, num restaurante cuja morada eu ainda tinha de localizar no mapa da cidade. Finalmente teria um dia livre, o sábado, para fazer o que eu quisesse e apanharia o avião de regresso no domingo de manhã.

Em suma, todas as tarefas que me esperavam na cidade eram difíceis, eu bem tinha razões para me sentir aflita.

Apresentei-me no Encontro logo pela manhã. Depois de receber a documentação e as instruções sobre o que devia fazer relativamente à minha intervenção na mesa redonda do dia seguinte, acompanhei os trabalhos com atenção. Era a minha forma de me tranquilizar.

Após o *coffee break* estava inscrita numa sessão paralela sobre educação musical e juntei-me ao pequeno grupo que se dirigiu para uma sala separada. Éramos cerca de 20, mais homens do que mulheres, o que é pouco comum na área da educação. Os dinamizadores haviam organizado uma sessão sobretudo prática, com experimentação activa de criação musical por parte dos participantes, o que se tornou mais divertido do que eu esperava.

No centro da sala estavam dispostos uma série de instrumentos musicais, quase todos de percussão e a proposta dos dinamizadores foi que fizéssemos improvisações utilizando os instrumentos que desejássemos.

Em roda, cada um foi pegando nos tambores, pandeiretas, reco-reco e outros, dos quais não sei os nomes e foi produzindo sons. Fiz o mesmo. Peguei primeiro num pau de chuva, que movimentei devagar. O som líquido e suave que me devolveu não era o que me apetecia fazer, por isso pousei-o e virei-me para um xilofone que me fez lembrar as aulas de música da escola primária. Era demasiado infantil, troquei-o por uma pandeireta que me deu vontade de dançar e depois por um tambor. Soube-me bem encontrar um instrumento que podia tocar energicamente, libertei os gestos, o som cresceu e por momentos deixei-me levar pelo entusiasmo, estava eu, o tambor, as minhas mãos que lhe batiam e o meu corpo que ondulava ao ritmo do tempo que elas marcavam no tambor. Naqueles poucos minutos senti que a tensão se desfazia, transformada em energia sonora que invadia o meu corpo, pensei que era capaz de ficar muito tempo a fazer aquilo, sozinha, eu, o tambor e aquela dança atrevida. Mas reparei que as pessoas que estavam junto de mim na roda, incluindo o dinamizador, estavam a tentar acompanhar o meu ritmo com os instrumentos que tinham na mão, procuravam criar uma harmonia de que eu me perdera, senti-me embaraçada pela evasão que me tinha permitido e voltei à terra, sorri para o colega do lado que, ao perceber a minha mudança, me dava indicações para eu o seguir na sua improvisação individual, como ele me seguira antes.

No fim do exercício todos fomos convidados a comentar a experiência. Alguém brincou a propósito da minha "fuga", o formador sorriu e aproveitou para falar da música como meio de expansão individual e colectiva e ficou por aí a brincadeira. Quando saí da sala confesso que estava mais relaxada, menos preocupada com todas as tarefas que me esperavam naqueles três dias. Bater no tambor aliviara uma boa parte da tensão que me acompanhava, pensei em comprar um para utilizar quando a vida me enervasse.

O rapaz que me convidara a acompanhar a sua música aproximou-se de mim e apresentou-se. Era o Julian, colombiano e sedutor. Conversámos um pouco sobre a experiência do *workshop*, ele era professor de educação musical e viera, tal como eu, apresentar um trabalho numa mesa redonda. Disse-me que gostara muito do meu ritmo e perguntou se eu era bailarina:

- Tens corpo de bailarina, com essas pernas tão altas e magras! – observou, apesar de eu lhe ter respondido que não à primeira pergunta.

Não lhe retorqui que ele é que me estava a dar baile porque não saberia como dizê-lo em espanhol, mas mesmo assim fui directa o suficiente para ele perceber que não me impressionava com piropos daquele género. Penso que ficou ciente e mesmo assim convidou-me para almoçar, com ele e com um pequeno grupo de sul-americanos, numa forma mais normal de relação. Aceitei de boa vontade, pois não conhecia ninguém e era muito melhor estar acompanhada. Acabámos por nos divertir e criar uma boa camaradagem e marcámos presença nas apresentações uns dos outros. Não sei se foi um bom contacto para a Dra. Celeste, porque parcerias com países tão distantes não são fáceis de fazer para colégios privados, mas para mim foram companhia simpática e que me ajudou a ficar mais à vontade. A apresentação do nosso projecto correu bem e gerou algum interesse da parte da assistência, deixando-me aliviada e satisfeita, com o sentimento de missão cumprida por aquele lado.

No final desse dia encontrei-me com o Joan, no restaurante que ele escolhera e que era uma cervejaria movimentada e algo barulhenta. Recebeu-me com expressões de alegria e afecto, abraçou-me efusivamente, fez-me rodar à sua frente e disse como eu estava bonita e elegante. Eu retribui os abraços e os elogios. Na verdade ele estava claramente mais velho, ou talvez a expressão exacta fosse menos novo, pois ele não era velho de acordo com nenhum critério.

Jantámos em amena conversa sobre o que me tinha levado a Barcelona, sobre a cidade e sobre o trabalho. Evitou cuidadosamente o nome da Sandra e perguntar-me coisas sobre Portugal até ao final da refeição. Pensava que já não o faria quando propôs irmos tomar café para um local mais sossegado. Instalámo-nos num barzinho simpático, em que um pianista discreto ajudava a criar o ambiente de proximidade. "Decididamente a minha estadia em Barcelona está a desenrolar-se sob o signo da música" pensei, perto de me convencer que este facto continha algum significado que mais tarde ou mais cedo me seria revelado. Finalmente surgiram as perguntas sobre a Sandra e a minha atrapalhação também. O Joan perguntou como é que ela estava. Disse-lhe que estava bem, que a separação tinha sido um choque imenso mas que agora estava bem. A expressão dele entristeceu, murmurou qualquer coisa que o sotaque me impediu de perceber completamente mas que me pareceu que foi "teve de ser assim, não podia ser de outra maneira". Depois, de forma mais clara disse:

- Fico muito contente por saber que a Sandra está feliz e que a vida dela corre bem. Ela está com alguém? – perguntou, atrevidamente.

Fiquei interdita, sem saber o que responder. A Sandra proibira-me apenas de dizer que tinha um filho, mas confesso que não me sentia à vontade para falar do Jacinto. Não queria que o Joan pensasse que a sua atitude não tivera importância, porque tivera e muita.

- A Sandra disse-me para não falar contigo da vida dela! Quando eu a informei que vinha a Barcelona disse-lhe que ia telefonar-te, porque sou tua amiga e estava com saudades. E ela não se opôs, mas pediu-me para não falar sobre ela. – respondi, apenas com meia verdade.

- Sério? Está ainda tão zangada que nem quer que saiba nada dela?

- Acho que sim! Foi feio, o que tu fizeste.

- Sim, foi. Tens razão! E ela tem razão para estar zangada para a vida! Desculpa, não te pergunto mais nada sobre ela.

De seguida ficou um silêncio algo constrangido. Se não podíamos falar do único tema que naquele momento o estava a interessar, a conversa perdia valor para ele, compreendia perfeitamente. O Joan chamou o empregado, abriu a carteira e insistiu em pagar a conta sozinho. Depois levou-me até ao hotel que não era longe e despedimo-nos com um longo abraço, como amigos que correm o risco de nunca mais se voltarem a ver.

Quando subi para o quarto ia perplexa. Vira uma coisa na carteira do Joan cujo significado não conseguia entender. Fiquei acordada longamente, na minha pequena janela, quase varanda, virada para as ramblas, observando o vaivém das pessoas e em luta comigo mesma. Ouvia a Antónia a dizer para não me meter na vida da Sandra e lhe dar tempo para amadurecer as suas decisões, a Sandra a proibir-me de dizer ao Joan que nascera o Carlos, via a foto do Carlos dentro da carteira do Joan e não percebia nada. O que é que aquela fotografia estava ali a fazer? Como é que lá foi parar? Porque é que eu não dissera nada? Porque é que eu era de reacções tão lentas?

Adormeci de exaustão e sonhei que o Carlos, já crescido, ia na rua e lhe aparecia um homem velho, de cabelos brancos que se punha na sua frente, interrompendo-lhe os passos e lhe dizia "Eu sou o teu pai". Quando o Carlos negava e afirmava que tinha pai, não precisava de outro, a versão idosa do Joan retirava aquela pequena fotografia de uma carteira muito usada e dizia: "tenho isto para provar". O Carlos voltava-se para mim que, não sei como, tinha entretanto aparecido e dizia-me: "como foste capaz de me enganar estes anos todos?" Tentava explicar-lhe que fora por amor à mãe dele, mas não me queria ouvir e dizia para eu sair dali e nunca mais lhe aparecer.

De manhã a luz do dia relativiza os acontecimentos nocturnos, por isso tomei o pequeno-almoço mais calma, embora ainda com este sonho no pensamento. Era o meu dia livre, estava sol e tinha planeado um passeio com passagem por alguns dos pontos que mais gostava na cidade.

Combinara com o professor de música colombiano encontrarmo-nos junto ao mercado, pois ele também reservara aquele dia para um pouco de turismo pela cidade. Nessa mesma noite partia de comboio para Madrid, onde tinha actividades programadas, antes de voltar para o seu país, daí a duas semanas. Continuava a tentar seduzir-me ao de leve, o que me dava um certo prazer, pois era um moreno bastante sensual, com o charme latino acrescentado da suavidade sul-americana. Mas eu já falara do meu marido o que me fazia sentir mais capaz de resistir à tentação crioula.

Aceitara o convite para fazermos turismo juntos porque ele era uma boa companhia e eu me sentia interessada pela Colômbia, país que praticamente não conhecia e relativamente ao qual sabia muito pouco. Na minha cabeça misturavam-se as histórias fantásticas e antigas de Gabriel Garcia Marquez, com os estereótipos negativos do tráfico de droga e dos raptos frequentes da actualidade. Encontrara no Julian um artista sensível, orgulhoso do seu país e das suas tradições que me falou de Simon Bolivar herói da independência e do sonho de uma América Latina unida e poderosa. E que me mostrou, com a apresentação do seu trabalho no Encontro, uma educação evoluída e moderna, ao nível dos melhores projectos europeus comunicados.

Almoçámos juntos e despedimo-nos, com promessas de visitas mútuas e de intercâmbio no campo da educação artística. Eu tinha uma proposta para a Dra. Celeste, a questão era ela decidir aceitá-la, nesta época em que não sabemos com o que contar para o dia seguinte, quanto mais em projectos de médio prazo!

Quando fiquei sozinha, veio com mais intensidade ao meu pensamento o que passara a manhã a tentar recalcar: a foto na carteira do Joan. Saturada de mim própria e das minhas questões resolvi parar de hesitar. Tinha uma tarde e uma noite pela frente, depois ia-me embora e ponto final, oportunidade perdida, assunto encerrado talvez para sempre. Liguei para o Joan e pedi-lhe para se encontrar comigo a uma hora que pudesse, precisava de lhe pedir uma coisa antes de partir para Lisboa, disse.

Ele veio ter comigo ao fim da tarde. Desta vez não fomos comer a lado nenhum, sentámo-nos num banco de madeira da avenida. O sol já estava muito baixo, quase a desaparecer e começava a fazer frio, naquela tarde de Inverno. Havia uma esplanada aquecida perto do nosso banco, mas naquele momento eu precisava de mais privacidade do que aquela que me poderia dar a mesa de uma esplanada cheia de catalães a saborear a hora das tapas

Fui tão directa como consegui. Para aquecer ainda fiz uma introdução sobre o meu companheiro de turismo colombiano e sobre o passeio que fizéramos de manhã. Finalmente deixei-me de rodeios:

- Joan, quem é essa criança cuja foto tens na carteira? Desculpa a intromissão, mas ontem à noite quando foste pagar foi impossível não ver. Eu conheço essa criança.

- Conheces? – interrogou, com estranheza – Conheces de onde? Estiveste nalguma escola para além do encontro sobre educação?

Foi a minha vez de ficar surpreendida. Portanto a criança era espanhola, não era o Carlos! Mas era igual, como podia ser? De repente fez-se luz: aquele bebé espanhol, igual ao bebé da Sandra só podia ser filho do Joan, como o bebé da Sandra era! Tive vontade de bater em mim própria por ter levado tanto tempo a perceber. Senti como se no meu cérebro se encaixassem as peças de um puzzle. Se eu fosse um robot teriam feito ruído, ao ajustarem-se umas às outras.

- Desculpa, realmente não conheço. Apenas é parecido com um bebé que conheço, mas não é o mesmo. – disse, de forma um tanto baralhada, mas sem me importar muito com isso. E perguntei – É teu filho? Não sabia que tinhas um filho.

- Tenho – respondeu o Joan lacónico.

- Que idade tem?

Hesitou, depois também ele deve ter decidido deixar-se de jogos de escondidas:

- 8 meses.

Não era preciso ser um ás da matemática para somar dois mais dois:

- Já estava para nascer quando deixaste a Sandra. – a minha voz soou calma, mas na verdade estava a apetecer-me bater-lhe, chamar-lhe nomes feios, aldrabão, traidor, muitos outros piores, como é que ele tinha feito uma coisa daquelas à minha amiga?

- Estava. Foi por isso que tive de me separar dela! – olhou-me com tristeza, mas continuava a desejar agredi-lo – Não me julgues, por favor. Posso contar-te a história como ela aconteceu, mas preciso de saber que não a repetirás para ninguém.

Estava farta que me proibissem de dizer o que queria a quem queria. Mas se não lhe prometesse ainda ficava em silêncio e eu saía novamente dali cheia de pontos de interrogação. Por isso, como uma miúda de seis anos, fiz figas com os dedos e prometi que não contava a ninguém. Sei que parece estranho, mas aquelas figas atrás das costas desobrigaram-me da minha promessa naquele dia, aos 28 anos, tanto como costumavam fazê-lo quando tinha seis.

- No último Agosto que passámos juntos, eu e a Sandra, tivemos longas discussões sobre a possibilidade de nos casarmos. Isso no entanto não era o mais importante, a discussão real era sobre um de nós ter de mudar de país, decidirmo-nos a viver juntos. Acabei as férias bastante irritado, sentia que era só eu a puxar por aquilo, a Sandra não saía das hesitações. Quando voltei ao trabalho acabei por extravasar a minha irritação e fiz confidências a uma colega, falei-lhe do que se tinha passado, da zanga e como pensara que o melhor era terminar tudo! Falei demais, claro, o que se passou a seguir podes imaginar. Só mais tarde me apercebi que essa mulher estava interessada em mim há algum tempo. Fomos para a cama algumas vezes, muito poucas, mas as suficientes... Eu andava cheio de culpa, adiei uma das idas programadas a Portugal. Na vez seguinte, pouco antes de partir a minha colega disse-me que estava grávida. Fiquei desorientado, num primeiro momento sugeri um aborto, mas aquilo fora planeado para me apanhar, não havia volta a dar. O resto já sabes.

Estava sem palavras. Esta história ultrapassava todas as minhas piores fantasias sobre os motivos do Joan para terminar o namoro com a Sandra. Mas havia uma pergunta que se impunha:

- Porque não contaste isso à Sandra? Talvez ela te pudesse perdoar se lhe explicasses o que me estás a explicar agora.

- Não fui capaz! Fiquei desorientado, vi todos os meus projectos, a minha vida tal como a criara nos últimos anos a ir por água abaixo, num ápice. E na minha desorientação também me zanguei com a Sandra, culpei-a por ela não se ter decidido, virei muitas coisas contra ela. Essa foi uma das razões porque terminei daquela forma.

Tive de apoiar a cabeça nas mãos, porque o meu cérebro estava a cem à hora. Entretanto o Joan continuava, era como se uma fonte de caudal intenso tivesse sido desarrolhada e agora as palavras jorravam, finalmente livres. Há muito tempo que ele precisava de contar tudo isto a alguém que conhecesse a sua história de vida e, por isso, pudesse perceber do que ele estava a falar. Estava sentado ao meu lado naquele banco da avenida, o corpo imóvel, com poucos gestos e no entanto eu sentia que todo ele mexia, a voz soava como se estivesse em pé, a andar de um lado para o outro numa sala enorme mas ainda assim insuficiente para conter a sua ansiedade. O português que aprendera a custo durante aqueles anos com a Sandra voltava-lhe e ficava mais claro.

- Durante os meses seguintes à separação sofri como um condenado. Era tudo: traíra e perdera a mulher que amava, ia ter um filho que não queria. Era com a Sandra que me imaginava a ter filhos, não com aquela maluca que tinha engravidado à socapa.

Queria perguntar-lhe, como quisera perguntar à Sandra, muitos meses antes, se não sabia que existiam preservativos, como é que durante tantos anos de namoro não gerara um bebé e agora fizera dois duma assentada, ainda para mais pareciam a fotocópia um do outro! Fizera algum tratamento? Mas não lhe podia dizer tal coisa, claro, fiquei calada, a ouvir, enquanto a minha cabeça dava voltas a pensar o que devia fazer.

- Depois tentei assumir as minhas responsabilidades, fui viver com a mãe do meu filho. Mas não correu bem. Ela queixava-se permanentemente que eu ainda gostava da Sandra, fazia-me cenas de ciúmes estúpidas, ainda hoje faz. Quando o bebé nasceu foi um período de acalmia. Foi doloroso por causa das circunstâncias e ao mesmo tempo maravilhoso, porque foi um acontecimento que não se pareceu com nada do que eu já tinha vivido. – parou de contar para me fazer uma pergunta – Já tens filhos?

Respondi que não, mas que muitas amigas minhas tinham, por isso podia compreender a sensação de que me estava a falar. Arrependi-me do comentário logo de seguida, porque o Joan sabia quem eram as minhas melhores amigas e podia perguntar a quem é que eu me estava a referir. Mas ele estava demasiado concentrado no seu relato.

- É simplesmente fantástico, - continuou - mas ligou-me para sempre a uma mulher que não quero. Decidi que ficarei com ela até o bebé ter um ano ou dois, depois saio, quando for mais fácil ser pai solteiro.

- E ela sabe disso?

- Não, já assim é doentiamente ciumenta, nem quero pensar o que aconteceria se imaginasse uma coisa dessas!

- Lixaste a tua vida! – disse eu, porque na verdade não me ocorria mais nada que pudesse dizer-lhe.

- Pois foi. - concordou tristemente – Só desejo não ter prejudicado muito a Sandra. Agora que já percebeste, diz-me sinceramente como é que ela está, Luísa!

- O problema é que eu não sei bem, percebes? Ela fechou-se muito e vive naquele fim do mundo, mal a conseguimos ver, quanto mais saber se está feliz!

- Está sozinha?

Pimbas, lá viera outra vez a pergunta difícil! Depois da sinceridade devastadora do Joan não senti coragem para mentir mais, pelo menos neste assunto.

- Acho que tem um namorado há algum tempo. - era impossível dizer-lhe que o namoro começara no mesmo dia em que ele a deixara, até no pensamento tal frase soava mal - Mas não sei como estão um com o outro, como te disse tenho-a visto muito pouco.

- Mas conheces o namorado? Como é que ele é? É português?

- Sim, é de Vila Real. Conheço-o mal, acho que é boa pessoa, mas não há nada de especial nele, se queres que te diga.

Nova pergunta difícil:

- Ela ainda pensa em mim?

- Não sei! Quer dizer, ela está muito zangada contigo, por isso acho que sim, que ainda pensa em ti, não lhe és indiferente. Mas em que é isso te serve? Ias fazer agora o que não tiveste coragem de fazer antes? Abrir o jogo, dizer que a traíste e tão descuidadamente que até fizeste uma criança?

- Seria terrível?

Ao fazer esta pergunta o Joan olhava para mim com uma expressão desamparada que me deixou ainda mais perturbada.

- Não sei, Joan, não te consigo dizer. À medida que vou aprendendo mais sobre a vida convenço-me que as situações mais inesperadas e fora do curso que nos parece natural das coisas acontecem. Não quero fechar portas, mas também não sei se estão abertas. Faças o que fizeres, correrás sempre riscos.

- Pois é.

- Mas o que faremos na vida se não corrermos riscos?

- Pois é. – repetiu.

Não disse mais nada, deixei-o pensar. Estava morta de fome, precisava de comer qualquer coisa e fui andando pela rua até encontrar um bar cujo aspecto me agradasse. O Joan seguiu-me, ensimesmado, era como levar uma criança pela mão. Finalmente sentámo-nos no que me pareceu um bom bar de tapas, comemos e bebemos. Estava a precisar de umas cervejas para me reanimar. Aproveitei para lhe fazer algumas perguntas sobre o filho. Disse-me que se chamava Jordi e que às vezes era um bebé difícil, principalmente porque acordava com frequência durante a noite. Contou que a sua mãe, avó do

Jordi, estava muito feliz e que pela primeira vez a ouvia falar em trabalhar menos, para poder dar mais atenção ao neto. Era a única pessoa satisfeita com o fim da relação com a Sandra porque, apesar de gostar dela e a considerar uma boa companheira para o Joan, receara durante muito anos que o filho único fosse viver para Portugal.

No avião de regresso a Portugal, revi na minha cabeça a conversa com o Joan, ponderei mais conscientemente toda a realidade estranha que ficara a conhecer e as consequências possíveis da revelação da verdade. Naquela história de traições, fora a lealdade para com a Sandra que me impedira de retribuir ao Joan a sinceridade e contar-lhe a existência do Carlos. O que eu soubera dizia respeito à vida dele, ele tinha o poder de decidir o que escondia e o que revelava. Mas o que eu teria para dizer não era sobre a minha vida, portanto eu não tinha liberdade de escolha. Sentindo-me confiante de que fizera o que devia, em Espanha, a questão é que voltava com um problema idêntico para resolver em Portugal: o que tinha de desvendar à Sandra para continuar a ser-lhe leal? Tudo, apenas uma parte? Se lhe contasse tudo, não poderia ficar comprometida para sempre qualquer hipótese dela com o Joan? Não deveria aguardar que ambos ultrapassassem este período difícil das suas vidas e, como diria a Antónia, amadurecessem o suficiente para quererem ter uma segunda conversa sobre a separação?

A Antónia estava à minha espera no aeroporto, bastante ansiosa por saber como se tinham passado os meus encontros, o profissional e o pessoal. Num telefonema no sábado de manhã eu contara-lhe que na véspera jantara com o Joan e que ficara com a impressão de que ele não estava feliz. Mal ela imaginava tudo o que se passara depois disso e que me trazia ainda em estado de perplexidade. Porém o Afonso também decidira fazer a surpresa de me ir esperar e a conversa com a Antónia teve de ser adiada.

Fui para casa tentando focar-me no regresso e assentar os pés na minha vida, pois o meu marido estava à minha espera, alegre por me ver e entusiasmado com o reencontro. Quando percebi que ele queria fazer amor logo à entrada tive de contrariar, por instantes, um movimento de recuo. Mas rapidamente afastei tudo o que trazia comigo de pesado e deixei-me levar.

O Afonso murmurava-me ao ouvido as saudades que tivera e tudo o que me ia fazer agora, para me compensar da ausência. As palavras eram excitantes, quase tanto como os gestos que as acompanhavam. Não me despiu, apenas me tirou a camisola e abriu a camisa, devagar mas firmemente. Desatou o soutien libertando o peito que acariciou, primeiro ao de leve, depois com mais força, com a mão toda, com as pontas dos dedos, com a mão toda outra vez. Eu também lhe abri a camisa, baixei-lhe as calças que caíram no chão e revelaram o sexo erecto que acariciei docemente, envolvi, pesei, depois baixei-me e apertei-o com o peito. O Afonso apreciou aquele prazer por um longo tempo, depois soltou-se, fez um movimento ascendente e colocou o sexo na minha boca, fez-me festas no cabelo e deixou-me marcar o ritmo que a minha própria excitação acelerava. Libertou-se devagar, virou-me e penetrou-me por detrás, em pé, ao mesmo tempo que me apertava o peito com força. Mexeu-se fortemente, à procura de aumentar o seu prazer e o meu. Eu não queria diminuir o ritmo, mas também não queria que aquilo acabasse já, era impossível ter as duas coisas, manter o gozo naquele nível e prolongá-lo. Por isso afastei-me, virei-me de frente para o Afonso, deitei-o na cama e pus-me em cima dele. Movimentei-me devagar, beijei-o na boca, suguei-lhe a língua e os lábios, depois dei-lhe um dos seios para ele brincar, gozando voluptuosamente a carícia forte da sua língua. Saiu de dentro de mim, colocou-me de lado e penetrou-me novamente numa posição tal que podia mexer em todo o meu corpo, senti que a sua excitação crescia imenso, era muito bom, já não havia ausência absolutamente nenhuma, éramos uma presença intensa um para o outro, tu és meu e eu sou tua, não há a menor dúvida. E sem termos combinado, sem nos avisarmos um ao outro, um orgasmo intenso fez vibrar os nossos corpos ao mesmo tempo, numa sintonia magnífica de gozo.

- Estás perdoado! – disse eu, quando ficámos lado a lado, cansados e felizes.

Ele pensou que eu me referia ao facto de não ter ido comigo a Espanha, pois essa hipótese chegara a ser ventilada, fora posta de lado por causa do Arena que tivera várias representações naqueles dias. Mas o que eu queria dizer era "estás perdoado por me teres ido buscar ao aeroporto e me teres tomado sem licença e me teres obrigado a adiar a partilha das preocupações que trazia para contar à Antónia". E estava mesmo, era isto que era bom em ter um marido e uma vida, por muito que eu às vezes me deixasse resvalar para andar ocupada e preocupada com os outros, ele exigia de mim e contava comigo e isso obrigava-me a recentrar-me na minha vida e a não exagerar.

Capítulo XIX – Amigas queridas

Eventualmente tive de me confrontar com o que trazia de Barcelona e decidir como lidar com isso.

Nos dias seguintes ao meu regresso foi difícil ter tempo para estar com a Antónia, por mim e por ela. Não havia dúvidas que as nossas vidas estavam diferentes, noutro tempo nunca ficaríamos com um assunto pendente mais do que umas horas, arranjaríamos forma de nos encontrarmos e conversarmos rapidamente. Actualmente a nossa disponibilidade encurtara drasticamente. Era o trabalho, o marido e sobretudo o bebé dela que a ocupavam a 100%. Do meu lado era o trabalho, o grupo de teatro, o marido e a minha família que muitas vezes também precisava de mim, sobretudo a minha mãe que, com o Vasco longe, se tornara mais possessiva em relação a mim. Finalmente houve um dia em que o Manuel pôde ficar a tomar conta do Pedrinho e eu tinha o fim da tarde livre e fomos as duas fazer a *happy hour* para o Príncipe Real, que continuava a ser um dos nossos locais favoritos de Lisboa.

Contei-lhe tudo o que tinha descoberto da vida do Joan e passámos a ser duas tontas que não sabiam o que fazer em vez de apenas uma, eu. Pode parecer insignificante mas não é. Sentir que a Antónia ficou tão desorientada como eu face a esta situação deu-me alguma tranquilidade, normalizou a minha reacção. Entre nós as duas ela fora sempre a pessoa mais segura e que tinha razão mais vezes, porque não era tão emocional como eu. E até ali mantivera uma segurança na sua postura de não intervenção que me enervava e que me fazia parecer uma metediça.

Naquele dia, após a discussão exaustiva que fizemos, não chegámos muito longe. Não parecia certo, a nenhuma das duas, ir ter com a Sandra e informá-la de tudo o que eu soubera sobre a vida do Joan. Eram notícias muito fortes, podiam atingi-la profundamente e conduzir a reacções prejudiciais para todos. E não encontrámos alternativa. De momento concluímos que precisávamos de amadurecer o pensamento, deixar que o nosso cérebro digerisse as novidades e acreditar que, com tempo, talvez alguma ideia brilhante surgisse.

Entretanto havia outros assuntos a necessitarem da minha atenção. No rescaldo da parte profissional da minha ida a Barcelona apresentei à Dra. Celeste o relatório da viagem e contei-lhe com entusiasmo todos os contactos que tinha feito e as possibilidades de parcerias que haviam ficado em perspectiva. Assegurar a continuidade desses projectos, em conjunto com o retomar das aulas e das minhas outras actividades, ocupou intensivamente os meus dias. Ainda assim, em várias ocasiões me lembrei que a Sandra não me telefonara a perguntar como é que correra a minha viagem e o meu encontro com o Joan. Imaginava que ela estava cheia de curiosidade mas que não telefonava por estar dominada pela zanga, com ele e provavelmente também comigo, por tê-lo procurado. Um dia resolvi telefonar-lhe. Foi uma conversa que começou de forma normal, a saber notícias do Carlinhos, do trabalho e dela e prosseguiu de modo estranho, quando lhe disse que tinha estado em Barcelona, como a informara antes e que tinha jantado com o Joan. Ficou um silêncio longo do lado de lá, seguido de uma pergunta cerimoniosa:

-Sim? Ele está bem?

Respondi que sim, que me parecera bem, mas não muito feliz. Que perguntara por ela e pela vida dela. Que me parecera arrependido do que lhe fizera e ainda não recuperado da separação. Eu tinha consciência que esta era uma versão trabalhada do que acontecera, apenas me apaziguava a culpa pensar que tudo o que estava a dizer era verdade, embora uma verdade parcial. A Sandra respondeu que era tarde demais para arrependimentos.

- Não lhe disseste nada sobre a minha vida, espero! – disse, não sob a forma de pergunta, mas como uma ordem.

- Fui muito obediente: referi que tu estavas boa, que ficaras abalada com a separação mas que agora já estavas bem e seguias a tua vida. – continuava nas verdades parciais, mas por agora tinha de ser assim.

- Nem isso devias ter dito! Não tem nada a ver com eu estar bem ou mal, perdeu o direito de saber quando se foi embora daquela maneira.

- Tens razão, mas não quis ser mal-educada. Ele recebeu-me muito bem, até falou português.

Com esta conversa podia estar a abrir mais a ferida que a Sandra carregava, porém era importante contar-lhe isto. Queria despertar a ideia de que o Joan ainda gostava dela e que provocara a separação por causa da dificuldade de se decidirem a juntar as vidas, não por falta de amor. Parecia-me que isso deixaria mais caminhos abertos para reencontros possíveis do que o pensamento de que ele a deixara por já não a amar ou por ter outra pessoa.

A estratégia do amadurecimento acabou por ser uma estratégia de não intervenção. A Antónia estava ocupada com a sua nova carreira materna e eu não insisti em falar mais com ela sobre estas coisas. Como não tinha outra pessoa com quem pudesse falar fui também eu deixando o assunto de lado e aceitando o status quo. Ainda me preocupava o futuro, mas o presente parecia estar bem resolvido. Soubera que a minha suspeita de que o Jacinto já não estava com a Sandra não era real, estavam juntos, viviam em casal e cuidavam do Carlinhos juntos. Vi-os de vez em quando em Lisboa, nas ocasiões em que vinham a casa dos pais da Sandra. Com esta reentrada na normalidade, sem conversas que ela não queria, apaziguada por eu não ter feito revelações bombásticas ao Joan, a Sandra reaproximou-se e telefonava-me para nos encontrarmos.

Foi uma experiência engraçada estar com as minhas duas amigas com os seus bebés e observá-las no papel de mães. O bebé da Antónia era mais velho, por esta altura já tinha um ano e era incrível como estava desenvolvido. Espantava-me como num ano mudara tanto e passara de um pedacinho de carne dorminhoco e mamão para este bebé alegre, interactivo e capaz de imensas coisas, por exemplo gatinhar, pôr-se em pé agarrado aos móveis, mexer em tudo, brincar e dizer palavras, embora só os pais as entendessem! O Carlinhos, que estava com cerca de 7 meses também mudava muito, sempre que o via encontrava-o mais desenvolto, era surpreendente e rápido. Elas eram mães como eu nunca tinha imaginado e não me achava capaz. Quando saíamos traziam com elas sacos enormes de onde tiravam biberons, papa, fraldas, cremes ou brinquedos.

Em cada momento saía daquelas bolsas o objecto necessário, não parecia faltar nada! A Antónia era uma mãe do tipo super organizado, fazia as tarefas regulando-se pelas horas e pela sequência devida. A Sandra era mais flexível, esperava que o bebé desse sinais que a orientavam, guiava-se menos por horários rígidos. Também tinha menos preocupações com a sujidade e o pó, penso que isso tinha a ver com a sua vida na província, onde se habituara a estar mais próxima da natureza. Em ambas era encantadora a forma como olhavam e falavam com os seus bebés, como conseguiam acalmar-lhes o choro e provocar-lhes o riso. Eu era a ajudante em caso de necessidade, a empurradora de carrinhos e a desestabilizadora que queria pôr os bebés a fazerem coisas que não eram da idade deles. Ríamo-nos bastante as três, já tinha saudades daqueles passeios e daquelas gargalhadas, sabia-me tão bem que começava a estar disposta a esquecer a complicação da paternidade do Carlinhos para não correr o risco de perder estes momentos. Apesar das minhas dúvidas sobre a minha vocação materna, de vez em quando dava-me vontade de fazer parte da "classe" e pensava nisso mais a sério. Prometia então que quando elas tivessem o segundo faria o meu primeiro filho e que no ano seguinte seríamos três mamãs a passear bebés!

- Se for assim temos de passear cinco filhos, que horror, como é que isso será possível? – exclamava a Sandra, fingindo-se aterrorizada com a perspectiva – Três mulheres e cinco crianças ainda perdemos algum!

E ríamo-nos estupidamente inventando desastres, crianças a fugir, bebés a gritar e nós à beira de um ataque de nervos. Geralmente encerrávamos o assunto combinando trazer pelo menos uma *baby sitter*, já que eu estaria demitida desse cargo que desempenhava actualmente para passar para o cargo de mãe!

As intenções da Sandra a respeito deste plano não eram claras nem fáceis. Ela entrava na brincadeira como entrava noutras. Estava bastante mais descontraída em relação a mim e à Antónia desde que começara a acreditar que não íamos continuar a pressioná-la para contar ao Joan da existência do Carlinhos e que aceitávamos o que ela decidira. Mas nunca falara da possibilidade de ter um segundo filho, que seria verdadeiramente filho do Jacinto, parecia-me que isso não estava no seu horizonte mais próximo. Ao contrário da Antónia, que se mantinha no seu projecto de ter muitas crianças. Víamo-la focada na vivência do crescimento do Pedro, mas sabia-se que o plano se conservava e que não estava muito distante o tempo de tentar o segundo.

Nestes passeios, ou quando eu saía apenas com a Antónia, o que fazíamos mais vezes, pois estávamos ambas em Lisboa, acontecia juntar-se a nós a Rita. Ela também se sentia atraída pela perspectiva dos bebés e oferecia-se mais do que eu para mudar fraldas ou dar o biberon. No seu caso o Miguel não estava no mesmo comprimento de onda, por isso a realização do desejo de ser mãe por enquanto não tinha época marcada.

Um dia, numa das nossas idas ao jardim a três, quer dizer, a quatro, contando com o Pedrinho, a Rita informou que o namoro com o Miguel terminara. Fiquei muito surpreendida. Embora tivesse a noção de que havia dificuldades, dois dias antes estivéramos juntos na associação "Preparar o Futuro", a Rita estava a trabalhar lá na hora do atelier de teatro e tomámos um chá no final. Ficaram os dois quando me fui embora para casa e não notei nada de diferente, há algum tempo que eles não eram muito efusivos em carinhos, pelo menos publicamente, mas pareceram-me bem e calmos, ao contrário de outros dias em que se sentia a relação tensa.

Referi esse dia à Rita e a minha impressão quando os deixara. Ela respondeu que fora mesmo nessa noite que haviam decidido terminar. Lembrando-me do que o Miguel me dissera em mais do que uma ocasião sobre o facto de ela ter ciúmes meus, tive medo que essa decisão tivesse alguma coisa a ver com a minha presença. Passou-me pela cabeça uma visão delirante: vi a Rita a discutir com o Miguel, após a minha saída, por alguma familiaridade que vira entre nós e que lhe parecera equívoca, o Miguel a responder zangado, aumentar o tom de acusações mútuas, um deles lançar "isto acaba já aqui", o outro ripostar "se é isso que queres acaba mesmo!" e quando deram por isso tinham tomado uma decisão que não queriam, no calor da discussão. Arrepiei-me, não queria ter nada a ver com aquela ruptura. Tinha de perguntar à Rita:

- Mas o que aconteceu?

- Toda a gente sabia que não nos estávamos a dar bem! O Miguel não te contou?

Eu não duvidava que a Rita gostava de mim e era minha amiga, mas lá viera a farpa do ciúme. Uma vez tentara ter uma conversa com ela sobre o assunto, com resultados quase nulos.

- Não, não me contou nada, que pudesse fazer-me pensar que vocês se iriam separar. Não falamos muito sobre o vosso namoro, não é um assunto que me diga respeito.

Senti-me a reagir, mas tinha de ser, estava a responder à Rita e ao mesmo tempo a opor-me à visão que me surgira quando ela dissera que o namoro acabara a seguir à sessão do atelier de teatro. Eu não tinha nada a ver com o que aqueles dois faziam no namoro, eram ambos pessoas difíceis, que se entendessem. A Rita com os seus comportamentos obsessivos e autoritários, que lhe eram muito úteis para trabalhar mas que no amor se tornavam obstáculos. O Miguel com o seu eterno

202

evitamento de pensar no futuro, a querer viver o dia-a-dia e não fazer planos de vida a dois.

Não queria ser má a pensar assim, também era capaz de compreender as razões deles. A Rita fora uma mulher muito abandonada na vida, tinha experiências dolorosas de separações, tanto da sua família de origem como de namorados. A família, que fora imigrante em Portugal, decidira voltar para Cabo Verde a dois anos de ela terminar o curso de serviço social. E o namorado partira para Londres pouco tempo depois. Vira-se de repente sozinha em Lisboa, muito jovem e com poucos recursos financeiros. Conseguira ultrapassar na prática essas dificuldades, bastar-se a si própria financeiramente e até encontrar novo amor. Mas eu convencia-me que ela não conseguira ultrapassar o aspecto traumático da experiência e que vivia ainda frequentemente dominada pelo medo de que tudo se repetisse. Utilizava muita da sua energia a tentar evitar que acontecesse no futuro algo que já acontecera no passado. Como quem perdeu os brincos num local e insiste em procurá-los noutro lado, porque não consegue desistir da procura.

Quanto ao Miguel ele estava em Lisboa, por conta própria, desde bastante jovem. Ele e a irmã mais nova vieram do Algarve, para estudar, primeiro um, depois o outro. Os seus investimentos prioritários tinham a ver com a carreira de actor que estava a entrar numa fase muito boa. Na verdade ele também era um excelente amigo e um cidadão participativo e solidário. Evitava amores complicados e quando se via enredado em algum saía tão rápido como conseguia. Com a Rita estivera mais tempo do que lhe era habitual, do que conversara com ele apercebi-me que gostava bastante dela, atraía-o enormemente a sua beleza sem mácula e admirava a sua energia que era, creio eu, bastante equiparável à dele.

Porém parecia que o amor não aguentara as dificuldades, os ciúmes e as discussões.

Face à minha reacção a Rita mudou de atitude.

- Desculpa – disse ela – Não tenho nada a ver com o que o Miguel te contou ou não.

- Ele não me contou que vocês tinham terminado, garanto-te. Mas achas que não tem volta?

- Penso que não! Já há bastante tempo que nos zangávamos quase dia sim, dia não! Ele ficou farto de mim, é o que me parece. E neste momento de certa forma sinto-me aliviada, também para mim eram muitas discussões, sentia-me tensa, sempre a imaginar que a relação ia acabar a qualquer momento, à espera do dia em que ele ia chegar e dizer que estava tudo terminado. Pronto, já não tenho de esperar isso, aconteceu, já não sinto medo que aconteça.

- Medo que aconteça o quê? – perguntou a Antónia que até ali estivera com o Pedrinho a explorar o jardim e o parque infantil e acabara de o instalar no carrinho para ter um momento de conversa connosco.

- O fim da minha relação com o Miguel. Já não preciso ter medo que aconteça porque já aconteceu: sinto-me aliviada – respondeu a Rita.

- Acabaram? Sentes-te aliviada? Estavas farta dele? – perguntou a Antónia, de rajada.

- Não, gosto bastante dele. É que já não preciso de ter medo que aconteça, já está feito!

- Rita tu és complicada – comentou a Antónia, um bocadinho confusa – Quando se acaba um namoro e ainda gostamos da pessoa geralmente fica-se triste, não é aliviada!

- Eu sei! Mas eu estou sempre a pensar que mais tarde ou mais cedo vão acontecer desgraças, é super cansativo. Quando acontecem não consigo evitar este sentimento de alívio!

- Que parvoíce! – interrompi – Quando estamos na tua associação, a trabalhar com miúdos complicadíssimos, com uma vida de merda, que parece nem ter lugar para a esperança, tu dás motivação a toda a gente, és optimista, dizes que nem que se mude só um ou dois adolescentes já fizemos algo que vale a pena. E como é que para ti própria és assim tão derrotista? Gastas a esperança toda com os miúdos do bairro?

- Boa pergunta. Não sei. Na verdade parece-me mais fácil lidar com aqueles miúdos e aqueles problemas do que com as minhas relações. Tenho esta tendência para homens que não se querem comprometer o que é contra tudo o que eu quero, eu gostava muito de construir uma família, como tu Antónia.

Virou-se para mim e pela primeira vez admitiu os ciúmes que sentia:

- Quando eu pensava que o Miguel gostava de ti era porque vos acho muito parecidos. Apesar de teres casado parece-me que estás com o Afonso como o Miguel estava comigo, a viver o presente e sem grandes compromissos com os planos de futuro.

- Não concordo nada com isso. Eu gosto muito do Afonso. Quero estar com ele para o resto da minha vida – protestei.

- Talvez eu esteja enganada. É a minha visão. A Antónia já tem o Pedrinho, a Sandra o Carlinhos, a Julieta está grávida e tu nem falas disso, deixas andar, sentimos que estás feliz e que te limitas a gozar a vida. E isso é como o Miguel. Eu preciso de preparar o futuro.

De certa forma a Rita elucidava-me sobre o que me aproximava do Miguel, de quem sempre me sentira muito amiga. Sim, talvez tivéssemos isso em comum, a capacidade de apreciar em primeiro lugar o que a vida nos dava hoje. Mas não concordava com ela quando falava da despreocupação face ao futuro. Apenas, o que o Miguel investia era diferente do que ela precisava naquele momento. Ele planeava o seu futuro profissional, ela queria projectar uma família.

E eu? Bom, dera por mim a falar da possibilidade de ser mãe, não dera? Estava com vontade de ultrapassar os receios que a ideia me provocava e ter um bebé no próximo ano. Mas não falaria disso à Rita naquele momento, ela já estava suficientemente triste – mesmo que não desse por isso – para a informar que eu programara realizar a possibilidade que ela acabara de perder.

Capítulo XX - Separação

A separação não foi uma situação momentânea. O namoro acabou mesmo. Foi o primeiro namoro de amigos que não tive pena que acabasse, para ser honesta. Detestava que a minha relação individual com ambos tivesse ficado perturbada pelo facto de namorarem. Eu era muito amiga do Miguel e, embora com menos intimidade, também da Rita. E não duvidava que a Rita era minha amiga, mas o ciúme interferira na nossa amizade e nunca mais havíamos falado da mesma maneira, muitas coisas ela deixara de partilhar comigo, instalara-se uma espécie de cerimónia subtil que podia não ser visível para os outros mas que eu sentia. Com o Miguel acontecera outra coisa: continuáramos a dar-nos muito, pois tínhamos actividades comuns, porém eu percebia com frequência que havia uma certa aura de clandestinidade no que o Miguel fazia comigo que não fosse trabalho, como irmos beber um copo ao fim da tarde ou jantar a seguir a um ensaio. Se eles deixassem de namorar tinha esperança que pudéssemos retomar a antiga amizade. Acrescentando a esta expectativa a minha opinião de que eles eram um casal pouco promissor, porque tinham para o namoro objectivos muito diferentes, não lamentei o fim da relação. Acreditava que assim cada um deles teria a oportunidade de encontrar alguém com quem pudesse sentir-se mais completo.

E como é que o Miguel lidou com a separação? Ele disse-me o que se passava pouco depois de a Rita contar, naquela tarde de passeio com a Antónia e o Pedrinho. Senti-o desiludido mas, de certa forma aliviado, como ela.

- Aquela miúda tem tudo para atrair os homens e torna-se insuportável com as suas inseguranças. Parece que faz de propósito para correr mal! – desabafou. Depois acrescentou, em tom de brincadeira mas sem conseguir disfarçar completamente a desilusão – Ainda não foi desta que o teu amigo assentou! Volto a ser todo teu.

- Não sejas parvo. Vais encontrar alguém no tempo certo para ti, se achas que esta separação da Rita é definitiva.

- É definitiva, não tenhas dúvida. Estava a ficar uma chatice, qualquer coisa que eu fizesse podia ser fonte de desconfiança... e eu já tinha dificuldade em diferenciar o que não ia gerar complicações do que ia, parecia aleatório. Não era, porque ela mais tarde apresentava-me a sua lógica maluca, mas na minha perspectiva parecia ao acaso.

Esta foi a primeira reacção do Miguel, desiludido, zangado, aliviado e a desejar distância da Rita, para voltar a gozar a sua liberdade.

Na associação "Preparar o Futuro", durante algum tempo foi bastante constrangedor. Por um lado a Rita deixou de aparecer, o que facilitou o afastamento. Mas ela era o elemento que fazia a ligação entre nós, dinamizadores do *atelier* de teatro, e a associação, pelo que a sua falta foi notada. Como ainda ninguém sabia do fim da relação, as pessoas falavam com o Miguel como namorado dela e o Gonçalo perguntou-lhe mesmo o que se passava, pois a Rita andava muito desanimada. O Miguel não queria dar a informação, porque não sabia o que ela quereria dizer, por isso respondia às questões com evasivas. Até que finalmente ela contou aos colegas. A partir daí deixaram de fazer perguntas ao Miguel e passaram a falar-me a mim da preocupação com o mal estar visível da Rita.

Passado algum tempo, foi também a mim que o Gonçalo veio contar que a Rita se ia embora. Decidira voltar para Inglaterra, onde estivera emigrada após acabar o curso de serviço social, a trabalhar como chefe de sala e gerente de restaurante, com bastante sucesso. Mais tarde a própria Rita me disse, num dia em que nos encontrámos para tomar um café. Logo após o rompimento ela mantivera-se quase tão radicalmente afastada de mim como do Miguel. E um dia sentiu que me devia uma explicação, apareceu na escola e convidou-me para um café. Pediu-me desculpa pelo período de silêncio, disse que tivera necessidade de se afastar de tudo e todos os que lhe pudessem lembrar o Miguel e que obviamente eu fazia parte desse grupo. Disse que se sentia melhor e que decidira realizar o projecto que adiava há algum tempo. Ao voltar a perder o laço afectivo mais importante que a prendia a Lisboa, concluíra que era a oportunidade para o fazer. Contactara o antigo patrão, que tinha um lugar para ela, aguardava-a assim que possível.

- Além de tudo vou ganhar o dobro do que ganho aqui e com possibilidade de prémios, quando o movimento correr bem. Estou cansada de contar os cêntimos a partir do meio do mês, de me privar de quase tudo, não é do supérfluo, é de quase tudo e mesmo assim não consigo que o ordenado dê para o mês todo. Sem o Miguel este sacrifício perde o sentido. E pensei que se quiser continuar a dedicar-me ao serviço social posso tentar fazê-lo lá. Também há pessoas que precisam de ajuda.

Eu não era, não podia ser, indiferente às razões financeiras. O meu ordenado era baixo, muito do que eu fazia na vida era tão mal pago que era equivalente a fazê-lo de graça. Vivia razoavelmente porque tinha uma casa oferecida pela minha família, o meu marido era médico e tínhamos dois ordenados fixos. Nesse aspecto compreendia a Rita. Mas ao mesmo tempo sentia como se ela desistisse da nossa terra. Como milhares de jovens desta geração, ia-se embora e perdia-se mais uma pessoa imensamente válida para reconstruir o nosso país arruinado.

- Eu pertenço a um povo ainda mais nómada do que os portugueses! – respondeu a Rita quando lhe transmiti a minha preocupação – Os cabo verdianos estão espalhados pelo mundo. Além disso, penso que actualmente temos de ser, acima de tudo, cidadãos do mundo.

- Podemos ser cidadãos do mundo viajando. Mas precisamos de ter uma base, não é? E temos de cuidar dela.

- É nisso que somos diferentes, nós as duas. Eu tenho perdido a base demasiadas vezes, já não sei onde é. E se não tenho país natal então posso ir para qualquer parte. Recomeçar dá-me esperança. Vou tentar aprender a lição. Não sei se haverá mais homens na minha vida, mas se houver vou tentar evitar que o próximo pague pelo que me fizeram outros antes dele.

- Não sejas parva, claro que haverá outros. É só tu quereres e tens os homens que quiseres.

- O problema não é arranjá-los, é conseguir que eles fiquem.

- Concordo, manter as relações é sempre o maior desafio. Parece-me um bom princípio, separar o passado do presente e não abordar os homens com preconceitos construídos nas relações anteriores. Todos temos tendência para o fazer, mas felizmente cada pessoa é diferente.

- Um homem novo encontrará sempre uma nova maneira de nos magoar.

- Rita, não podes viver com essa amargura.

- Não te preocupes comigo, Luísa! Estou assim, mas também tenho alguma confiança. Correu-me bem o período que estive em Inglaterra. Quando as coisas estavam complicadas com o Miguel e eu sentia que trabalhar era a minha única competência, que em tudo o resto não passava de uma incapaz, já estava a pensar em voltar para lá. Se aquilo em que sou boa é no trabalho então vou viver para um sítio onde trabalhar compensa! Já chega de masoquismo.

A decisão da Rita estava tomada, não viera pedir a minha opinião, viera contar-me. Partiu um mês depois desta conversa, deixando um convite, que senti sincero, para a visitar em Londres. Muita gente foi despedir-se dela ao aeroporto. Entre essas pessoas estava a Dra. Albertina, uma voluntária da associação, que a conhecia desde miúda e que fora um apoio fundamental na fase final do seu curso, há anos atrás. Abraçou a Rita com imenso afecto e levou-lhe um lanche para a viagem. Era como uma mãe e uma boa mãe, que encorajava a filha a seguir a sua vida, sem a prender e dando-lhe uma merenda para o caminho. Foi lindo e comovente, desmentindo a convicção da Rita de que não tinha uma base em Portugal.

Depois desta partida o Miguel entrou na segunda fase da sua reacção à separação. Foi estranho e mesmo um pouco intimidatório, porque desapareceu uma parte do Miguel que conhecia – o rapaz que se queixava que não havia mulheres para ele, que ninguém o amava e que o tratavam sempre como o amigo a quem se contam os desgostos de amor, porque não se pensa nele eroticamente – e apareceu um Miguel semelhante em quase tudo ao Daniel pré-casamento. Imitou-lhe os tiques sedutores e até a clivagem entre o modo de estar no trabalho, onde se comportava como antigamente e a vida de lazer, em que atraía as mulheres mais sensuais que estavam perto e raramente ia para casa sozinho.

Tinha a vantagem de ser solteiro e não precisar de alugar quartos de hotel quando a brincadeira avançava o suficiente para ser necessário quarto. Penso que todo aquele movimento lhe foi necessário para reabastecer a auto-estima abalada, não pelo facto de ter namorado a Rita – ela era uma mulher de fazer parar o trânsito, qualquer homem se orgulharia de ter namorado com ela – mas por se ter deixado ficar numa relação má durante tanto tempo. Logo ele, que nunca tivera tolerância para relações ambíguas ou para dificuldades de separação.

O Daniel adorou o castigo doce de coleccionar relações de uma noite que o Miguel deu a si próprio. O que ele viveu acho que se chama experiência vicariante e quase garantia que lhe deu tanto ou mais prazer do que ao Miguel. Sem se aperceber, houve ocasiões em que o Daniel parecia uma alcoviteira, a favorecer os engates e a escolher as mulheres mais bonitas, ficando embevecido grande parte da noite, com um whisky na mão, a observar o desenrolar dos acontecimentos. Foi de tal forma que houve uma noite em que a Julieta apareceu, com uma barriga gigantesca de quase nove meses, para ver o que se passava. Provavelmente o estado meio aluado do Daniel já lhe chamara a atenção e, tendo em conta a sua história recente, ela não quis dar hipótese à repetição de traições. Felizmente o Miguel acabara de sair com a sua conquista e já não havia nada para a Julieta perceber, o Daniel recebeu-a mesmo com uma certa excitação, o que a tranquilizou até ao parto, dias depois, que foi o primeiro nascimento de uma rapariga no meu circulo de amigas!

Capítulo XXI – A visita do Jacinto

O Colégio Maria Rita, onde eu trabalhava como professora e assistente da Directora, ficava em Carnaxide, numa zona agradável e antiga de pequenas vivendas. As instalações eram boas, centrais no bairro onde se localizava e de fácil estacionamento, se chegássemos cedo. A partir de certa hora tornava-se mais difícil, embora, com um pouco de paciência, acabasse por se encontrar quase sempre um recanto com espaço suficiente. Estando numa praça sossegada não resultava isolado, porque duas ruas à frente já se encontravam lojas, restaurantes e cafés, onde se podia espairecer no intervalo do almoço ou ter uma conversa privada com um colega, o que não era fácil dentro do colégio.

Alguns dos meus amigos tinham o hábito de ir ter comigo, sabiam os meus horários aproximados e apareciam, para dois dedos de conversa ou para almoçar. Geralmente gostava que as pessoas viessem, a única coisa que não me agradava era que se apresentassem ao portão a pedir ao Sr. Fonseca para me avisar em vez de me ligarem para o telemóvel. Tinha uma espécie de trauma relacionado com isso,

214

porque uma vez, há anos, viera receber ao portão com um sorriso agradável alguém que anunciara que vinha da parte do Nuno, o meu namorado da altura e encontrara uma mulher desagradável que me dissera que ele era casado com ela. Recebi o choque e imensa informação que não queria à vista do Sr. Fonseca, tivera de aguentar tudo sem vacilar, para ele não perceber o que se estava a passar e ainda me lembrava do enorme esforço que fizera para não gritar palavrões ou desatar a chorar. Ou as duas coisas. Desde essa altura detestava aparecimentos de surpresa, ficava com uma ansiedade de que não conseguia libertar-me.

Um dia voltou a acontecer: o Sr. Fonseca telefonou para a sala de professores a dizer que estava uma pessoa à porta, à minha procura. Como não fui eu que atendi, ninguém lhe pediu para perguntar o nome do visitante, por isso fui ter com alguém sem ter nenhuma pista de quem se tratava. Não pude evitar uma exclamação de surpresa quando vislumbrei o Jacinto, sozinho, à espera junto do portão e do porteiro, que falava com ele e o deixou entrar quando me viu.

Se eu vinha com alguma ansiedade receber o desconhecido que me procurava, podem calcular como fiquei quando vi o marido da minha amiga. Ainda antes de o cumprimentar perguntei, aflita, se acontecera alguma coisa à Sandra. Apressou-se a tranquilizar-me, dizendo que estava tudo bem, ele é que viera a Lisboa em trabalho e gostaria de falar comigo sobre um assunto pessoal. Convidou-me para almoçar e fomos até ao restaurante mais sossegado em que consegui pensar ali próximo, pois eu tinha aulas novamente à tarde, não tinha muito tempo livre.

Já instalados, numa mesa para dois num recanto discreto, o Jacinto deu-me notícias da família, disse que o Carlinhos crescia de dia para dia, que a Sandra regressara recentemente

215

ao trabalho e que estavam a tentar organizar-se nesta nova forma de vida. Tinham conseguido uma creche perto de casa, geralmente a Sandra ia buscá-lo à volta das quatro horas e, nos dois dias em que ela não podia, ia a mãe dele e ficava com o bebé até os pais chegarem. Pensei nos pais da Sandra a viverem longe do neto, portanto a ligarem-se mais dificilmente a ele e esta senhora, que nem sequer era avó, a fazer esse papel de forma muito próxima. Arrependi-me logo do pensamento crítico, era óptimo para a Sandra ter a ajuda da mãe do Jacinto nesta fase, ela vivia demasiado longe da sua própria família para que esta lhe pudesse ser útil no dia-a-dia. Entretanto o Jacinto, que entendera que eu tinha pouco tempo, estava a ser o mais directo possível e disse rapidamente ao que vinha:

- Venho falar contigo porque penso que o assunto da paternidade do Carlos tem de ser clarificado, para proteger a minha relação com a Sandra e para o meu próprio descanso e tu és a pessoa que eu sei que se preocupa com isso.

Não respondi. Confesso que me senti como uma criminosa que, ao ser abordada pela polícia, não pode falar, porque não sabe a extensão do conhecimento do seu crime que os inquisidores têm. Eu não fazia ideia do que o Jacinto sabia. Suspeitava que a Sandra lhe tivesse falado da probabilidade de o bebé ser do Joan, mas nem disso tinha a certeza. Só podia esperar que ele continuasse e foi o que fiz.

- A Sandra referiu-se a isso. Ela contou-me o que se passava com as suas dúvidas, semanas depois do bebé nascer. E disse-me que foi a tua opinião que a fez falar comigo, zangou-se contigo mas a tua pressão foi útil... Fiquei muito zangado na altura, saí de casa, pensei que o melhor era separarmo-nos. Quando a fúria abrandou voltei, porque gosto dela e também me senti capaz de continuar a gostar do Carlinhos, fui eu que acompanhei os nove meses de gravidez, o nascimento, os primeiros dias e meses de vida... pode não ser meu filho mas gosto dele como um filho e tenho a certeza que para ele sou o pai.

Senti-me comovida e admirada. Era espantosa a capacidade da Sandra de inspirar amor nos homens que estavam com ela. Eu sentira este mesmo afecto na forma como o Joan falara dela, em Barcelona. Como afinal, no meio da confusão em que se tornara a sua vida, ela tinha sorte. Entretanto estava explicada a sensação de ausência do Jacinto que experimentara quando estivera em Trás-os-Montes, para anunciar que ia à Catalunha. Provavelmente coincidira com o período em que ele saíra de casa. Depois voltara, por amor! Então se estava tudo bem e com a verdade reposta, pelo menos em relação a ele, que me queria o Jacinto? Não tive de esperar muito para saber.

- Comigo as coisas estão esclarecidas. Mas parece-me que há outras pessoas que também precisam de saber a verdade. Não quero que o Carlinhos um dia descubra que o homem a quem chama pai não é pai dele, preciso que saiba a verdade desde que tem consciência. Com as outras pessoas da vida da Sandra, como a sua família, não me importo que a vontade dela prevaleça. Mas relativamente ao Carlinhos e ao Joan eles têm de saber a verdade e, se ela não disser, digo eu. Imagino a situação contrária, imagino uma mulher a esconder-me que tenho um filho, seja em que parte do mundo for, e acho insuportável a ideia.

Era precisamente o que eu pensava. As lágrimas correram-me pela cara, não consegui contê-las. Não era tristeza, era a emoção de encontrar alguém que pensava como eu. Já não me sentia tão maluca, o Jacinto dizia-me que aquilo não se fazia, não escondemos a um filho quem é o seu pai, nem a um pai que tem um filho. E ele até teria legitimidade para pensar o contrário, estava com a Sandra, podia fingir que não sabia de nada e deixar tudo como estava. Mas ele considerava isso inadmissível.

- Não gosto do Joan, - continuava entretanto o Jacinto, sem se preocupar com as minhas lágrimas - não gosto do que ele fez à Sandra, mas se ele não se tivesse ido embora ela não era minha mulher agora. Irrita-me que lhe tenha deixado um filho na barriga, mas não posso fazer nada para evitar isso. É passado, o passado não se muda. O futuro da Sandra é comigo e quero-a com toda a sua história, sou capaz disso. Mas não com esta mentira na sua vida.

- Falaste com ela sobre isso? – perguntei.

- Falei sim, algumas vezes. Frequentemente reagiu como tu estás a reagir agora, chorando. Noutras ocasiões pediu tempo para tomar as suas decisões.

- Desculpa, devo parecer uma tolinha, a chorar com esta conversa. Estou a chorar de alegria, porque tenho-me sentido sozinha a defender a ideia de que é errado esconder a verdade ao Joan e ao Carlinhos. Já pensei que eu é que estava errada e que estava a abusar da minha condição de amiga ao dar opiniões à Sandra sobre a sua vida. E agora tu dizes que também pensas assim e fico mesmo contente, afinal não estou maluca!

- Vocês as mulheres são realmente difíceis de entender, choras porque estás contente? Então e quando estás triste? – fez esta observação sobre a estranheza da feminilidade e, sem esperar resposta, voltou ao assunto anterior – Mas não, não estás maluca, é a única atitude razoável a tomar. Estou disposto a exigir à Sandra que o faça, como te disse. Entretanto decidi vir pedir-te ajuda. Tu falaste com o Joan, sabes com certeza a disposição com que ele está, pensei que, juntos, podíamos encontrar um plano para repor a verdade.

- Fizeste bem, claro que podes contar comigo. Mas atenção, não quero magoar a Sandra, quero protegê-la e continuar a ser amiga dela.

Naquele momento eu tinha de tomar uma decisão: contar ou não ao Jacinto o que soubera sobre o outro filho do Joan. Era extremamente delicado, mas se ele me vinha pedir ajuda fazia sentido abrir a verdade toda, não é? Não havia como ignorar a razão que tinha levado o Joan a romper com a Sandra, pois era uma razão que estava viva e a crescer, tal como o Carlinhos.

- Há uma coisa importante que eu soube em Barcelona, por acaso, e que mudou toda a visão que eu tinha desta história. – comecei, ainda com dúvidas sobre o que estava a fazer – Eu tenho de ter a certeza que tu gostas muito da Sandra e que vais pôr o bem estar dela em primeiro lugar, Jacinto.

- Soubeste isso em Barcelona? – brincou ele.

- Não gozes! – ri-me também, para aliviar a tensão em que me sentia – Não sei se te conte, é uma coisa muito pessoal, gostava que a Sandra soubesse em primeiro lugar.

Olhou-me, perscrutador. Depois foi a minha vez de me surpreender:

- Já está casado e com outro filho, não?

Não tive coragem de negar, entreguei-me, decidi confiar no Jacinto e rezar para não estar enganada sobre ele.

- És bruxo? Sim, só que pela ordem inversa do que disseste, teve um filho e foi viver com a respectiva mãe. Foi essa a razão que o levou a romper com a Sandra, havia uma mulher à espera de um filho dele e não teve coragem de dizer que a tinha traído e quais haviam sido as consequências.

- Esse gajo é uma fábrica! – o Jacinto continuava em tom de ironia, mas estava zangado – O filho da puta não sabe usar preservativos?

Tinha imensa razão, era o que eu tinha pensado, em tempos. Agora já me habituara à ideia da existência dos dois meio-irmãos quase da mesma idade.

- Vou contar à Sandra – disse o Jacinto.

- Que ideia parva é essa? Se lhe contares é que ela nunca mais informa o Joan do nascimento do Carlinhos. Pensei que querias o contrário!

- Tens razão, não pensei... Então o que faremos?

Senti-me transportada para a adolescência quando, com as minhas amigas, fazíamos planos secretos para convencer os nossos pais de alguma coisa proibida! Mas a minha imaginação já não era tão viva como nessa época e o problema que enfrentávamos era muito sério.

Entretanto estava em cima da hora para voltar ao colégio, tive de me despedir do Jacinto, com a promessa de pensar em tudo o que tínhamos falado e ter alguma ideia que pudesse ajudar.

Foi difícil concentrar-me nessa tarde, pois o meu espírito ficara ocupado por aquela conversa e tudo o que ela significava. Claro que o resultado foi alunos particularmente indisciplinados e também eles distraídos à mais pequena coisa. Agradeci quando o dia terminou e pude regressar a casa.

Era a noite em que o Afonso fazia urgências, por isso jantei sozinha, com um tabuleiro em frente à televisão. Fiz uma salada com todos os ingredientes que encontrei no frigorífico e que me pareceram combináveis, servi a mim própria um copo de vinho branco seco e trouxe também uma gelatina de maracujá, para o remate doce. Instalei-me confortável e escolhi, do canal das gravações, uma daquelas séries sobre relações e grupos de amigos de trinta anos. Divertia-me e talvez me inspirasse alguma estratégia, no meio dos lugares comuns e das piadas. Daí a pouco ria-me às gargalhadas com as loucuras dos trintões, com um bocadinho de contributo do vinho branco e da minha própria necessidade de relaxar. Fui dormir, ainda sem ideias salvadoras e sem marido, pois ele ia ficar toda a noite no hospital.

Pensei em pedir ajuda à Antónia, que de certeza tentaria pensar comigo. Mas às vezes sentia que ia perturbar a sua paz, ela estava com uma vida bastante complicada, com o bebé e o trabalho. Tentava manter o ritmo, pois os seus receios de que não lhe renovassem o contrato, por estar em licença de maternidade, não se tinham confirmado e tentava provar que ser mãe não alterara a sua produtividade, para precaver o próximo final de contrato. O emprego do Manuel era igualmente exigente, ele saía tardíssimo na maior parte dos dias, ambos faziam malabarismos para se organizarem. Contavam com alguns apoios, por parte dos pais, que funcionavam sobretudo aos fins-de-semana, pois todos trabalhavam, mas ainda assim era espinhoso. Gostaria de os ajudar mais, porém também eu tinha os meus dias bastante preenchidos, com pouco tempo livre. Agora que o Pedrinho estava mais crescido e já me reconhecia, eu sentia-me mais à vontade e cheguei a ficar algumas horas a tomar conta dele em noites em que os pais estavam mesmo aflitos.

A Antónia tinha, pois, muito com que se ocupar, não digo preocupar porque, ao mesmo tempo que invadida por afazeres, ela andava feliz, realizava o destino que desejara e estava disposta a investir bastante nisso. Inevitavelmente, estabelecera prioridades e outros interesses haviam ficado para segundo plano. E foi o que pesou na minha decisão de não lhe contar sobre a visita e a conversa com o Jacinto, não queria sobrecarregá-la.

Até que, poucos dias depois, a sorte virou e algo aconteceu que trouxe evoluções ao "caso". Foi numa noite em que encontrei a Mariana, nossa antiga colega de escola e amiga. Ela fora ver a peça do Arena e, no fim, veio com o grupo tomar um chá. Uma das características da Mariana é a tagarelice: fala imenso, os assuntos ligam-se uns aos outros e quando damos por nós estamos muito mais informados sobre a vida de inúmeras pessoas. Naquela noite também sucedeu assim. No meio da conversa a Mariana fez uma observação, entre mil outros temas que percorreu, que poderia ter-me passado despercebida se eu não andasse preocupada com o assunto:

- Estive em Barcelona na semana passada e sabes quem encontrei? O Joan, o ex-namorado da Sandra. Tomámos um café juntos, foi muito simpático. Convidou-me também para jantar, mas não tive tempo, porque levava uma agenda muito apertada. Pareceu-me com imensas saudades de Portugal, o homem já era mais português que espanhol, ficou com esta coisa das saudades à portuguesa.

Eu tinha o hábito de ouvir a Mariana intermitentemente, para não ficar baralhada. Mas perante esta referência a um encontro com o Joan prestei atenção. Ela sabia muitas coisas da vida da Sandra, eram amigas, sabia do Jacinto e do Carlinhos, que considerava filho deste. Se conversara com o Joan era provável que ele também já soubesse. Poderíamos aproveitar este facto para alcançar o nosso objectivo, eu e o Jacinto? Entretanto ela continuava:

- A Sandra deve ter ficado mesmo muito zangada com ele! Não sabia nada da vida dela, não fazia ideia que ela estava com um companheiro e tinha um filho. Ficou muito interessado, fez-me perguntas que nem eu sei. Tu é que lhe poderias responder, costumas estar mais com a Sandra, já não a vejo há imenso tempo. A última vez que estive com ela foi, deixa-me pensar...

- Que perguntas? – interrompi, antes que ela começasse a fazer contas ao tempo e esquecesse o tema inicial.

- Perguntou-me de onde era o Jacinto, se estavam juntos há muito tempo, a idade do Carlinhos. E até me perguntou se tinha uma fotografia dele. Insistiu nisso. Procurei no perfil da Sandra, na *net*, mas concluímos que ela não tinha publicado nenhuma foto do bebé. Ficou tão desiludido que prometi que lhe enviava uma por *mail*, se arranjasse. Não posso pedir à Sandra, não é? Se está tão zangada com ele de certeza que recusará. Mas fiquei com pena dele, pareceu-me desamparado.

A Mariana tivera a mesma sensação que eu, provavelmente mais forte, pois imagino a ansiedade do Joan quando soube que a Sandra tinha um filho. Fiz uns sons que encorajassem a Mariana a continuar a falar, ao mesmo tempo que pensava que os dados haviam sido lançados, uma primeira informação relevante fora dada, agora tratava-se de esperar que a inteligência do Joan funcionasse. Mas talvez houvesse ainda um empurrãozinho possível:

- E encontraste alguma foto para lhe enviar? – perguntei, tentando disfarçar a ansiedade e parecer apenas casualmente curiosa.

- Só encontrei uma em que estou com ele ao colo, muito pouco tempo depois de nascer, quando o fui visitar. É um embrulhinho nos meus braços, não se nota nada dele mesmo. Disse ao Joan que não tinha, tive pena. Ele ainda não respondeu.

- Eu tenho aqui algumas, no telemóvel. Queres ver? Se quiseres envio-te e tu reencaminhas para ele.

Mostrei-lhe as fotos do Carlinhos que tinha comigo. Eu não estava cem por cento segura e confiante, estava a tentar ignorar um sentimento de traição aos desejos da Sandra e pensar apenas na minha conversa com o Jacinto, na crença dele que a verdade era melhor para todos e na sua afirmação que não ficaria com a Sandra se ela não contasse ao Joan que tinha um filho. Depois de mostrar várias fotografias, seleccionei aquela em que o Carlinhos estava quase igual ao bebé Jordi e que me confundira quando me parecera vislumbrá-la na carteira do Joan.

- Olha esta, parece-me que ele se vê muito bem aqui. Vou-te enviar agora.

- Não achas que ele preferia uma em que estivesse a Sandra com o bebé? Assim, para ele, não passa de um bebé desconhecido.

- A Sandra não gostaria se soubesse que enviámos uma foto dela para o Joan.

- Penso que também não gostaria de saber que enviámos do Carlinhos. – disse a Mariana, inteligente – Achas que o melhor será dizer que não tenho e pronto? Para ela não ficar zangada.

- Não lhe dizemos! É uma forma de o consolar, não achas? Tu sentiste-o desamparado e triste.

- É verdade. Olha, já chegou, vou fazer um *mail* e enviar-lhe.

Naquela noite o Joan recebeu a fotografia do filho português. Imaginei-o, primeiro a pensar que era alguém a brincar com ele, depois a ir percebendo as diferenças e finalmente a dar significado às incríveis semelhanças. A Mariana continuou a falar, voltei a ouvi-la com interrupções, tentava antecipar os cenários sobre o que o Joan faria, se fizesse alguma coisa.

Quando cheguei a casa enviei um *mail* ao Jacinto com estas palavras enigmáticas: "O processo foi iniciado". Pensei que ele entenderia e que se alguém lesse, por acaso ou curiosidade, não teria nenhuma pista do que se tratava. Ele respondeu, igualmente obscuro: "Fico satisfeito. Depois contas-me como aconteceu." E ficámos ambos à espera.

Capítulo XXII – Os nós desfeitos

O que vou narrar agora ouvi-o pela voz do Jacinto, não presenciei os acontecimentos. Ele contou-me ao mesmo tempo que me agradeceu, ainda sem saber se os factos novos lhe trariam felicidade ou infelicidade. Depois de tudo ter passado fiquei muito mais próxima deste homem que no início pensei ser um intruso, alguém que se aproveitara do estado de fragilidade da Sandra para ficar com ela e não lhe dera tempo para fazer o luto do longo namoro anterior. Ao testemunhar a forma como acompanhou a Sandra e o filho e como lutou pela verdade, a minha visão mudou e pensei que ele na realidade não se aproveitara do desamparo, ele apoiara-a nos momentos em que fora preciso e colocara mesmo algumas necessidades dela à frente das suas. Sem ficar com pena de si próprio e sem cobranças! Ele merecia o amor da Sandra e merecia poder viver o seu amor por ela.

Num sábado, perto da hora do almoço, o Joan bateu à porta da casa de Vila Real que lhe era familiar e onde actualmente viviam o Jacinto, a Sandra e o bebé. Por puro acaso foi o Jacinto que abriu a porta, a Sandra saíra para ir ao cabeleireiro. Embora o visitante já estivesse informado que viviam juntos, ficou surpreendido e hesitante. Haviam sido muitos anos a bater à porta daquela casa e ser recebido como o dono que regressa de uma ausência. Recompôs-se o melhor que pôde e perguntou pela Sandra. O Jacinto disse que ela não estava, apresentou-se e convidou-o a entrar, explicando que tinha de continuar o que estava a fazer e que era dar a sopa ao Carlinhos. Dirigiram-se ambos para a cozinha, onde o bebé, recostado na espreguiçadeira, brincava com algo barulhento, pacientemente frente à sopa com peixe colocada fora do seu alcance. Na cozinha, o Joan olhou emocionado para o Carlinhos e murmurou para dentro: "Meu Deus". O Jacinto apresentou o Carlinhos e recomeçou a dar-lhe a sopa, depois de indicar uma cadeira à visita. Concentrado nessa tarefa, deixou de prestar atenção a qualquer outra coisa, o que permitiu ao Joan observar o que quisesse. E o que queria Jacinto que o Joan observasse? Mais do que uma coisa. O Carlinhos, claro. E a ele próprio, Jacinto com o Carlinhos. E o ambiente familiar, os objectos do dia-a-dia testemunhando a vivência das pessoas. Queria entregar ao Joan a paternidade formal, mas queria também mostrar-lhe que agora o território era dele, não se deixaria desapossar facilmente de nada, nem da mulher, nem do amor do bebé que naquele momento alimentava.

Mantinham-se em silêncio quando ouviram a chave na porta. A Sandra chegava, linda depois das horas no cabeleireiro. E o Jacinto deu graças por isso. Foi ao encontro dela, deu-lhe um beijo de marido e disse-lhe baixinho:

- Está aqui o teu ex-namorado, o Joan. – esperou alguns segundos para que ela pudesse integrar a informação e continuou – É agora que tens de lhe dizer a verdade, não tenhas medo, eu estou contigo.

A Sandra ainda não tinha percebido bem o que se passava quando chegou à cozinha, onde encontrou o Joan, a tentar brincar com o Carlinhos que já acabara a sopa. O seu primeiro reflexo foi pô-lo na rua:

- O que estás aqui a fazer? Quem é que te deixou entrar? – virou-se para o Jacinto – Quero que ele se vá embora, não quero este homem na minha casa. Põe-no na rua!

- Temos de falar, Sandra – disse o Joan, afastando-se do bebé e aproximando-se dela.

Ela estendeu os braços à sua frente, para manter a distância:

- Não temos nada para falar. Vai-te embora!

-Sandra, por favor, fala com ele – interrompeu o Jacinto – Eu estou aqui para te apoiar, mas preciso que fales com ele.

Ao apelo do companheiro a Sandra fraquejou. Fixou-o, com lágrimas assomando no olhar

- Tens a certeza do que me estás a pedir?

- Tenho a certeza absoluta. Fala com ele. Eu levo o bebé para o quarto, vou mudá-lo. Fiquem aqui ou na sala, onde quiseres.

Tirou o Carlinhos da cadeira e levou-o consigo, conversando. Afigurou-se-lhe que o Joan também estava emocionado, parecia muito menos seguro do que à entrada. Sentiu-se confiante na sua relação com a Sandra, quis acreditar que ela o escolheria, se tivesse de escolher. Lá dentro, trocou a fralda do Carlinhos, voltou a vesti-lo e deitou-o, para a sesta da tarde. Ouvia vozes abafadas na sala, mas não conseguia perceber o que se dizia, pois fechara as portas intermédias todas. Quando o bebé adormeceu movimentou-se para o corredor e ficou a ouvir, sem culpabilidade pela indiscrição: tratava-se da vida dele e da mulher dele, sentia-se no direito de tomar conta.

O principal já fora dito, o que dizia respeito ao que motivara o Joan a romper o namoro, que incluía a informação sobre a existência de Jordi. A Sandra mostrava-se indignada:

-Estiveste com ela enquanto estavas comigo? Tu és um traidor, não tens a mínima desculpa.

-Tens razão, fui estúpido, estava desanimado porque não conseguíamos decidir viver juntos apenas num país, as viagens eternizavam-se!

- Acabavas primeiro comigo.

- Eu não queria acabar a relação contigo. Nem agora quero acabar a relação contigo. Vinha com muita esperança que a verdade nos permitisse reatar, criar o nosso filho juntos! Eu amo-te.

- Para ti é plural, tens de falar em filhos, tens dois! Aliás, tens um, o Carlinhos é meu, não precisas de ter nada a ver com ele. Não sei como soubeste que ele existia, mas podes voltar para a tua terra e continuar a tua vida como até aqui, a viver na ignorância.

- Quero criá-lo contigo.

- Como podes propor uma coisa dessas ao mesmo tempo que me revelas uma traição da época em que eu pensava que estavas comigo? Eu nunca tive outro homem, naqueles anos todos! E estive tantas vezes sem ti como tu sem mim. E quantas vezes senti a falta, falta de companheiro e falta de sexo. Mas aguentei, esperava pelos nossos encontros!

- Eu sei, e não calculas como lamento isso!... Mas como é que foste tão rápida a viver com este homem que está na tua casa? Tal velocidade faz-me desconfiar que também tinhas alguma coisa com ele antes de acabarmos. Comigo nunca quiseste viver.

- Não é da tua conta! Com ele não tive de mudar de país.

- Vês, no fundo estás com ele por comodismo, é a mim que tu amas, só que eu sempre te pareci mais difícil.

- Eu gosto do Jacinto e gosto da minha vida com ele.

O Jacinto anotou mentalmente que ela não disse "eu amo-o". Ficou triste, mas não desistente. Há muito que tinha esta noção e acreditava que, se os nós da vida antiga da Sandra se desfizessem, se abriria o espaço para o amor dela por ele. Ele amava-a há muito tempo, amara-a antes de lho poder dizer e por isso aceitara substituir o Joan e aceitava esperar por ela.

Decidiu parar de escutar atrás da porta e reaparecer na sala. Não queria dar mais tempo àquele idiota que pretendia roubar-lhe a mulher. À sua entrada a conversa mudou de tom. Joan perguntou:

- Como é que vamos fazer?

- Não sei, tenho de pensar... – respondeu a Sandra, evasiva.

-Temos de alterar a filiação do bebé!

- Que importância tem isso?

- É meu filho!...

- Pai é quem cria, quem está presente.

- Tu não me disseste! – o tom das vozes recomeçava a elevar-se.

- Tu foste embora e nunca mais perguntaste nada. O que é que querias? Que fosse atrás de ti, dizer-te que ia ter um filho, para duvidares da paternidade?

Felizmente o Joan conseguiu parar e voltar à sensatez:

- Estamos a repetir-nos, já falámos disto. Temos de seguir em frente. Por favor, Sandra, não vamos tornar tudo ainda mais difícil.

Jacinto pensou que estava na hora de intervir:

- Ninguém tornará a situação mais difícil do que ela é. Diz-nos como pensaste fazer e nós veremos o que é necessário da nossa parte. Claro que percebes que para estar com o bebé será complicado levá-lo. Primeiro tem de te conhecer e de se familiarizar contigo. Vai ser uma tarefa árdua, estando a viver em Barcelona. Mas diz-nos como queres fazer...

Naquele momento aperceberam-se os três que não tinham um plano, nem ideias claras alinhadas para enfrentar os aspectos práticos de situação tão complexa. Para a Sandra tudo fora inesperado, para o Jacinto de certa forma também, mesmo que ele tivesse podido estar mais preparado do que ela, por causa do que sabia sobre a conversa do Joan com a Mariana. Afinal não estava. E o Joan pensara apenas no desejo de recuperar a Sandra, não colocara a hipótese de ficar com um filho português mas sem a mãe dele.

- Não tinha entrado no meu raciocínio que informá-lo sobre a paternidade do Carlinhos implicaria ter de levar com ele em casa, a visitar o meu filho e a tentar seduzir-me a mulher! – disse Jacinto, irritado consigo próprio quando me contou estes sucessos.

- Estou convencida que por aí não tens de te preocupar. Conheço a Sandra há muitos anos e sei que é mulher de um homem só, quando entra numa relação é para ficar. – respondi, procurando acalmar a sua inquietação.

- Isso não me tranquiliza muito, pode ser a meu favor ou contra mim. Ela esteve com ele muito mais tempo do que comigo e não foi por vontade própria que o deixou.

- Sim, mas também nunca se dispôs a largar tudo e ir atrás dele para Barcelona, ao longo dos anos em que namoraram. Porque tem uma natureza estável e ligada às suas raízes. De que tu fazes parte, actualmente.

Não sei se ficou mais descansado. Tentou fazer parte de todos os arranjos necessários e fazer marcação próxima ao rival. Aconselhei-o a não exagerar, a confiar na Sandra e no que sentia por ele e a corresponder ao que ela lhe pedia, mais do que a tomar muitas iniciativas.

Sandra, segundo o Jacinto, experimentou uma espécie de alívio e descompressão após a visita do Joan e a revelação da verdade. Ao contrário do que ele esperava não se zangou violentamente com ele, nem comigo. Questionou se tinha sido ele ou eu que contáramos ao Joan sobre o Carlos, ao que Jacinto pôde responder que não, com verdade, felizmente.

- Há muitas formas possíveis para ele ter tomado conhecimento, quase todas as pessoas do teu círculo de amigos eram também do dele, depois de todos os anos que namoraram. – observou Jacinto em resposta a essa pergunta – Na cidade as pessoas sabiam quem ele era, quando o viam por aí, nos períodos que passava contigo. Basta que tenha encontrado uma pessoa conhecida de ambos.

- Que ele tenha sabido que eu tinha um filho percebo que era fácil, só não entendo como desconfiou que o filho era dele.

- Sandra, basta olhar para o Carlos. Tem algumas coisas tuas, mas basicamente é parecido com ele, não tem muito por onde duvidar.

- E como é que ele olhou para o Carlos? Enviaste-lhe uma fotografia?

- Já te disse que não. Concordo que é provável que tenha visto uma fotografia, mas não fui eu que lhe enviei. Não confias em mim?

Sandra olhou para o Jacinto hesitante, dividida, mas sem querer realmente desconfiar, precisava de se sentir segura e tinha muitas razões para acreditar na sua franqueza.

- Confio, mas tens de concordar que foi muito oportuno para ti ele ter aparecido desta forma, quando andavas a pressionar-me para o procurar e contar-lhe.

- Foi oportuno para os dois. Sandra, eu quero passar contigo o resto da minha vida, mas não me estava a sentir capaz de fazê-lo com esta mentira no meio.

- O problema agora vai ser como organizar-nos com a verdade!

Quando o Jacinto me contou esta frase pensei até que ponto ela continha múltiplos significados e condensava grande parte das angústias da Sandra. Pareceu-me que, além de questionar como iriam partilhar a paternidade, no concreto da divisão do poder paternal e da coabitação com pais que viviam em duas cidade distando mil quilómetros, a Sandra se interrogava sobre como seria capaz, ela própria, de organizar a nova realidade dentro da sua cabeça. Como rearranjaria o seu mundo que estruturara esforçadamente na forma actual? Como lidaria com o desejo reencontrado do Joan e com a sedução que este reencontro continha? Joan queria-a, talvez mais do que queria o filho, este dera-lhe coragem para regressar a Vila Real, mas não era o único objectivo da sua demanda, ficara claro na primeira conversa que o Jacinto me relatara.

Perante tudo isto Sandra perguntava "como nos organizaremos com a verdade?" e eu não ia comunicar ao Jacinto a polissemia que compreendia nesta frase, mas estou certa que não era preciso, ele era um homem inteligente e sabia. E ia ficar alerta, tenho a certeza, não seria desapossado da mulher sem dar luta.

Quanto a mim, sem me arrepender do contributo que dera para a revelação da verdade, senti-me sem palavras. Podia imaginar a minha amiga passeando por Vila Real com o Jacinto de um lado e o Joan do outro, a empurrar delicadamente o carrinho de bebé do Carlos enquanto os seus "dois maridos" lhe sussurravam aos ouvidos palavras de amor. Mas como a vida não era um filme afastei a cena fantasiosa e concentrei-me no desejo de que os três conseguissem lidar o melhor possível com esta situação tão complexa. Só o futuro mostraria a força destrutiva ou construtiva dos acontecimentos actuais. Não havia mais nada que eu pudesse fazer, a não ser ficar ao lado da Sandra, se ela permitisse.

Capítulo XXIII - Regresso à montanha

O comboio emergiu de um túnel e, pouco tempo depois, chegou à estação onde devíamos sair. Da janela observo maravilhada a paisagem que corre cada vez mais devagar. É ao entardecer e é Inverno, por isso o dia desaparece com rapidez. No entanto ainda é possível abarcar o branco azulado da paisagem, banhada pela luz do crepúsculo. Nunca na minha vida vi tanta neve junta, é espantoso como um quadro quase monocolor consegue ser tão fascinante. O Afonso tem de me interpelar para que eu perceba que o comboio parou e é hora de sairmos com as nossas bagagens.

Na estação está à nossa espera o motorista da pousada. Para além de nós tem mais quatro clientes, dois casais com aspecto muito desportivo que transportam mochilas enormes cheias de atilhos, bolsas e pendentes. Sinto-me estranha, com a minha mala grande de rodas e a mochila pequena que me serve de mala de mão. Instalamo-nos na carrinha, que nos leva pelas ruas cobertas de neve. Não se vê o asfalto, está tudo branco, ao lado da estrada, quando não há casas, observa-se a espessura grandiosa da neve. Apesar disso o condutor vai seguro, carro e motorista estão preparados, aquele é o estado habitual da vila e das estradas, durante uma boa parte do ano.

É só quando nos apeamos junto da entrada da Pousada e descarregamos as malas que sinto o outro lado daquela bela paisagem: o frio é extraordinário, não entra imediatamente no corpo porque estamos agasalhados e saímos quentes do comboio e da pequena viagem de carro, mas sente-se nas partes descobertas, na cara, na respiração. Subo imediatamente a gola, de cuja utilidade não tivera muita consciência até ali, ponho o gorro de lã e calço as luvas, quentes por dentro e impermeáveis por fora. Assim sinto-me preparada para atravessar o pátio coberto de branco, como tudo por ali, deixando com o meu trólei um rasto na pequena camada de gelo do caminho, até à entrada da pousada. Tenho um certo receio de escorregar, mas as minhas botas especiais mostram o seu valor e agarram-me bem à terra. Passamos por uma zona coberta onde estão os guardadores de esquis e de pranchas de snowboard e entramos. Lá dentro os atavios tornam-se desnecessários, está de novo quente, ainda mais quando subimos para o quarto.

O quarto é pequeno, todo de madeira, na parede e na mobília. Em conjunto com a alcatifa, de um castanho mais leve do que as paredes e a cama, resulta bastante acolhedor. Uma grande janela com as cortinas recolhidas devolve-nos a nossa própria imagem, em vez de mostrar a vista que tem para revelar, pois já anoiteceu, apesar de ainda não ser muito tarde.

- Na montanha os dias são curtos, têm de se aproveitar ao máximo - advertira o Afonso, montanhista experiente.

- Tudo bem, tentaremos aproveitar também as noites longas! – reagira eu, cheia de subentendidos que o fizeram sorrir.

- Vou cobrar essa promessa, mesmo que estejas a cair para o lado depois de uma tareia de *ski*! – ameaçou, alegre.

Foi só mais tarde que percebi o que ele queria dizer, depois da primeira aula de *ski*, em que estive quase a desistir para todo o sempre de me entender com aqueles materiais incómodos e traiçoeiros.

Naquele momento em que explorava o quarto ainda não sabia e, entusiasmada com a perspectiva das noites longas, experimentei a cama, dando pequenos saltos sentada que me fizeram ressaltar agradavelmente. Prometia bons momentos, de amor e de sonhos. Aprovado o colchão decidi-me a desfazer as malas e ir tomar um banho, bastante necessário depois das várias horas de viagem. O Afonso juntou-se a mim no duche suficientemente largo para ambos, que acabou por ser estreado antes da cama. Encostada à parede do chuveiro, com uma perna apoiada na torneira e a outra firmemente assente no chão para encontrar um equilíbrio que resistisse aos golpes de rins do Afonso, saboreei um orgasmo encharcado e revigorante. Por causa disso tivemos de nos apressar a arranjar para o jantar que tinha um intervalo de horário curto.

Depois do jantar, sentámo-nos com uma bebida no bar quente e acolhedor, que tinha aspecto de sala de estar, com pequenos grupos de sofás por onde se espalhavam os hóspedes, uma televisão e jornais e revistas em várias línguas. Havia uma lareira grande, onde ardia um fogo forte que avivava com o seu crepitar incerto a média luz ambiente. Levemente encostada ao Afonso, passeando o olhar pelo lume e pelo ambiente cálido, senti-me extraordinariamente relaxada. Não era cansada, era mesmo relaxada, no corpo saciado e no espírito que ganhava leveza, como sem pensamentos, apenas gozando o momento.

Estava muito alegre por estarmos ali, por termos encontrado toda aquela neve que vislumbrara à chegada, pela boa cama, pelo sexo inaugural, pelo ambiente simpático, pela bebida agradável, por ter trazido o Afonso para uma férias que sabia que ele gostava, por estar disposta a experimentar um desporto que nunca experimentara antes na minha vida, por amor.

Esta viagem fora a minha prenda de Natal ao Afonso. Era como uma segunda lua-de-mel, desta vez ao gosto dele e organizá-la era a minha forma de mostrar que queria aprender a apreciar coisas que ele apreciava. O local era a pequena vila onde estivéramos na lua-de-mel de Verão, quase dois anos antes, embora tivesse sido difícil reconhecer as ruas do centro, que nos eram familiares, em Julho coloridas de flores e agora cobertas por um manto branco, igualmente bonito mas sem dúvida transfigurador.

Trazíamos planos mais calmos do que no Verão, o Afonso queria fazer ski e eu queria aprender. Para além disso tencionávamos dar passeios pela vila e visitar algumas das cidades próximas, inclusive na Suíça, que estava logo ali ao lado. Havia ainda um convite para jantar com Paul, o guia de montanha da nossa lua-de-mel, e a sua mulher portuguesa cujo bebé, por esta altura, devia estar bastante crescido. A nosso pedido, Paul tinha feito os contactos para as minhas aulas de ski, programadas a partir do dia seguinte. Por iniciativa dele combinara acompanhar o Afonso para o familiarizar com as pistas.

As férias foram tudo o que eu desejara que fossem, incluindo um tempo de reaproximação entre mim e o Afonso, depois de um ano em que eu estivera tão envolvida com problemas das pessoas à minha volta que sobrara pouco para nós dois, em inúmeras ocasiões. O Afonso fora sempre o meu reabastecedor de energia, a pessoa onde descansava a alma, o amor que me limpava a mente com magníficos momentos de sexo. Mas a outra proximidade, a intimidade que é dada porque se fazem coisas em conjunto, pelas conversas leves sobre a vida ou pelos planos a dois, essa diminuíra. Afonso soubera muito pouco sobre a vivência do problema da Sandra, em que eu estivera profundamente envolvida. Acompanhara mais as dificuldades que disseram respeito ao Vasco e aos meus pais e fora uma grande ajuda. Mas ocupar-nos disso reduzira o espaço para nos ocuparmos de nós, claro. Queríamos os dois pôr a intimidade em dia, recuperá-la conversando, como fizéramos na época maravilhosa em que nos encontrávamos em Paris ou quando estreávamos a nossa vida comum e ficávamos longas horas na sala, ele a estudar para o exame da especialidade, eu a preparar as aulas ou os testes para os meus alunos, tudo à nossa volta a correr sobre rodas, os amigos, tal como nós, a viverem felizes e sem problemas.

Um dia, após uma manhã de ski que me deixara derreada, pela exigência das aulas e pelas inúmeras quedas que puseram o meu traseiro em estado de sítio, apesar das calças da neve almofadadas, sentámo-nos para comer, na esplanada junto às pistas. Estava cheia de desportistas que, como nós, aproveitavam a manhã para descer a montanha e a tarde para apreciar o sol aberto que alegrava a magnífica paisagem de postal e aquecia os corpos cansados. Depois do almoço deixámo-nos ficar nas cadeiras de descanso que havia distribuídas pelo espaço, viradas para a encosta que conduzia à vila e que tinha uma pista por onde deslizavam os esquiadores experientes. Nessa tarde contei ao Afonso a história toda da Sandra, do Carlinhos, do Jacinto e do Joan. Ouviu-me espantado, sem me interromper. Quando terminei, para além da surpresa expressou a sua zanga:

- Como é que foste capaz de passar por isso tudo sem me dizer? Não confias em mim?

Levantei-me da minha cadeira e abracei-o:

- Desculpa, meu amor, tens razão para estar zangado, mas eu não podia contar-te: a Sandra pediu que não contasse a ninguém! Conheces-me, sabes que eu sou assim, ninguém é ninguém, não é: "ninguém excepto o teu marido ou a tua mãe ou o teu melhor amigo..."

Apaziguou-se:

- Está bem, posso aceitar isso. Mas não repitas. Quando te confiarem segredos e pedirem para não contares a ninguém, antes de ouvires dizes: "se me contares partilho com o meu marido, se não estás de acordo com isso não me reveles nada".

- Prometo. – concordei, a rir, aliviada, pois tinha consciência que lhe escondera demais esta história, se estivesse no lugar dele também ficaria zangada com tal secretismo.

- E também prometo que não volto a deixar que a vida das outras pessoas me envolva tanto e haja o perigo de me afastar de ti. Não quero que o nosso casamento fique em segundo plano, nunca!

- Eu também andei muito ocupado, a tentar conciliar a minha vida profissional com a actividade no Arena. Não sei se vou conseguir conservar ambas, está a ser cansativo. E há outros projectos a que eu gostava de dar prioridade. Contigo.

Sorri, aquela sintonia entre nós maravilhava-me:

- Acho que andamos a pensar no mesmo!

- Sentes-te preparada? Não falei disto antes porque eu próprio não me sentia preparado, parecia-me haver tantas coisas a realizar primeiro. O trabalho, o teatro, viajar contigo... Hoje penso que não será assim tão difícil renunciar ao que for preciso e que continuaremos a poder fazer muito daquilo que gostamos.

- Conviver com as minhas amigas também me ajudou a perder o medo. Sim, penso que estou pronta para ter um bebé, Afonso.

Entretanto o sol descera e o ar livre tornara-se mais frio. Os nossos corpos já tinham arrefecido do aquecimento provocado pelo exercício físico, por isso tivemos vontade de sair da esplanada. Levantámo-nos, agarrámos nos nossos apetrechos de ski e fomos para o teleférico que levava dos cumes da montanha até à vila. Na luz do entardecer a descida continuava fascinante: passando por baixo das cabines, as casas pareciam pertencer a uma aldeia feita de glacê de açúcar, com os telhados brancos intocados, os pinheiros eram como fantasmas benevolentes e quietos e os seus ramos cobertos de neve juntavam nas pontas montinhos de feitios caprichosos, com aparência de flores que apetecia colher. Na encosta não havia vestígios de passos humanos, na fofura espessa apenas se viam, esparsas, algumas pegadas de animais, pássaros da neve ou esquilos, que enfrentavam o frio com os seus casacos de pêlo. Envolvidos pela beleza daquela paisagem e pela conversa que acabávamos de ter, nós dois devíamos ter uma expressão apaixonada, pois reparei que os nossos companheiros de cabine, um casal com um filho adolescente, nos olharam sorridentes e disseram qualquer coisa ao ouvido um do outro. Senti-me levemente enleada, mas não o suficiente para largar a mão do Afonso e perder o sentimento amoroso que me acompanhava.

A partir dali o sexo teve outro carácter. É difícil explicar, mas fazer amor desejando gerar um filho é uma experiência diferente. Transforma-se num acto que tem como que uma natureza sagrada, sentimo-nos a partilhar a missão da deusa-mãe dos nossos antepassados, realizando a criação no ritual do amor.

Quando regressámos a Lisboa e à nossa vida de todos os dias, ficou-me uma memória doce daquele período em que a brancura estava em todo o lado. As temperaturas negativas não tiveram a menor importância, pois a nossa alma veio quente, derretida de amor. Não sabíamos se o nosso bebé já existia, escondido num cantinho do meu corpo, provavelmente não, mas vinha a caminho na nossa imaginação e isso já era maravilhoso. Podíamos esperar pelo seu tempo.

Desta vez não avisámos ninguém do horário de chegada do avião. Descemos lado a lado a rampa do aeroporto de Lisboa e apanhámos um táxi para casa. A aura de felicidade ainda não havia desaparecido, pois o motorista observou, brincalhão:

- Correu bem a viagem!

Sorrimos e o Afonso respondeu:

- Muito bem, estava mesmo quente!

Penso que o homem imaginou que vínhamos do Brasil ou de outro país tropical. Começou a discorrer sobre as baixas temperaturas que se faziam sentir em Lisboa, uma autêntica vaga de frio, segundo ele. Não ouvi quase nada do que disse. Estava ocupada a reencontrar a minha cidade e a pensar como seria a minha vida quando levasse comigo um pequeno ser dependente.

Pensei no Pedro, no Carlos e na Ana, a filha da Julieta, seres que há pouco não existiam e agora eram o mais importante para as suas mães. Também no pequenino luso-francês filho da Teresa e do Paul, Jean-François, que visitáramos nas férias. Corria alegremente pela casa, com a mãe ou o pai atrás, inquietos que se magoasse. A Teresa recebera-nos como a velhos amigos e dissera-nos que desde que o filho nascera as saudades de casa eram muito menores, sentia-se reconciliada com a emigração quando via o seu pequeno montanhês ganhar à vontade com aquela terra, verde no Verão, branca no Inverno e multicolorida na Primavera. Por aqueles dias levavam-no para as pistas, muito agasalhado, e faziam a descida à vez, enquanto um deles ficava com o filho na zona onde se concentravam grupos de pais, bebés e crianças, num parque infantil gelado que só mesmo os habitantes da montanha podiam imaginar. A Teresa perguntou-nos quando pensávamos nós em ter um bebé, conhecera-nos na lua-de-mel, sabia que estávamos casados há quase dois anos.

- Viemos cá fazê-lo, queremos um filho da montanha, resistente! – respondera o Afonso, brincalhão e ao mesmo tempo verdadeiro.

- Pois foi – corroborei sorridente – Quem sabe já está connosco!

Finalmente eu sabia que era tempo de viver aquela experiência na primeira pessoa. Não seria uma mãe como a Antónia, ou a Sandra, ou a Julieta. Acreditava que o faria à minha maneira, a maneira Luísa, insegura, tagarela e metediça mas também alegre, feliz na maior parte do tempo, carinhosa e doce. E à maneira do Afonso, protector, divertido, movimentado e criativo.

Estava nestes pensamentos quando o táxi estacou. Chegáramos. Paguei ao motorista, enquanto o Afonso tirava as malas do carro. Ficámos por momentos parados no passeio, como a fazer o reconhecimento do lugar. Depois eu disse:

- Que bom chegar a casa.

Não é que tivesse saudades, estivéramos fora pouco tempo e fora muito agradável aquele mergulho num ambiente tão diferente do que me era familiar: a brancura interminável, o frio, o esqui, a montanha simultaneamente doce e agreste naquela época do ano, com a sua paisagem virginal atraente e gelada. Era bom chegar porque trouxéramos desta viagem um futuro diferente daquele que levávamos e reentrar em casa, naquele dia, era como dar o sinal de partida para esse futuro.

Capítulo XXIV – A festa dos bebés

Estou sentada no sofá da sala da casa da Antónia e olho à minha volta, meio assustada. A sala é grande e agradável, tem uma varanda comprida e estreita que percorre quase toda a frente da casa, com portas-janela que permitem entrar para a cozinha ou para a sala e que neste momento estão abertas, provocando uma ligeira corrente de ar que refresca o ambiente. O sofá, de quatro lugares, está coberto por duas mantas leves, de algodão, que o protegem de todos os incidentes ameaçadores que podem acontecer num dia de festa. A mesa foi encostada à parede do fundo, para deixar o espaço mais amplo. Do tecto pendem balões coloridos e há bonecos recortados em cartolina a decorar as paredes: palhaços, ursos, bolas...

Há gente por toda a parte, gente grande e gente minúscula, uns ao colo, outros gatinhando e ainda outros andando aos baldões, volta e meia com o rabo no chão. Felizmente as fraldas amortecem o impacto e os pequenotes lá se levantam como conseguem, para retomarem os seus passinhos hesitantes e sem travões.

Há uma grande azáfama neste dia. Ao contrário do que podia parecer, porque estamos em casa da Antónia, celebramos o primeiro aniversário do Carlinhos, o filho da Sandra. O filho da Antónia e do Manuel, o Pedro é um dos caminhantes, está com 15 meses, começou há pouco tempo mas já percorre a casa toda com os bracinhos oscilantes e uma expressão feliz. O Carlos não lhe fica muito atrás, não caminha mas gatinha freneticamente e levanta-se com grande classe, agarrado a qualquer objecto que tenha um mínimo de firmeza! Estão lindos, estes bebés que sinto autenticamente como meus sobrinhos, os filhos das minhas amigas queridas. Também está presente a Ana, a filha da Julieta, mas essa é mesmo pequenina, está ao colo da mãe na maior parte do tempo ou no carrinho, de onde observa maravilhada as outras crianças. Vê-se que adora o movimento e lança os bracinhos para que a tirem da cadeira aprisionante e a levem para o centro da confusão.

Naquele momento estou parada, mas já ajudei bastante, cheguei cedo, para colaborar na preparação da festa. Em conjunto com a Antónia e a mãe da Sandra organizámos as comidas – a maior parte veio feita, todas as pessoas trouxeram os seus contributos, por esse lado não tivemos muito trabalho – fizemos a decoração da sala, pusemos a mesa e preparámos a casa para receber uma festa de bebés. Protegemos tudo o que era mais sensível nas mobílias e objectos de decoração, para não magoarem os convidados e para não se partirem. Foi trabalhoso mas ficou muito bem e quando a Sandra chegou, com o Carlos e o Jacinto, estava tudo preparado. Foi de propósito, só queríamos que ela apreciasse o momento, era o nosso presente no primeiro aniversário do filho.

Quando entrou e viu todo o aparato e as pessoas, o Carlinhos, que vinha ao colo da mãe, fez uma expressão assustada, agarrou-se a ela e escondeu a cara no seu ombro. Só a pouco e pouco foi ficando mais à vontade e começou a mostrar curiosidade, primeiro pelos bonecos na parede, depois pelos outros miúdos que cirandavam. Aceitou ir para o colo da avó materna e depois para o colo da tia que o levou para o quarto do Pedro onde estava a maioria das outras crianças, sob a supervisão da irmã da Sandra e da minha irmã, a Joana, que generosamente aceitara esta tarefa ingrata que eu lhe pedira.

O Jacinto e a Sandra levaram para a cozinha o bolo de aniversário que traziam e eu fui atrás deles, para indicar o prato onde havíamos pensado colocá-lo. Para meu alívio, a Sandra não trouxera dois maridos, um em cada braço, como eu imaginara em tempos, trouxera apenas o do costume Foi bom vê-los alegres, a brincar um com o outro, por enquanto parecia que o trauma da mudança de apelido do filho e a obrigatoriedade de deixar o Joan participar na vida dele estava a ser ultrapassado.

O ressentimento da Sandra para comigo, por ter insistido para contar a verdade, contra a opinião dela, também estava atenuado. Às vezes ainda me cobrava alguma coisa, sobretudo queixando-se por ter de partilhar o bebé com o ex-namorado.

O Joan, uma vez por mês, instalava-se durante uma semana numa residencial em Vila Real, para poder estar com o filho. Conseguira organizar-se no emprego de modo a trabalhar à distância nessa semana, o que lhe permitia ficar em Portugal com regularidade. A Sandra não sabia, porque não lhe perguntava, como estavam as coisas com o bebé catalão e com a mãe dele, mas suspeitávamos que já não estava com ela, de outra forma seria muito difícil fazer estes períodos de paternidade transmontana.

Trouxemos o bolo para o seu lugar na mesa, deixámos as adolescentes a ocupar-se das crianças, os homens a disputar um jogo cheio de monstros próprio para miúdos mas que eles adoravam e, com a Antónia, instalámo-nos num recanto da varanda sentadas em banquinhos de velhas camponesas – a varanda era demasiado estreita para cadeiras de jardim – a saber as novidades umas das outras. De dentro da casa vinha uma algazarra feliz, os homens a celebrar os pontos conquistados eram mais ruidosos do que os miúdos a correr de um lado para o outro, às vezes a chorar por alguma contrariedade e outras vezes a rir das pantominices da Joana, que trouxera um disfarce de palhaço e estava agora a exibir-se para uma plateia surpreendida e curiosa.

Contei que fora ao Dr. Abel, o ginecologista que partilhávamos as três e que ele me perguntara por elas. Muito profissionalmente, ao de leve, perguntara apenas se estava tudo bem com as minhas amigas, pois não devia ser eticamente correcto falar de umas clientes a outra, mesmo sabendo que eram amigas. Lembrámo-nos do dia em que lhe tínhamos aparecido as três, duas grávidas e uma acompanhante, muito comovidas perante a ecografia da sombrazinha que agora era o Carlinhos e a fazer perguntas sobre testes de paternidade. Não passara assim tanto tempo desde esse dia, mas tantas experiências novas tinham sido vividas, tanto que a vida se transformara!

- Ele foi muito bom médico, para mim, ajudou-me imenso. – disse a Sandra, que voltara a ser quase tão aberta como antes – Nunca quis saber mais do que eu lhe dizia sobre a minha vida e tentou sempre acalmar-me as ansiedades. Agora tenho um outro em Vila Real, porque está mais perto, é mais fácil quando preciso de alguma coisa, mas não sinto a mesma confiança que me dava o Dr. Abel.

Fixei-a observando a sua expressão, aquela alusão ao médico que não queria saber mais do que ela lhe dizia deixou-

247

me alerta, tive medo que fosse uma piada para mim, sobre ter-me metido na vida dela. Mas a sua fisionomia estava tranquila e não me pareceu que estivesse a pensar nisso. Senti-me parva, a inventar paranoias onde elas não existiam, procurei relaxar. Entretanto a Antónia também falava da sua experiência com o Dr. Abel:

- Para mim também foi um bom médico. É um homem com muita experiência. Não vou lá há meses porque não preciso e, com a falta de tempo, só vou mesmo a consultas necessárias que actualmente são as do Pedro. E mesmo assim não vou a tantas quantas teria de ir se o Afonso não me resolvesse algumas questões. O teu marido é óptimo, não percebo porque não se decide a ter um consultório...

O Afonso era especialista recente e trabalhava num hospital, em pediatria. Como não queria deixar o grupo de teatro, nem passar o tempo todo a trabalhar, não fazia actividade privada. Com tantos amigos a terem filhos pequenos, às vezes dava uma ajuda nas viroses e constipações e quando lhe pediam indicava colegas que conhecia e considerava competentes, mas não se rendia e mantinha-se em exclusivo no hospital.

A Antónia enumerava as vantagens para os amigos dum consultório do Afonso, mas a Sandra interrompeu-a para me perguntar:

- Ouve lá, Luísa, o que foste fazer à consulta do Dr. Abel?

A Julieta viera lá de dentro, a tentar distrair a Ana que reagira mal a um balão estoirado por acidente durante o espectáculo da palhaça Joana. Ouviu o que a Sandra disse e meteu-se:

- Estão a falar do Dr. Abel, o ginecologista?

- Sim. A Luísa trouxe cumprimentos dele! Também lá vais?

Rimo-nos, afinal tínhamos um homem em comum que conhecia as partes íntimas de todas. Parecia esquisito.

- Credo, não sei se sou capaz de lá voltar! – exclamei.

- O que foste lá fazer? – voltou a perguntar a Sandra, que não largava facilmente uma linha de pensamento.

- Está grávida. – sugeriu a Julieta

Riram-se, depois ficaram silenciosas por momentos e olharam para mim. A minha expressão deve ter sido reveladora:

- Estás grávida! – desta vez foi em coro e com outro tom, afirmativo e gozão.

O sorriso até às orelhas que se estampou na minha cara foi independente da minha vontade.

- Pois estou!

- Já foste ao médico e só agora é que dizes? – indignou-se a Antónia.

- Como tu estás mudada, Luísa, noutros tempos terias contado quando ainda fosse só uma suspeita.

- Noutros tempos falávamos todos os dias – reclamei – Actualmente as meninas estão sempre ocupadas, a dar banhos, jantares, mudar fraldas, adormecer bebés... Há quanto tempo não consigo levar nenhuma, e não falo da Sandra que está em Vila Real, mas tu, Julieta e tu Antónia, a sair calmamente para uma noite de raparigas?

- Isso é verdade, mas não chega como desculpa! – disse a Antónia – Nós até falámos, para preparar este lanche para o Carlinhos. Eu acho que tu não quiseste dizer sem ter a certeza.

- Podes ter um bocadinho de razão. Os dois motivos juntaram-se. Mas é verdade que vos vejo pouco e tenho saudades vossas, não quero que os nossos afazeres nos separem tanto. Por outro lado também havia o meu receio de que fosse apenas falso alarme. Eu e o Afonso decidimos começar a tentar quando estivemos na montanha, em Fevereiro. E demorou mais do que eu estava à espera. Houve duas vezes em que o período se atrasou e eu pensei que estava grávida e senti-me desiludida quando apareceu, com quase quatro semanas de atraso. Então agora esperei, para ter a certeza. E fui ao Dr. Abel confirmar. Mas fui ontem, digo-vos hoje, é tarde?

- Claro que não, amiga.

A Antónia levantou-se e abraçou-me. Depois todas fizeram o mesmo. Ficámos num molhinho de raparigas, incluindo a pequena Ana que não gostou nada de se sentir apertada.

- Então o teu bebé foi feito na montanha – brincou a Sandra – vais ver, vai ser um apreciador da minha nova terra, montanhosa e fria!

- Não, foi decidido na montanha, mas foi feito em Lisboa, já viemos há meses.

- Sim, mas na vossa cabeça foi feito na montanha, foi onde começou a existir! É um bebé que vem da montanha.

- Que ideia bonita, Sandra! Posto assim é verdade: fomos dois para lá e viemos com um projecto de nos tornarmos três.

Lá dentro terminara o espectáculo, a palhaça e a *baby sitter* improvisadas traziam para a sala um pequeno grupo de crianças esfomeadas. As minhas amigas tiveram de retomar os seus papéis de mães. Eu fiquei mais um pouco na varanda, havia adultos suficientes, não precisavam de mim naquele momento. A Joana veio ter comigo, ainda com o seu disfarce de palhaço, tirara apenas o nariz e a cabeleira que lhe faziam calor. Estava gira, a minha irmãzinha, futura tia, ainda ignorante desta sua mudança de condição. Decidi dizer-lhe, sentia-me suficientemente segura para começar a espalhar a notícia, como as minhas amigas ela merecia ser das primeiras a saber. Ficou radiante, atirou-se para cima de mim como quando era pequena, depois percebeu que o movimento fora brusco e teve medo de ter magoado o bebé, recuou e olhou para a minha barriga, à procura de um volume ainda inexistente.

- Estou apenas de 8 semanas - disse eu - não se nota.

- Quando é que se começa a notar?

- Não sei bem. Aos quatro meses, creio. Tenho de perguntar a uma delas que já foi mãe.

- A nossa mãe já sabe?

Sim, já sabia. Ela e o Afonso haviam sido as duas pessoas a tomar conhecimento quando era apenas uma suspeita. E estava muito contente, a minha mãe. Como o Afonso e eu.

Depois das férias na neve ficáramos disponíveis para esta mudança, era uma questão de tempo até ela acontecer. Durante esse período senti-me como o Daniel, que durante a gravidez da Julieta perguntava imensas coisas sobre bebés, os cuidados e os incómodos que eles davam. Eu ainda não estava grávida, ou talvez estivesse, como a Sandra sugerira, de certa forma vim grávida na minha cabeça das férias na montanha. Perguntei e observei muito, muitas vezes me senti assustada, quando reparei nas olheiras das mães de bebés pequenos ou quando sabia que alguém tivera de largar de repente o trabalho porque o filho ficara com febre. Mas as minhas observações também me entusiasmaram, quando me parecia menos difícil do que eu imaginava e via como os bebés podiam ser amorosos e bem dispostos, ficando mais interactivos e desenvolvidos de dia para dia.

Naquele dia, enquanto se cantavam os parabéns ao Carlinhos pela primeira vez na sua vida, atentei em todas aquelas pessoas que enchiam a casa hospitaleira da Antónia, os adultos com as crianças ao colo, para lhes permitirem ver o bolo e a vela acesa, com outros adultos na rectaguarda, prontos para passarem aos da frente o que fosse preciso e lembrei-me do provérbio africano que diz que "é preciso toda uma aldeia para criar uma criança". Pensei que tinha a aldeia ali mesmo, debaixo dos meus olhos, por isso afastei o medo e, por momentos, senti-me apenas entusiasmada.

FIM

Lisboa, Novembro de 2013

Agradecimentos

Quero agradecer:

Ao Luís e a todos os amigos e amigas que leram o meu primeiro romance e que, com o seu entusiasmo e as suas opiniões críticas, me encorajaram a escrever este segundo.

À Versatile, em especial ao José Maciel, pela paciência na construção da capa.

À minha filha Carolina, pelas apreciações críticas sobre a estética do livro.

Índice